U0502195

花未眠

［日］川端康成 著

郑民钦 译

中国出版集团　现代出版社

写在前面的话

今年是川端康成先生逝世五十周年。他是日本的文豪，在日本文坛的地位极高，由于他荣膺诺贝尔文学奖，使得日本文学跻身国际文坛，成为世界性的文学。日本人盛赞他的这个功绩。

泰戈尔凭借《吉檀迦利》于1913年获得诺贝尔文学奖，时隔五十五年之久，诺贝尔文学奖评委将目光转向东方世界，而川端康成的确是当时亚洲出色的作家之一，获得诸多国内外的文学奖项，他凭借《雪国》《古都》《千只鹤》三部代表作，于1968年荣获了当年的诺贝尔文学奖（萨缪尔·约瑟夫·阿格农于1966年获诺贝尔文学奖，虽然以色列属于亚洲国家，但完全是西方生活模式，西方人未必视其为东方国家）。诺贝尔文学奖的授奖词说他"以具有优异感受性的手法表现日本人心灵的精髓"。1961年，日本政府授予他文化勋章，其理由是表彰他"以独自的样式和浓厚的感情，描写日本美的象征，完成了前人未臻的创造"。这说明日本官方对川端康成审美观的评价是"完美地创建了日本传统的美学体系"，日本国内的评论家都对这一评价深表赞同，我国有学者将这个"日本美"扩展为"传统东方美"，将其涵盖整个东方世界。

有人说川端康成是一个难懂的作家，主要是强调对他"新感觉派"的语境、情韵、意境的理解颇有费解之处。其实，美的朦胧、美的飘忽、美的隐晦，美的惊艳与美的悲哀、美的崇拜与美的毁灭、美的憧憬与美的死亡，在文学作品中随处可见。他笔下的世俗社会、人生百态、悲欢离合，通过一个个性格迥异的鲜活人物淋漓尽致地展现出来，为他构筑的文学殿堂里描绘一幅纷繁的世态风俗画，涂抹上缤纷的色彩，在虚幻中隐隐透出现实世界的喜悦与哀愁。这就是他所营造的日本风情，也正是他刻意追求的美学理念。他的美学理念归根结底是"日本式"的，日本评论家也一直强调这种"日本的传统美"，而同样获得诺贝尔文学奖的大江健三郎在日本的追崇、评价就与他大相径庭。

作为唯美派作家，川端康成在日本文坛上具有承前启后的作用，是现代派作家的先驱者之一。"新感觉派"已经成为他的标签，1924 年，他与横光利一等创办的《文艺时代》这一文学刊物，本身就是对当时流行的"私小说""心境小说"等旧文学的对抗，试图在创作手法上突破传统藩篱，借鉴西方现代派手法，推动现代文艺运动的发展，革新文学审美观念。他们寻找到的便是"新感觉"的手法。

作为一种文学流派，"新感觉派"是文艺评论家千叶龟雄于1924年在《新感觉派的诞生》一文中命名的，虽然川端觉得"以睿智聪颖的理解力观察新一代作家的特性本质，对'感觉'进行了周密细致的解释"，但"我为各位作家朋友着想，并不乐意接受这个名称"，不过最后他还是接受了这个称呼。

无疑，所有的作品都要描写"感觉"，这里所谓"新"，"新"在何处？川端对"新感觉"有一段明确的阐释："不言而喻，由于新一代作家注重感觉，使他们的生活和作品充满新鲜感。这种新鲜感通过对人生的感触及其表达、素材处理等各种形式表现出来。而运用旧感觉写的作品却给予我们迟钝、混浊、沉重、不快的感觉。我们的肌肤不想接触那些缺少新'诗意'的旧作品。然而新一代作家中有的创作具有新感觉的作品，有的运用新感觉创作作品。通过新感觉的眼睛，使人生进入新的'诗意'。"（以上均见《文坛的文学论》）

"新感觉派"就是运用暗示、隐喻、意象、象征等手法表现人在瞬间的感觉，这在当时写实主义这种"旧"手法占据主流的文坛是一种危险的挑战。这需要更丰富的语言表现技巧、更细腻的心灵感触、更灵动的捕捉方法，才能营造出新颖独特的氛围、情趣、意境，揭示人物的内心世界。但是，"新感觉"只是一种创作手法，在其机制建构上没有进行系统性的理论探索，因此它不是文艺理论，尽管脱胎于表现主义和达达主义的"艺术革命"母体。"新感觉派"作为一个文学流派承担着文坛的一翼，与无产阶级文学派创刊的《文艺战线》，形成昭和文学运动的两大潮流，对当时的文坛产生了巨大的影响。

通过川端的作品，我们可以感受到"新感觉主义"这种感觉方式的独特魅力，当作者透过强烈主观色彩的眼睛审视世间万物时，外在事物就损失、扭曲了真实性、客观性、原色性，超越现实表象，臻于物我一体的境界，这种融入感正是"新感觉派"所期待的那种模糊、暧昧、叠影、虚幻的半是抽象的镜像，试图以此达到震撼读者心灵的效果。

川端康成的目光几乎不关注男性，作品的主人公始终都是女性，爱情是其永恒的主题，因为女性和爱情是川端创作的源泉，悲哀与死亡是川端文学主题的归宿，而且他更喜欢传统的日本女性，这大概是出于唯美的需要吧。代表作《雪国》《伊豆的舞女》《古都》《千只鹤》《东京人》等无一不是描写女性的喜怒哀乐，刻画她们的情感经历和心路历程，以"新感觉派"的手法从中发现、挖掘日本传统之美，展现出一种文学美的极致境界。其背景大抵受到19世纪女性主义运动的影响。但是，川端作品中的女性对以男性为中心的社会制度并没有表现出强烈的反抗精神，尽管她们深怀不满，乃至怨恨。就是说，她们绝非女权主义者，也许有些许女性自我意识，但并没有为改变自己的命运而进行抗争，她们所表现的喜怒哀乐不过是女性主义思潮的涟漪浪花，这也正是川端的"日本文学传统日本美"的阴柔质地。唯有女性的存在才使得他认识到自我存在的意义，才能笔底生花，然而，与其说他写女性，不如说他是女性的赞美者，运用冷彻的目光透视女人，同时与作品中的女性人物进行全方位的精神交流。

《雪国》开篇第一句"穿越过国界的长长隧道，便是雪国的世界。夜色下，大地变得白茫茫一片。火车在线路所前停了下来"。这一句历来被评论家和读者视为"新感觉派"的经典手法，原文是："国境の長いトンネルを抜けると雪国であった。夜の底が白くなった。信号所に汽車が止まった。"原文三句话，语言平淡，平铺直叙，"雪国であった"，没有说"进入"雪国，而是使用功能性的判断助词，表示一种肯定存在的形态；"であった"表示在眼睛里已经形成雪国的存在而且依然存续的状态。夜的"底色"是一种隐喻，"夜的底"既指"夜色"，也指"暗夜中的大地"，在隧道这一头时，大地还是一片黑色，当穿过长长隧道后，大地变成"白茫茫一片"。这里的描写完全是主人公的视觉感受，既是客观的，也是主观的色彩在眼底发生的变化。眼底"黑色"的残像与眼前"白色"的实像叠合在一起，造成一种难以言喻的色彩感觉和心灵冲击。

第一章还有岛村通过车窗玻璃的反射窥视坐在斜对面的女孩叶子的场景，镜子具有写实与扭曲的功能，具有虚假与幻境的效应，是文学作品常用的道具，而作者以车窗玻璃作为镜子，这面镜子却是活动的，随着外部景色以及光线明暗的变化产生室内镜子的镜面所没有的"魔幻"的特殊效果。黄昏暮色，山间灯火，光线流动，在少女美丽的容颜上流淌，时而短暂凝固，时而瞬间消失，光怪陆离又娇艳绚丽，再结合刚才所听到的她"清脆悦耳，美得令人伤感，银铃般的嗓音"，一个青春洋溢、温柔体贴的乡间少女的形象跃然纸上。作者在文章中就这样描述："镜子的底层流淌着黄昏的景色，就是说，被映照的实像与镜子的虚像如同电影的重叠摄影那样叠加流动。出场人物与背景毫无关联。而出场人物具有透明的虚幻性，风景具有暮色朦胧的流动性，二者浑然相融，描绘出一个世间没有的象征世界。尤其是山野的灯光映照在姑娘的脸上时，那是一种难以言喻的美，让岛村心灵震撼。"然而，这个车窗玻璃镜中美丽姑娘的形象介于真假之间，其假象背后也许隐含着悲剧的要素，如水中月、镜中花一样"徒劳无益"。连同女主人公驹子，虽然具有渴望坚强生活的生命力，却也"不过是美丽的徒劳"。所以，当叶子以犀利尖锐的目光洞察岛村与驹子的关系时，反衬出了她内心深处的虚无感和幻灭感。但是，在描写驹子照镜子的场景时，却是真真切切的室内镜，将红扑扑的脸颊与外面纯洁的白雪加以比较，相对于叶子充满抽象性的空幻之美，驹子则是具有官能性、充满活力的实实在在的堕入风尘的艺伎，她的美通过对真爱的憧憬、渴望揭示出人性纯洁的一面。驹子和叶子构成"实"与"虚"、"生"与"死"两个互相映衬的人物形象，提升了整篇作品的悲凉情韵，体现出"新感觉派"的基调。

《雪国》的终章描写银河，"仰望天空，感觉银河还会垂落下来拥抱大地"，并且引用松尾芭蕉的俳句，联想到流放佐渡岛的囚徒，感叹天涯孤客羁旅思乡的情怀，而主人公岛村"仿佛自己的身体悠悠然飘浮起来，进入银河里面"，"赤裸裸的银河好像即将垂落下来，将黑夜中的大地裹卷而去。这是何等极致的妖艳"。这是岛村脑中的幻影、心中的幻觉，在漆黑的暗夜中，天、地、人"裹卷"在一起，这似乎更多是对叶子之死的悲怆感觉，也凸显岛村对自己生存模式之迷梦不过是一场破灭的"徒劳"，原本就是虚无缥缈的心造魔影。问题在于，明知"徒劳"，却还要竭尽全力地投入这不可实现的无谓的爱情里，无论是在东京家有妻室的岛村对驹子的迷恋，还是驹子本身所憧憬的爱，都是一场虚无的梦，叶子对行男的照料，都不过是"美的徒劳"。川端的"新感觉"所希求的正是这种渺茫虚空的审美的隐晦性。

"新感觉派"强调的是作者的主观性，感觉就是一种顿悟，就是以自我精神主观地认识外在，观照世界，这样，外在事物就注入观者的个性，不再是原封不动的摄影，而是渗透着人为的因素，呈现出各式各样的形态。作者们善于捕捉这样的感觉，甚至极限扩张感觉的脉络，攫取心目中的艺术生命。

"新感觉派"标榜以追求"传统日本美"为己任，这种美主要通过女性来体现，无论经过多么华彩的人生，但最终还是走向没落和死亡，应该说是川端对美最透彻的阐述。《雪国》《伊豆的舞女》《千只鹤》《古都》《睡美人》等都摆脱不掉这种宿命。

《伊豆的舞女》所描写的只是情窦初开的纯真感觉，没有表白，没有冲动，只是萦绕心间的好感、惦念、牵挂，最终留下一抹含蓄的感伤。主人公"我"有作者的影子，"我已经二十岁，一直严肃地自我反省由于孤儿根性所造成的性格扭曲，无法忍受令人窒息的忧郁，所以才到伊豆旅行"。而旅次与舞女民间艺人的邂逅让他感受到人情的温馨、爱意的温暖，在甘美的欣喜中咀嚼淡淡的哀愁，品尝短暂的朦胧的初恋的况味。然而，这懵懵懂懂的初恋无疾而终，归于没落，原本是为了缓解忧郁心情的旅行却越发落寞惆怅，郁结于心。

《古都》的情调总体上比较开朗健康，塑造的双胞胎姐妹都给人清新明丽的印象，但她们的心灵深处潜藏着家庭离散、身世辛酸的暗影，作者用清淡的笔触细腻地刻画了这两个少女内心对悲欢离合的人生际遇的哀愁苦恼。《古都》的舞台选择在京都，执笔之前，他说想探访日本的故乡，而京都这座古都正是作者的故乡，也是所有日本人的精神故乡，也许作者怀有心灵归属感的意图，他有着孤独凄楚的童年生活，饱受过人间冷暖和世俗偏见带来的伤害。这部作品可以说是作者寻求"日本的乡愁"之作，他从"乡愁"中寻觅"日本美"，最终发现的是满含哀愁孤寂的传统，并与古都的命运融合在一起，回归平安文学的审美情趣，并视之为民族之美。

《古都》花费大量篇幅描写京都的自然景色、风土人情、节庆祭典，最大限度地赞美古都的悠久历史和传统文化，极力表现充满生命朝气的两个少女的精神家园，对城乡的鸿沟、身份的差别、姐妹的爱情、性格的迷惘进行细致微妙的处理，但是，作者很少运用"新感觉"的隐喻、暧昧的表现手法，多是平实的叙述，平淡无华的表达把少女的感情变化、欢快愉悦、迷茫落寞、哀伤悲叹淋漓尽致地展现给读者，令人对她们的无言结局不禁掩卷惋惜。川端所追求的正是这种哀怨之美、不完整的美、幻灭之美，这也是平安朝文学风雅、虚无、幽玄、没落之美的遗风，川端将其升华为自我的审美情趣。

《千只鹤》的主人公是一位名叫菊治的男青年，但我觉得围绕在他身边的几位女性也可视为主人公。一个男人与身边的四个女人之间演绎的错综复杂的关系，剪不断理还乱的纠葛，自私又无奈的爱欲沉沦，超脱伦理的情欲，道德与罪孽的徘徊，嫉妒、愤怒、仇怨的交织爆发，在茶道这个高雅文静的面纱掩盖下的人的原始欲望的游戏，在一定程度上是对风雅之道所掩藏的媚俗低劣人品的辛辣嘲讽，那些雅致美观、历史悠久的茶具，每一件都承载着丑恶的情欲往事，袒露出人生本能的百态，虽然经过反思后各人以不同的方式解脱自我，但终究没有得到精神的升华。

"总觉得自己被包裹在丑陋的黑幕之中"的菊治与父亲的情人太田夫人发生了关系，为了解脱这种背德的"罪恶"意识，渴望通过与文子的交往净化自我，但最终这种本愿完全破灭。如果说菊治"坠入咒语束缚和麻醉的底端"，文子就不应该迷恋菊治，然而她无法抗拒自己的心魔，爱上不该爱的人，在母亲太田夫人自杀以后，她已经开始发疯，因为只有这两个人是她世间的所爱。为了赎罪，她只好远离菊治，希望他与雪子结婚，让自己从菊治的生活中消失。她虽然理解母亲纯真的心灵，但拒绝死亡，"不论受到多大的误解，死本身绝不会为她洗白。死是对一切理解的拒绝。谁也不能原谅这一点"，"母亲之死就变成一种黑暗，就成为一个污点，留给后人的反省和懊悔都会成为死者的沉重负担"。唯有她理解"母亲是美丽的"，但"会在这样的幻梦中失去自己"。她摔碎沾染着母亲口红的志野陶茶碗的举动正是对罪孽与错误的决裂，是对菊治的救赎行为，也是对自己爱的破灭的宣告，是对后来负罪遁逃的自我牺牲的预示，是一种"自我了断的缘由"。川端的审美终究无法逃脱死亡的魔咒。

《千只鹤》还有未完成的续篇《波千鸟》，现在收入《波千鸟》的是1953年在《小说新潮》上连载的六回，但其实在1954年的三月号和七月号上还分别刊载有《春天的眼睛》《妻子的回忆》的初稿，大意是说文子就业，开始自己的新生活，而菊治踏上寻找文子的旅程，历经千辛万苦，两人重逢。至于重逢以后的故事发展，据随同川端康成去大分山中采访的同行人回忆："川端先生曾对我说，他想让文子在矿山的小卖店干活的时候，菊治前来找到她，两人重逢结合"（见《川端康成〈波千鸟〉未完结的秘话》，刊于1978年8月28日《朝日新闻》晚刊）。另外，1969年，川端与武田胜彦对谈时，曾说过"考虑过让他们二人在山中殉情"（见《采访川端康成先生》，1970年二月号《国文学》）。因为雪子对菊治的爱情无法把他从自己造成文子不幸的罪恶感中拯救出来，而他抛妻出走、寻找文子的行为同样也造成雪子的不幸，他只能忍受这种负罪的循环往复、心灵的苛责，别无选择地走上殉情这条不归路，一了百了。由于非常详尽地记录采访内容的笔记本遗失（六年之后的1978年，川端夫人表示，其实笔记本并非遗失，而是在作为工作室租借的东京某家旅馆里，就在川端写作时离开的极短暂的时间里被人偷盗。当初为了不给这家旅馆造成麻烦，才说笔记本遗失），作者只好放弃了，没有把这两篇收进去。但也有人认为，川端深陷孤独的悲哀和绝望，无法执笔续作。

《东京人》是一部战后初期东京中产阶级的生活画卷，可以折射出当时的社会状态。这是川端唯一的长篇小说，创作于1954年。这是一家五口人平平淡淡的日常生活，做珠宝中介商的主人公敬子与经营小出版社的俊三同居，抚养三个孩子，大女儿朝子和儿子清是敬子与死于战场的丈夫的孩子，二女儿弓子是俊三带过来的孩子。日本战后初期，这种形式的重组家庭相当普遍，是战争的后遗症，尽管有一些人暴富，但大多数人的生活并不宽裕，人们为了生存而拼命工作。敬子尽管不属于上流阶层，但已经很体面地出入于社会。

追求富裕幸福的生活是每个人的权利，敬子也不例外，她希望拥有温馨的家庭、甜蜜的爱情、美丽的容颜、健康的身体、年轻的心态、茁壮成长的儿女——总之，一个殷实、和睦、融洽、温暖的家庭。然而，在现实面前，她的梦想接连破灭。俊三经营不善，公司破产，而且不辞而别了，敬子以为他已经死去，还为他举办了葬礼。敬子为了生计，不得不变卖家产。接着敬子与医生昭男坠入情网，但未能结合。而清爱上了弓子，遭拒后，离家出走。昭男又爱上弓子。朝子与小山婚后家庭不和，经历家暴、离婚、堕胎，但她决心生下第二次怀孕的孩子。清发现俊三没有死，便回归家庭，与弓子一起寻父。故事没有撕心裂肺的矛盾冲突，没有寻死觅活的情感纠葛，只是淡淡地、缓缓地展开，云淡风轻，娓娓道来，情节却引人入胜。这些看似平淡琐碎的事情，在每个社会、每个阶层都会存在，川端从这些凡人凡事中挖掘出悲欢离合的人间冷暖，讲述战后初期生存的艰辛，揭示人心的孤独和寂寞，品尝生活的苦涩，体味直面残酷现实时的无奈和伤感。与川端的其他代表作中的"死亡美学"相比，《东京人》没有为人物的命运罩上死亡的阴影，生活的艰难并没有压倒敬子，反而激发起她在凋敝的社会环境中克服困难、勇敢创业、追求美好生活的勇气和意志，她拒绝命运的摆弄，敢爱敢拼，迎难而上，虽然深受道德的谴责，忍受感情的煎熬，却对自己爱的欲求诚实，活出自己的精彩，充满生命力，尽管感情生活遭遇不幸和挫折，依然是一位善良、温柔、坚强、有韧劲的女人。她应该是战后初期中年女性的缩影，无数人背负着战争的阴影，渴望爱情和幸福，在生活刚刚开始复苏、战争创伤尚未愈合、依旧贫瘠的土地上艰难前行。

当然，川端的无常观还是在小说的底层涌流，人生不可测，命运不可捉摸。俊三与以前的女秘书美根子开始新的生活，昭男与敬子天各一方，弓子投入清的怀抱，叛逆的朝子坚持走自己的人生道路，出乎意料的各种结局甚至让自己惊悚、束手无策，不得不正视、不得不接受，这种被迫的无奈可谓心灵的悲哀，但必须承受感情的痛苦折磨，感叹多舛命运的虚幻。

川端细腻的手法也是一个很好的看点，细致入微地刻画人物的心理状态，捕捉喜怒哀乐的各种细微的表现，再现女人的微妙情感变化，一言一行，一颦一笑，一句似乎无心的话，一抹不易察觉的浅笑，一个看似颇不起眼的动作，把此时此景的情感烘托出来，变幻莫测，入木三分，雕琢出各人不同的性格，有血有肉，使得整部小说充满东京社会的烟火气，川端很懂得女人，能吃透女人的心理变化，这大概就是他的小说主人公基本都是女性的缘故吧。

这是一枝"恼人的秋天里的蔷薇"，绽放之后归于平静，但依然可以从宁静中品味恼人的浪漫。

受到先锋派文学刺激的川端康成在《文艺时代》发表诸多"掌小说"，大抵三千字以下的小小说一百四十六篇。"掌小说"是中河与一命名的，川端十分认可，认为"这个名称恰当顺口。它表明并非长篇小说的一部分，也不是小品文，而是极其短小的小说。此外没有任何条件"。对于"掌小说"的本质，川端康成与武藤直治发表在《文艺思潮》上的《昆特形式小论》的观点"不谋而合"，即"日本人喜爱简洁明了的、具有客观态度的主知或者理智型的形式主义的散文般文艺。这一点和拉丁民族相同。日本人独特的传统性幽默、讽刺、直率的现实批判，大概就是适应新的昆特（法语，意为短篇小说、小故事）形式和内容的根本因素吧"。（以上见1926年发表的《掌小说的流行》。）

这些掌小说涉及爱情、友谊、青春、生活、家庭、社会等内容，取材广泛，喜欢表现不拘泥于传统道德的自由精神，隐含着作者期望从早先的失恋以及孤儿根性中挣脱出来走向新世界的愿望，为他后来的创作奠定了语言和表现手法的基础，萌生新的审美取向，开始显露出川端文学的特质。尤其对情绪波动大起大落的描写，心理感受寂寥悲伤的刻画，直觉感悟细致入微的把握，象征手法运用得娴熟自如，已经达到得心应手的程度。他将掌小说与俳句相比较，认为其有诗歌特质，篇幅虽小，容量很大，因其小，潜藏着丰富的含义，留有进行千姿百态解析的余白，所以具有艺术的纯粹性，可以极大地震撼读者的心灵。这种"纯粹"等同于诗歌的"纯情"，因为他坚持心像即表现的艺术这个理念，诗歌的直观性始终贯穿于他的创作过程中，就是"纯粹"的感觉。这种"感觉"具有极强的主观性。主观性是他认识世界的立足点，诗的主观性是映照万物的镜子；而语言与音乐、美术一样，是表达感觉的媒介。

例如《雨伞》，焦点就是一把伞，通过照相，勾画出少男少女恋情在不知不觉间萌动的微妙变化，"雨伞，普普通通的雨伞，伴随着他们……"这种表现手法就是诗歌的直观性，瞬间的闪光化为永恒的瞬间，不再是现实的时间，没有涉及过去和未来，只有当下，当下的"雨伞"伴随他们从过去走向未来。这是直观地把握生命的流淌，将长长的时间纵轴凝缩在渺小的具象上。

再如《秋雨》，作者一开头就写"红叶如火，满山红叶，犹如降落一团团火焰，这样的幻影浮现在我的眼睛深处"，秋雨、山岭、涧谷、岩壁、天空、蔚蓝、暮色、白色石头、红叶、湛蓝色的流水、倒影、火焰、火团……一系列的景象给读者目不暇接的感觉，而这些都是"开往京都的特快列车上在夜间即将打盹时所看到的幻影"。这是川端最擅长的手法，在虚实、明暗、高低、大小、动静之间铺开一幅巍峨雄浑、云谲波诡、变幻无常、捉摸不定的怪异画面。"一团团火焰"，无疑是作者的幻象，却是如此美丽壮观，又是如此迷离诡秘，红色的火影寂静无声，明灭闪亮，浮现在眼睛深处，降落在心灵深处，印证着大自然的生机勃发，奥秘深邃。接着，作者一下子把笔触拉回到现实生活中来，回忆起十五六年前在医院见到的两个女病人，一个是"植入人造胆囊管"即将死去的婴儿，另一个是坚持不动手术回家去的"五岁左右的女孩子"。这里，是生与死的分水岭，一个是母亲面对女儿死去的平静，另一个是小姑娘渴望活下去的意愿；一个是听天由命的无奈无助，另一个是与命运抗争的倔强坚毅。接下来，又是"一团团火焰降落在层林尽染山头的幻影，那是静谧安静，而敲窗流淌的露珠般无数雨滴的音乐，则化为火团降落的幻影"，但作者看见越来越大的雨水、斜斜流淌的雨滴形状、雨点的动和静、水滴描绘的线条，仿佛听见"音乐的奏鸣声"，这一切都为下面已经长大成人的当年那个小女孩的出场进行铺垫，看似虚弱的生命原来具有如此坚忍顽强的力量，羸弱女童的心间竟然潜藏着如此坚强的毅力。

这篇短文用很大的篇幅两次细腻描写幻影，第一次与回忆，第二次与期待的现实联系在一起，虚与实之间的乖离、结合都寓意着生与死的逻辑哲理。从这篇小文依然可以感受到川端对死的平静心态，生命之火的绽放终归熄灭，犹如"火团降落的幻影"，这个"幻影"依然美艳明亮，闪烁跳跃，消失在"湛蓝色的溪流上"，迸发出最后瞬间耀眼的光芒，这大概也是川端本人的写照吧。

川端康成文学的审美观归根结底在于平安朝的美学思想，他在《我在美丽的日本》《美的存在与发现》《日本文学之美》等文章中曾有过较为系统的论述："大约一千多年前，日本吸收唐朝文化，经过日本独特方式的消化以后，诞生了绚丽的平安朝文化，创造出日本的审美理念。……于是，诞生了日本古典文学的最高名著，如和歌的第一部敕撰和歌集《古今和歌集》、小说的《伊势物语》、紫式部的《源氏物语》、清少纳言的《枕草子》等，创造出日本美的传统，影响了——不如说支配了——此后的八百多年间的后代文学。"（见《我在美丽的日本》）从平安时代中期开始，"哀"成为审美的一个重要内容，"哀"与"物哀"的含义可以说是平安文学美的核心，"物哀"被视为高雅的美。这种具有浓厚无常色彩的"谛念的哀"成为平安朝末期直至整个中世的"哀"的形式，同时也与其他美的要素结合成幽玄、幽艳、妖艳、闲寂等复合美。本居宣长坚持认为"物哀"才是日本民族文学传统美的本质，是文学审美观的核心。川端康成的《雪国》奠定了他的幽玄哀婉、妖冶浓艳的风格，集中体现了他的以《源氏物语》为中心的贵族美学理念。

美的没落的最终形态是生命的终结，同时也存在精神生命的陨落，川端康成直面死亡这种宿命，视之为美的归宿。他作品中人物的死亡是梦幻的凝固，花的绽放与落败、美的永恒与凋零的并存，恐怕也是他精神修炼之旅的终点。所以他的作品具有浓厚的无常观。平安时期的文学，通过人的肉体的生成与毁灭、灵魂的净化和升华追求佛教所说的净土世界。当时的佛教大多信仰净土宗，认为俗世是"秽土"，人事无常，追求净土，厌世成为一种社会思潮，在文学作品中，《源氏物语》《紫式部日记》《古今和歌集》《和汉朗咏集》《拾遗记》等都有直接涉及"无常"的表现。其中《源氏物语》中的"无常"最为典型，在某种意义上和"物哀"相通，成为表现女性高雅修养的具体内容。理解"无常"，深谙其道，从容对待，就显得风雅。当然，源氏所谓的"无常"，其本质是哀叹生命短暂，白驹过隙，希望在有生之年与自己心爱的女人亲密相处，死后也一莲托生。应该说，这才是《源氏物语》对"无常"的真正认识，也是平安时代一般人的"无常"意识。

生命之死是美的毁灭，毁灭是对迷恋生命的拒绝，是对死的平静接受，川端康成的作品擅于将丑化为美，他终结自己生命的时候，也许认为毁灭本身也是一种美，是通往达观境界的寂静之美。他以自身的殉情为"无常"的审美意识画上句号。他直视残忍的眼睛直至最后都没有放过任何的丑，而自己临终之眼捕捉到的哪怕一丝清新之美，都是对一生面对丑陋的复仇，这是他心底的一种强韧力量。

他的《古都》是踏上寻找乡愁的旅途，而"乡愁"又会归结到日本传统文学美的发现。对于川端来说，文学创作就是人生的旅行。三岛由纪夫认为川端是一个永恒的行旅者，旅行是人生的象征，随时与死为伴，旅途的终点便是死亡。死之虚无才是他与生相交的媒介，这是一面照见自己灵魂的镜子，他从中发现了自己的孤儿根性。他是走到尽头了，他又没有到达终点，他还在继续所谓的"死后之旅"。因为他知道，"无言之死，便是无限之生"。芥川龙之介在《给一个旧友的手记》中说："所谓大自然之美，因为我临终之眼里映现出来之缘故。"川端康成在《临终之眼》中回忆芥川的这句话，他说"一个人无论怎样厌世，自杀不是开悟的办法"，并不赞同自我了结生命这种行为，正如他在《花未眠》中所说的那样："自然之美是无限的。……凌晨四点的海棠花，它的盛开着实可贵。我有时会自言自语道：如果是一朵艳丽的鲜花，那就尽情绽放吧！"然而，他还是选择了自我毁灭的美学，映照在临终之眼里的也许是空漠冷寂、幽艳颓靡之美吧。

这套书没有收入《睡美人》这篇重要作品，《睡美人》是《湖》与《一只胳膊》承前启后的作品，讲述老人与性的问题，其世界观、审美取向一脉相承。因为该文基本失去了人类对爱情、对情爱的理性思考，突破道德的约束，只剩下赤裸裸的色情和露骨变态的性欲，他的审美在这篇魔性的作品中趋向泯灭，他甚至从禽兽般的生态中发现生命力的源泉，可见川端的美学理念中也有如此极端的一面。

这套六卷本的川端康成文集将由现代出版社出版，选编书目时，我得到编辑朱文婷女士许多很好的建议，应该说涵盖了川端的全部代表作，并收入许多他的重要作品，体裁包括长篇小说、中篇小说、短篇小说、掌小说，以及散文、评论，由于篇幅所限，有一些重要作品未能收入，但总体上体现了川端文学的全貌。由于受新冠肺炎疫情影响，可能会比预定时间推迟一些时日与读者见面，希望大家喜欢，并就教于大方之家。

郑民钦

2022 年 4 月 28 日于福州

花未眠

我时常思考一些无足轻重的问题，昨天一到热海的旅馆，旅馆的人就给我拿来与壁龛里的花不同的海棠花。我因疲劳，便早早睡下了。凌晨四点醒来，发现海棠花并未入睡。

　　发现花未眠，我不禁一惊。有葫芦花、夜来香那样的花，也有牵牛花、合欢花那样的花，差不多所有的花都是昼夜绽开的。就是说，夜间花不眠。这是人所共知的。可是我自己好像第一次明确知道，凌晨四点端详海棠花，觉得它依然美丽。这是生命之花的怒放。令人感受到哀愁之美。

　　花未眠这众所周知的事倒给了我重新发现花的机遇。自然之美是无限的。然而，人对美的感受是有限的。正因为人对美的感受能力是无限的，才可以说人感受到的美是有限的，自然之美是无限的。至少，人的一生感受到的美是有限的，而且非常有限。这是我的真实感受，也让我慨叹。人感受美的能力，既不能与时俱进，也不能逐年递增。凌晨四点的海棠花，它的盛开着实可贵。我有时会自言自语道：如果是一朵艳丽的鲜花，那就尽情绽放吧！

画家雷诺阿[①]说"只要有一点进步，也就与之相应地接近死亡"，这是何等的悲惨。他还说道："我相信自己还在进步，这就是我的临终遗言。"米开朗琪罗[②]说"当一切都能如愿以偿的时刻到来之时，便是死亡"。米开朗琪罗享年八十九岁。我喜欢他"死亡面具"的作品。

我觉得，感受美的能力，到了一定程度，以后的发展就比较容易。仅仅依靠脑子很难想象出来，需要与美的接触，需要对美的亲近。这需要二者重复地磨合默契。例如，唯一的一件古代美术品，就成为美的启迪，成为美的开悟。此事常有，哪怕一朵花也是如此。

当我凝视着壁龛里一朵插瓶[③]中的那朵花时，曾经想过，如果同样的花开在大自然里，我会这样仔细欣赏它吗？只是因为仅仅剪下一朵，插入花瓶，摆在壁龛里，这样的"花"，才让我如此凝神细看。不仅是花，就说文学吧，如今的小说家大概不会像现今的歌人那样细致观察大自然吧，恐怕观察的机会也不多。另外，壁龛里摆着插花，如果壁龛墙壁上挂着花卉

①雷诺阿（1841—1919），著名的法国画家，也是印象派发展史上的领导人物之一。其画风承袭吕本斯与华托的传统，擅长女性形体的描绘。——本书注释均为译注
②米开朗琪罗（1475—1564）：意大利文艺复兴时期最伟大的艺术家之一，雕塑家、建筑师、画家、哲学家、诗人。与达·芬奇、拉斐尔并称"文艺复兴艺术三杰"。他的风格影响了几乎三个世纪的艺术家。代表作有雕刻《大卫》、绘画《创世记》、壁画《最后审判》等。
③一朵插瓶，只能插一两朵花的小花瓶，瓶口很小。

图，图上的花卉自然不会比真花还要漂亮。倘若画工拙劣，那就反衬出真花之美。画中花再美，真花之美依然美轮美奂。然而，我们往往对画中花聚精会神地鉴赏，却并没有用心看待真花。

李迪、钱舜举①也好，宗达②、光琳③也好，御舟④、古径⑤也好，我们从他们笔下的花卉中领略到真花之美。不仅是花。我最近在我的书桌上摆放罗丹⑥的《女人之手》和马约尔⑦的《勒达》两件小青铜作品。光是这么看，我就感觉罗丹和马约尔的风格大不相同。但是，我从罗丹的作品中了解到手的各种表情，我从马约尔的作品中了解到女子的肌肤。他们丝丝入扣的体悟，令我震惊。

①钱选，字舜举。吴兴（今浙江省湖州市）人，生卒年不详。南宋末至元初的著名花鸟画家。善人物、山水、花鸟。元初与赵孟頫等并称"吴兴八俊"。博学多艺，精音律之学，工诗。代表作有《八花图》《浮玉山居图》《山居图》《秋江待渡图》等。

②俵屋宗达，生卒年不详，活跃于安土桃山时代到江户时代初期（十七世纪前后）的京都的画坛。擅长装饰画，以其大胆豪放的金银用色、富于抽象美感的画风闻名。

③尾形光琳（1658—1716），江户时代中期的画家、工艺美术家。最初学习狩野派，之后受到光悦和宗达风格的影响，以大胆轻松的画风展现出独特的造型美确立"琳派"，对日本绘画、工艺深有影响。

④速水御舟（1894—1935），画家。通过细致的描绘创造象征性的世界，并将琳派的装饰性与写实结合起来，推动了日本画的近代化。主要作品有《炎舞》《朝鲜牛》《名树散椿》等。

⑤小林古径（1883—1957），大正至昭和时期的画家，将大和绘的传统运用到现代，确立了被称为新古典主义的画风。获文化勋章。主要作品有《头发》《极乐井》《富士》等。

⑥罗丹（1840—1917），法国雕塑艺术家。罗丹对欧洲近代雕塑的发展有着较大影响，他和他的两个学生马约尔和布德尔，被誉为欧洲雕刻"三大支柱"。主要作品有《思想者》《青铜时代》《加莱义民》《巴尔扎克》等。

⑦马约尔（1861—1944），法国雕塑家，画家。主要作品有《空气》《河流》《骑自行车的人》《地狱之门》等。

我家养的宠物狗产崽，小狗蹒跚走步的时候，它的一个偶尔的动作让我惊讶，这不是和宗达笔下的小狗姿态一模一样的吗？宗达有一幅水墨画，上面的一只小狗在春天的草地上也是这样的憨态。我家养的是杂交犬，不是什么好品种，但从它身上可以充分感悟到宗达高超的写实手法。

去年临近岁暮的时候，我在京都观赏晚霞，感觉与长次郎赤乐①的色彩一模一样。我曾见过长次郎烧制的题名为"夕暮"的茶碗，釉色红黄，宛若日本的黄昏天色，沁入我的心间，然而，京都的天色真的令人想起茶碗的色彩。我在欣赏这只茶碗的时候，不由得想起坂本繁二郎②。那是一幅小画，荒野空旷的村庄，黄昏的天空上，飘浮着如同吐司切割成十字般的云彩。然而，它如实地描绘出日本的黄昏颜色。坂本繁二郎的绘画与长次郎的赤乐陶器都同样是日本的色彩。我在京都的傍晚想起这幅画。于是，坂本繁二郎的绘画、长次郎的赤乐陶器与京都真正的天色三者在我的心中交相辉映，更是美妙绝伦。

---

①赤乐、黑乐，都是乐烧陶器的一种。乐烧是桃山时代最具代表性的茶碗之一，为乐家初代长次郎（1516？—1592？）继承千利休的茶道理念所烧制。挂铅釉，低温烧制。一般分为"黑乐"与"赤乐"两类。利休追求庄重肃穆，所以偏爱黑色。
②坂本繁二郎（1882—1969），明治后期至昭和时代的西洋画家。战后，与梅原龙三郎、安井曾太郎并称"日本西洋画三巨匠"。获文化勋章。代表作有《从水中上来的马》《放牧三马》等。

当时，我去本能寺①拜谒浦上玉堂②坟墓，归来时正是傍晚。翌日，我去岚山参观赖山阳③的玉堂碑。因为冬天，游客不多。当时我第一次发现岚山之美。以前曾来过几次，作为一般性的风景名胜，我似乎并未十分关注它的美。岚山总是很美。岚山的自然风景总是很美。但是，这种美，只是某时某人的欣赏罢了。

我发现花未眠，也是我独自在旅馆里，而且是凌晨四点醒来的缘故吧。

1950 年 5 月

①本能寺，位于京都市中京区的一所佛教寺院，教派是法华宗本门流，本尊是日莲曼陀罗本尊。建于 1415 年，原名"本应寺"。1582 年，日本史上的重要事件本能寺之变发生，明智光秀兵变杀害了主君织田信长、织田信忠父子，并火烧本能寺。1592 年，奉丰臣秀吉命在现在地重建。
②浦上玉堂（1745—1820），江户中期南画家，备中鸭方藩士。代表作有《冻云筛雪图》《山中结庐图》等。
③赖山阳（1781—1832），江户时代后期历史学家、思想家、汉诗人、文人、艺术家、阳明学者，对幕末尊王攘夷志士有很大影响。著有《日本外史》《日本政记》等。

我在美丽的日本

春天赏樱花，

夏天听杜鹃，

秋天观明月，

冬天雪清爽。

这是道元禅师①题为《本来之面目》的和歌。

冬月出云来，

瑟瑟伴我身。

朔风砭肌骨，

亦觉雪寒冷。

---

①道元禅师（1200—1253），镰仓时代的禅师。1223年入中国宋朝，历访天童山、天台山等，学习禅宗。1227年回日本后，建永平寺，创曹洞宗。著有《正法眼藏》《永平清规》等。

这是明惠上人①的一首和歌。但有人向我索要题墨时，曾写上述两首歌于斗方以赠之。

明惠的这首和歌有一篇可称为"歌物语"②的长序，详述缘起，明昭歌心。

元仁元年（1224）十二月十二日夜，天晦月暗，入花宫殿，坐禅。及至中夜，禅毕，出峰房③，回下房④，月出云间，光耀积雪。虽狼嗥山谷，因以月为友，不甚惧怕。入下房后，又复出，月色依旧阴沉。如此待至后夜钟声，再登峰房，却见月出云外，送余行路。及至山峰，欲入禅堂时，月又追云而出，其势似欲隐蔽于对面之山峰之后，莫非月亮暗中与余相伴乎？

在这段长序之后，他又写了一首和歌：

①明惠上人（1173—1232），镰仓时代前期的华严宗僧。也称明惠。1206年，后鸟羽院赐地京都梅尾，修高山寺，成为华严宗中兴之祖。著述颇多，歌集有《遗心和歌集》等。
②歌物语，物语的一种重要形态。主要指以平安时代的和歌为主体的短篇物语文学。如根据《古事记》《日本书纪》中的歌谣创作的神话、以和歌表达作者感情的日记文学、吟咏和歌时详细记述歌咏缘起的"词书"（序）等。代表作有《伊势物语》《平中物语》《大和物语》等。歌物语后来发展为独立创作的故事，如《源氏物语》《平家物语》等，其中有大量的和歌。
③峰房，"房"指寺院坐禅的房间，即高山寺后山的禅堂，也称花宫殿。"峰"指该房间位于山顶上。
④下房，指僧侣的寮房、僧舍。

至禅堂时见月倾山巅

我入山巅寺[①]，

月儿也请进。

夜夜相陪伴，

时时与君友。

不知道当时明惠是在禅堂里通宵坐禅，还是拂晓前又返回禅堂，所以他这样写道：

禅观之时，偶尔睁眼，见晓月皎洁，光洒窗前。

我于暗处观之，此心清澄如皓月明净，浑然一体。

我心澄净耀眼明，

清光尤可鉴皎月。

有人认为西行[②]是"樱花歌人"，与其相对应，也有人认为明惠是"月亮歌人"。

月儿多明亮，

明亮明亮多明亮，

①指建于栂尾山山顶上的高山寺。

②西行法师（1118—1190），平安时代后期的歌人。曾是侍奉鸟羽院的北面武士，精通兵法。二十三岁出家，开始歌人生活，通过旅行吟咏自然和人生，追求和歌的美，同时深悟佛教之道。西行虽遁入佛门，但并未离俗，依然直面现实社会。他保留着贵族社会的审美观念，代表着平安时代末期至镰仓时代初期的和歌的新特征，对元禄时代的松尾芭蕉产生很大的影响。著有歌集《山家集》。

明亮真明亮。

这首和歌对明月的赞叹只是通过感动的声音连接起来表达。即使是夜半到拂晓的《冬月》三首，具有"虽为咏歌，其实并不以为是和歌"（西行语）的情趣，而是通过三十一个文字向月亮诉诸质朴纯真的感情，不仅仅是"与月为友"，更是与月亲近，达到观月之我即为月，被观之月即为我这样融入自然、天人合一的境界。所以拂晓之前的残月才会把坐在黑暗的禅堂里静坐思考的僧侣那"澄净之心"的光辉视为自己本身的月光。

《冬月常伴我》这首和歌在其长序中说得很明白，明惠进入山上的禅堂，思索宗教、哲学等。他的心与明月产生微妙的反应，交相辉映。我之所以借用这首和歌挥毫题词，就是因为它表现出作者坦率真挚、温情体谅的内心世界。在云间忽隐忽现的月亮照亮我来去禅堂的暗路，使我在狼吼声中不再害怕，这样的"冬月"是否也感觉到砭人肌骨的寒风，是否也感觉到积雪的寒冷？我自然而然地认为这样的和歌表现出对人的温暖、深切、细腻的关怀之情，是日本人深含关爱的心灵之歌，所以才用来题词。

以研究波提切利[1]著称世界、对古今东西美术具有渊博知识

①波提切利（1445—1510），十五世纪末佛罗伦萨的画家，欧洲文艺复兴早期佛罗伦萨画派的最后一位画家。他还是意大利肖像画的先驱者。代表作有《春》《维纳斯的诞生》等。

的矢代幸雄[①]博士在表述"日本美术的特质"之一时，也引用"雪月花时最思友"这样的诗歌语言来概括。当自己看到雪之美，看到月之美，也就是四季之美而清爽悦目，从而获得与美相会的幸福之时，就会深切思念好友，希望与他分享这样的幸福。就是说，对美的感动能够强烈地诱发出思人的情怀。这个"友"也可以广义地认为是"人"。另外，"雪、月、花"这种表现四季变化之美的语言，在日本传统上也包含山川草木，森罗万象，大自然的一切乃至人类感情。而且，日本的茶道，将"雪月花时最思友"作为本心，所以茶会叫作"感会"，是佳辰佳友共聚一堂的聚会。——顺便说一句，我的小说《千只鹤》，有人以为是描写茶道之本心和形式之美的作品，实乃误解，如今之世间，茶道已经堕入恶俗，我这是一部对其表示怀疑和警戒，乃至否定的作品。

春天赏樱花，

夏天听杜鹃，

秋天观明月，

冬天雪清爽。

道元的这首和歌也是赞叹四季之美，自古以来，日本人把

①矢代幸雄（1890—1975），美术史学家和美术评论家。他以英文发表的波提切利研究引起了全世界的关注。曾任东京艺术研究所所长。日本艺术院会员、文化功劳者。著有《桑德罗·波提切利》《日本美术的特质》等。

春、夏、秋、冬最热爱的这四个代表性的自然景物随意地摆放在一起，你可以认为这是最庸俗、最老套、最平凡的做法，也可以说根本就不是诗歌。但是，我可以举一首另一位古代僧侣良宽[①]辞世歌：

　　何物最留忆，
　　春日樱花山杜鹃，
　　秋天有红叶。

　　与道元的和歌一样，使用平平淡淡的语言，通过普普通通的事象，并非自然而然的连续，而是有意识地追求意蕴，在排列重叠的过程中，传递日本的精髓。再看良宽的辞世歌：

　　喜与稚童们，
　　拍打手球玩。
　　村头欢笑声，
　　春日渐觉晚。

　　风清月皎洁，
　　秋夜共起舞。[②]

①良宽（1758—1831），江户后期曹洞宗的僧人、歌人。师从备中圆通寺的国仙和尚。之后，行脚诸国，后隐居在故乡国上山所结的五合庵。其和歌、书、汉诗表现出淡泊境界。
②指盂兰盆舞。

舞毕天拂晓，

此生忆残年。

生于此世间，

并非无交往。

最喜独自游，

我尤不胜欢。①

　　良宽一生始终保持歌中所吟咏的心境，住草庵，穿粗衣，漫步于村道，行走于野径，与儿童游玩，与农夫交谈，用通俗易懂的语言谈论宗教、文学的深奥内容，故而"和颜爱语"，言辞清净。而且，他的诗歌和书风都能摆脱江户后期即十八世纪末至十九世纪初日本近世的庸俗习气，臻于古代高雅之境界，其书法和诗歌在现代的日本亦备受尊重珍惜。他的辞世歌就表示自己离世以后，不需要给自己留下任何纪念之物，虽然自己什么也不能留下，唯独希望大自然依然美丽，这就是自己给这个世界留下的唯一的希望。这首和歌不仅满怀日本人自古以来的传统情怀，也传递着良宽的宗教心声。

何时盼君来，

君来凝眸两相对，

---

① 此歌题为《自画自赞》。是描绘灯下读书的自画像。作此歌寄给弟弟由之，告诉自己近况。这里的"游"，并非游乐，而是指读书、作诗、思考。

此生无他念。①

良宽也创作这样充满爱情的和歌，也是我所喜欢的。良宽在六十八岁的衰老之年与二十九岁的年轻尼姑贞心尼相遇，碰撞出爱情的美丽火花。这首和歌可以理解为表达与女子永恒相爱的喜悦心情，也可以理解为盼望心上人到来的喜悦心情，如今两人相见，其他还有什么可思念的呢？坦率地表现出爱的感情。

良宽七十四岁离世。他出生于我的小说《雪国》所描写的越后这个雪国地带，里日本②的雪国，即今天的新潟县，这里直接经受着来自西伯利亚的寒风，他终生生活于此地。他年老衰弱，自知大限将至，其心境却澄澈透明，大彻大悟，在他的"临终之眼"的辞世歌里，依然映照出雪国大自然风景之美。我曾写过一篇随笔《临终之眼》，这句话来自芥川龙之介③的自杀遗书。他的这份遗书，下面这段话尤其感动于心。

"所谓生活能力""动物本能"，"大概终将逐渐消失吧"。

如今我生活在如冰一般透明的、病态的神经质世

①1830年12月末，良宽患痢疾，其心上人贞心尼接到报信后迅速赶来。这是良宽在病床上的口占。之后又口占一首："武藏野上草，短暂薤上露。人生不长寿，一去寻无路。"吟毕不久离世。
②日本本州面向日本海地区的称谓。本州面向太平洋地区则称为"表日本"。
③芥川龙之介（1892—1927），小说家。代表作有《罗生门》《竹林中》《鼻子》《河童》等。师从高滨虚子学习俳句，倾心于芭蕉。著有《澄江堂句集》。服安眠药自杀。日本文坛设有"芥川奖"。

界里。（中略）我怀疑自己何时能敢于自杀。然而，唯有大自然总是比这样的我更美。也许人们会嘲笑我：你既热爱大自然之美，又想自杀，这不自相矛盾吗？然而，因为大自然之美映照在我的临终之眼里。

1927 年，芥川三十五岁时自杀。我在随笔《临终之眼》中这样写道："无论如何厌世，但并不认为自杀就是证悟的方式。无论品德多么高尚，但自杀者远离大圣之境界。"我对芥川以及战后的太宰治[①]等人的自杀行为，既不赞美，也不同情。然而，还有一位年纪轻轻就轻生的朋友，他是日本的一个前卫画家[②]，一直想自杀。我在《临终之眼》中写道："没有比死亡更美的艺术了，死本身就是生，这已经成为他的口头禅。"他出生于佛教的寺院，他毕业于佛教的学校，据我的推测，他的死法大概与西方对死亡的看法大相径庭。"思考着，无人想自杀"吧，但是，盘亘心间的一件事，就是我知道的那个一休禅师[③]两度试图自杀。

我在这里说到一休时，前面加上"那个"两个字，就是因

①太宰治（1909—1948），小说家。代表作有《人间失格》《斜阳》《富岳百景》等。与崇拜他的女读者山崎富荣跳玉川上水自杀。
②指的是古贺春江（1895—1933），大正时期至昭和时期的油画家。日本初期超现实主义流派的主要画家。后出家。
③一休宗纯（1394—1481），法号一休，自号狂云子等。云游四方，作歌表示不与平庸世俗同流合污。八十一岁时受天皇敕令担任大德寺第四十七代住持，重建大德寺。与道镜、空海一起被称为日本佛教史上最有名的三位和尚，也是佛教史上少见的"疯僧"。"五山文化"的代表。于佛学、诗文、和歌、书法等领域都有精湛造诣。

为他在童话中作为一个聪明的和尚为孩子们所熟悉喜欢，自由自在纵情奔放的各种传奇逸闻广为人知。"稚童爬到他的膝盖上，抚摸他的胡子，鸟儿也从一休的手上啄食"，这个样子可以说他已经达到"无心"的状态，是一个亲切宽厚、平易温和的僧侣，然而，其实他是一个具有深邃理念、谨峻严正的僧侣。据说他是天皇之子，六岁入寺院，表现出天才少年诗人的悟性才华，同时对宗教与人生的根本思想产生怀疑而苦恼，"若有神，则救我；若无神，沉湖底，葬鱼腹"，于是他想投湖自尽，被人阻拦。后来，一休所在的大德寺中有一个僧侣自杀，数位僧侣因之入狱，一休深感责任，"肩负重责"，遂入山绝食，决意一死。

一休的歌集，取名《狂云集》，也以"狂云"为号。而《狂云集》及其续集，收录日本中世的汉诗，尤其禅师的诗，可谓无与伦比，但其中也有令人惊骇的情诗，甚至大胆描写闺房秘事的艳诗。一休吃鱼饮酒近女色，违背禅宗的戒律禁规，把自己从这些禁忌中解放出来，以反抗当时宗教的外在形式，立志要在当时因战乱而世道崩溃的人心中重建人的存在实质、恢复生命的本性。

一休所在的京都紫野的大德寺，至今仍然是茶道的本山，茶室里悬挂着一休的墨迹，备受珍重。我本人也珍藏有一休的两幅书法真迹。其中一幅书有"入佛界易，入魔界难"一行字。我尤其喜欢这句话，经常挥毫。其含意可以做各种解读，倘若深入思考，恐怕永无止境吧。但是，他在"入佛界易"之后加上"入魔界难"，一休对禅宗的理解让我深感于心。对于以追求真善美为终极目标的艺术家来说，与"入魔界难"的愿望、恐惧、祈愿相通的心情，或显示于外表，或隐藏于内心，这是命运的必然吧。无"魔界"则无"佛界"，而且难以进入"魔界"，意志薄弱者无法进去。

　　逢佛杀佛，逢祖杀祖。

　　这是广为人知的一句禅语。如果将佛教宗派分为"他力本愿"和"自力本愿"的话，自然自力禅宗里也有这样激烈严峻的语言。他力本愿的真宗亲鸾[①]主张"善人往生，况恶人乎"，其心也与一休的"佛界""魔界"相通，但也不尽相同。这个亲鸾也说，他"弟子无一人"。"逢祖杀祖""弟子无一人"大概是他艺术性的严酷命运吧。

　　禅宗不崇拜偶像。虽然禅寺里也供奉佛像，但修行场、坐禅思索的禅堂都没有佛像、佛画，也不准备经文，只是长时间瞑目，静默，坐而不动，进入无念无思的境界。无"我"即为"无"。这个"无"不是西方精神中的"虚无"，而恰恰相反，是万物自在来往的空，是无涯无边、无穷无尽的心灵宇宙。禅宗也需要导师指引，通过与导师的问答得到启发，学习古典禅学，这是不言而喻的，但是，参禅思索完全依靠自己，开悟完全依靠自力。真理是"不立文字"，在于"言外"，甚至达到维

---

①亲鸾（1173—1262），镰仓时代初期僧侣。九岁出家。在源空门下修行他力教义，建立净土真宗。主张食荤娶妻，意在表示弥陀拯救一切众生。

摩居士①的"默如雷"的终极状态。中国禅宗的始祖达摩大师说他曾"面壁九年",在洞窟里面对岩壁一直坐禅九年,沉默思考,终于大彻大悟。坐禅就是源于这个达摩的坐禅。

> 问则答,不问不答,
> 达摩心中有那般。②(一休)

另外,同样也是一休的和歌:

> 不说人心是何物,
> 且听墨画松风声。

这首和歌表现出东方绘画的精神。空间、留白、减笔也可以说是这幅水墨画的心境吧。正所谓"能画一枝风有声"(金冬心③)。

道元禅师也说过这样的话:"君不见竹声悟道、桃花明心

---

①维摩居士,即维摩诘菩萨,释迦牟尼佛时代的佛教修行者。他是金粟如来的化身,化身在家居士,以这种形式行善、修道,是佛教在家众的典范。
②这里的"问"是"自问",即自问自答。
③金冬心(1687—1763),即金农,清朝著名书画家,"扬州八怪"之首。代表作有《东萼吐华图》《蜡梅初绽图》《玉蝶清标图》《铁轩疏花图》等。著有《冬心诗集》《冬心随笔》《冬心杂著》等。

乎？"日本花道的插花名家池坊专应①也在其《口传》中说道："仅以小水尺树，表现江山万里之意境，于顷刻之间，产生千变万化之佳兴，可谓仙家之妙术也。"日本的庭园也是大自然的象征。西方的庭园多为均衡的造型，而日本的庭园多不均衡匀称，相比之下，不均衡要比均衡更能象征性地表现更丰富、更广阔的空间。不言而喻，这种不均衡性通过日本人纤细微妙的感性保持平衡。没有比日本的园艺更复杂、更多趣、更绵密，因此也更困难的了。"枯山水"的造型，仅仅以岩石的组合，也就是"石头的堆砌"表现出远方的山川、冲波激浪的大海。这种凝缩的极致就是日本的盆景（盆栽、盆石）。"山水"两个字，包含山和水，也就是自然景色；山水画，也就是风景画，从庭园等的含义来看，也就涵盖着"古雅清幽""闲寂素朴"的情趣。但是，"和敬清寂"的茶道崇尚"空寂、枯寂"，自然潜藏着丰富的内心世界。极其窄小简朴的茶室里，蕴藏着无垠的开阔和无限的优雅。

一花堪比百花艳。千利休②教导我们，盛开之花不可用来插花。今天的日本茶道，在茶室的壁龛里，只摆放插着一朵花的

①池坊专应（1532—1554），池坊第十三代传人，为当时插花名人，曾十三次被招入宫中插花。著有《池坊专应口传》，将插花理论与技巧系统化。池坊是日本的花道家元。发祥于京都紫云山顶法寺，起源于佛前供花，在室町时代形成。以插花作为修行手段，实践圣德太子的"和"精神。江户时代中期，插花艺术从寺院、上流阶层走入庶民阶层，产生各种流派，流传至今。池坊如今依然是最大的流派。
②千利休（1522—1591），利休为千宗易的号。战国时代安土桃山时代著名的茶道宗师和集大成者，日本人称其为茶圣。其"和、敬、清、寂"的茶道思想对日本茶道发展的影响深远。茶道学于武野绍鸥，曾仕于织田信长、丰臣秀吉，后获罪于丰臣秀吉，自尽。茶道的集大成者。

花器，而且多是含苞待放的花蕾。到了冬季，也要插冬季之花，例如从命名为"白玉""佗助"的山茶花种类中挑选花小的洁白的一朵蓓蕾。没有杂色的纯洁白最为清雅高洁，同时，其中又包含着最丰富的色彩。而且，这朵蓓蕾一定要含带露水，这几滴露珠濡润花蕾。五月，青瓷花瓶里插一枝牡丹花，作为茶道之花最为豪华富丽，牡丹花自然也是一朵白色的蓓蕾，也要沾露。不仅在花朵上沾湿水滴，有不少在插花之前先将花器用水濡湿。

日本的陶瓷器中，用于插花的，品位最高、价格最贵的当数古伊贺陶瓷（十五六世纪），用水濡湿后，仿佛内心苏醒，生色增辉，美不胜收，令人眼睛一亮。伊贺陶瓷高温烧制，其作为燃料的稻草灰和烟灰或降落或漂流在花瓶上，随着温度的降低，就会产生挂釉的效果。这不是烧窑人能够人为控制的，而是窑炉内部的自然形成，可以说是"窑变"，会产生出形形色色千姿百态的色彩。伊贺陶瓷坯体素雅、粗犷，坚硬的表面含带水汽后，会呈现艳丽的透亮，与花蕾上的露水同气相求，交映生辉。茶道的茶碗在使用之前，先用水过一下，使之湿润，就更能品味出茶道的清雅。池坊专应认为"山野水边畔自成姿"（《口传》），将其作为自己流派的新的插花精神，于是残破的花器、枯萎的枝叶都蕴含着"花"，都可以通过"花"获得感悟。禅语说"古人皆由插花而悟道"，受其影响，从而唤醒日本美学之心，这也是在长期内乱的废墟上生存下来的人的心灵。

日本最古老的歌物语集《伊势物语》①（十世纪成书）中也包含有短篇小说，有这样记述：

　　解风雅之人插花于瓶中，不意此花乃藤花。花蔓竟长达三尺六寸。

这是讲述在原业平②接待客人时插花的故事。总状花序垂下来长达三尺六寸，这样的藤花的确少见，十分怪异，令人怀疑其真实性，但是我从这种藤花感受到平安朝文化的象征。藤花富有日本情调，像女性那样优雅，垂蔓盛开，在微风中轻轻摇曳，那种风情无比纤弱柔软，不胜娇羞，婀娜多姿，在初夏的青翠新绿中若隐若现，与幽情逸韵一脉相通，但是三尺六寸的总状花序，具有异乎寻常的华丽之美。一千多年前，日本吸收唐朝文化，经过日本独特方式的消化以后，诞生了绚丽的平安朝文化，创造出日本的审美理念。这与"怪异的藤花"相似，可以说是超乎寻常的奇迹。于是，诞生了日本古典文学的最高名著，如和歌的第一部敕撰和歌集《古今和歌集》（905）、小说

①《伊势物语》，平安时代初期成立的歌物语。由125段构成，一般以数行的假名文、和歌组成的章段，描写主人公从元服到死去的生涯。其中收录在原业平的许多和歌，故认为主人公有业平的影子。内容以男女恋爱为主，也包括亲子爱、主仆爱、友情等。也称作《在五物语》《在五中将物语》等。
②在原业平（825—880），平安初代代表性歌人。平城天皇的第一皇子阿保亲王之子，官至藏人头，擅长和歌，建构起《万叶集》所没有的观念世界。

的《伊势物语》、紫式部①的《源氏物语》、清少纳言②的《枕草子》等，创造出日本美的传统，影响了——不如说支配了——此后的八百多年间的后代文学。尤其是《源氏物语》，是日本自古至今最优秀的小说，至今现代，所有小说无出其右。在十世纪就能创作出具有如此近代风格的长篇小说，的确是世界的奇迹，在国际上也是闻名遐迩。我在少年时代就阅读过许多平安时代的古典书籍，虽然那时还不太懂得古文，但无疑《源氏物语》最是打动我的心，必然而然地渗透进我的心间。《源氏物语》问世之后的几百年里，一直受到日本小说的仰羡，还有的人予以模仿或者改编。和歌自不待言，从工艺美术到造园艺术，都深受《源氏物语》的影响，一直成为人们获得美的精神食粮。

紫式部、清少纳言，还有和泉式部③、赤染卫门④等著名歌人，都是侍奉于宫中的女性。所以，平安文化，一般地说，就是宫廷文化、女性文化。诞生《源氏物语》《枕草子》的时期，是平安文化的鼎盛时期，也是从成熟的顶峰开始向颓废倾圮的

①紫式部，平安时代中期的《源氏物语》作者。生卒年不详，根据其在世资料推定为970—1002。藤原为时的女儿，山城守藤原宣孝之妻。长保三年（1001）丧夫后，仕于一条天皇的中宫彰子。著有《紫式部日记》。
②清少纳言，平安中期的歌人。生卒年不详。推定966年生，根据其在世的最后资料推定1017年殁。仕于一条天皇的皇后定子。通和汉之学，与紫式部并称。著有《枕草子》、歌集《清少纳言集》。
③和泉式部（979—？），平安时代最杰出的女歌人之一，继承和发展了《古今集》的传统，开平安后期的歌风。她是越前守大江雅致之女，初嫁和泉守橘道真，生小式部，后离异，与为尊亲王、敦道亲王热恋。敦道亲王死后，仕中宫彰子，嫁给藤原保昌。和泉式部是她以热烈痴爱、缠绵风情的赠答的恋歌而著称，其中不乏晦涩难解之作。《拾遗集》收录了她的二百四十七首和歌，在女歌人中数量最多。
④赤染卫门（？—1041以后），平安中期的歌人。先后仕于藤原道长之妻伦子和一条天皇中宫上东门院彰子。其歌与和泉式部并称。著有歌集《赤染卫门集》。

时期，尽管已经是极尽荣华见哀愁，物极必反，但毕竟绽放出日本王朝文化的璀璨鲜花。

不久，王朝衰败，政权从公卿让位于武士，镰仓时代（1192—1333）创建后，直至明治元年（1868），武家政治延续了大约七百年。然而，天皇制和王朝文化并没有灭亡。镰仓时代初期的敕撰和歌集《新古今和歌集》（1205）比平安朝的《古今集》[①]在创作技巧上有了新的发展，虽然也有文字游戏之弊端，但注重妖艳、幽玄、余情，并加入感觉性的幻想，与近代的象征派诗歌一脉相承。西行法师是跨平安和镰仓两个时代的代表性歌人。

思君独自眠，
倘若知君梦中见，
长睡不愿醒。

相逢梦中路，
不如真实见一次，
胜却金风露。

---

① 《古今集》，即《古今和歌集》，日本最早的敕撰和歌集。奉醍醐天皇之命，由纪贯之等宫廷诗人于914年左右编成，共收和歌一千余首，多为短歌。按季节和内容分为二十卷，带有贵族化风格。

这是《古今集》中小野小町①的和歌，梦境中的歌咏还具有坦率的现实性。但是在《新古今集》之后，歌人的歌风转向微妙的写生。

群雀喧闹竹丛中，
夕阳映照秋色浓。

萩花落庭院，
秋风沁身凉。
落日映白壁
夕辉渐消散。

以上是镰仓时代末期的永福门院②的和歌，具有日本纤细的哀愁象征，感觉与我有更多的亲近感。

吟咏"冬天雪清爽"的道元禅师，吟咏"冬月出云来，瑟瑟伴我身"的明惠上人，都是《新古今集》时代的人。明惠和西行和歌赠答，也有歌物语。

①小野小町，生卒年不详，平安初期的女歌人。其经历不详，似为薄命佳人。她的和歌可以说是女性在恋爱过程中各种体验和心态的描述，通过比喻、典故、民俗、信仰等比较复杂的手法表现这种情感，大量使用衬词、双关语，以具象与抽象形象的重叠构成多重的心像世界，开平安时代女性文学之先河。
②永福门院（1271—1342），太政大臣西园寺实兼的长女、伏见天皇中宫。与伏见院并为镰仓后期的代表性歌人，创立新鲜生动的门院歌风，尤擅长叙景抒情歌。其作品收在《玉叶集》《风雅集》里。

西行法师常来晤谈，谓吾咏和歌，大异寻常，即使对花、杜鹃、月、雪等万物起兴感怀，然眼所见耳所闻皆非实在之物，尽是虚妄之相，而所咏之句皆真言也。咏花其实并非思花，咏月其实并非思月，只是如此随缘起兴吟咏而已。犹如彩虹横跨，虚空五色缤纷；又如白日照耀，虚空光辉灿烂。然而，虚空本不明无色，吾人此心亦如虚空，在其上涂以种种风情之色，更了无踪迹。此歌乃如来之真正形体也。

（弟子喜海《明惠传》）

日本，或者东方的"虚空""无"，在此处都说得至为妥当准确。有评论家认为我的作品是虚无的，但这不是西方的那种"虚无主义"。因为二者的心灵不同。道元的《四季歌》题为"本来之面目"，但在歌唱四季之美的同时，实际上强烈地贯彻禅的精神。

1968 年 1 月

美的存在与发现

我下榻在卡哈拉·希尔顿饭店将近两个月。好几天早晨，我在伸向海滨的阳台餐厅上，看到角落的长条桌上，整整齐齐地摆放着许多玻璃杯，在朝阳的映照下，闪闪发光，晶莹剔透。这是我在别处从未见过的。即使在同样是阳光明媚、海色湛蓝的法国南部海滨城市的尼斯、戛纳，以及意大利南部的索伦托半岛的海滨，也从未见过。卡哈拉·希尔顿饭店的阳台餐厅上玻璃杯的熠熠生辉，正是常夏乐园的夏威夷或者檀香山的阳光的璀璨、天空的晴光、海色的辉煌、树木的苍翠这些鲜明的象征之一，我想将终生记忆在我的心间。

成排的玻璃杯，排成整装待发的阵容，都是倒扣着，杯底朝上，而且两三个杯子叠扣在一起，有大有小，杯子的表层互相接触，形成一个玻璃的阵形。并不是整个杯身都沐浴着晨光的辉耀，只有倒扣的杯底圆形的周边才闪烁着耀眼的白光，如钻石般绚丽夺目。杯子的数量有多少呢？有两三百个吧。并非左右的杯底都如此闪光，只是相当多的杯底周边圆圈闪耀，如同璀璨的星光，每一行杯子的闪光点仿佛事先安排好似的，形成一排排闪动的光线。

玻璃杯底边缘的光芒让我凝神注视，而玻璃杯身的一处蕴含的晨光又吸引我的眼睛。它不像杯底边缘的光线那样耀眼强烈，而是朦胧柔和。在阳光灿烂明亮的夏威夷，使用日本式的"朦胧"来形容，大概不太合适。但是，与杯底边缘从每一粒光点发射出来的耀眼的光芒不同，玻璃杯身的微光向着杯子外层的表面、向着杯子里层逐渐扩散蔓延。这两种光都同样的清纯美丽。这大概是夏威夷充足明媚的艳阳、清爽澄澈的空气的缘故吧。在我发现餐厅角落长条桌上的玻璃杯群体映照着晨光而如此美妙感动于心之后，打算休息一下眼睛，于是环顾四周，只见餐桌上已经为客人摆好兑着冰块的清水。晨光或照射，或投射在玻璃杯杯体上和水面、冰块上，荡漾出五光十色变幻的微妙色彩。如果不是留心观看，几乎感觉不出来这种微光，也依然清新爽人。

我想，朝阳在玻璃杯上映照出如此美不胜收的色彩，不仅仅是夏威夷檀香山的海滨才有。在法国南部的海滨、意大利南部的海滨，或者在日本南方的海滨，也许都会与卡哈拉·希尔顿饭店阳台餐厅一样，玻璃杯杯体反射出丰饶明亮的阳光。另外，夏威夷明媚的骄阳、清爽的空气、碧蓝的海色、翠绿的树木，其实无须在玻璃杯这样庸俗平凡的东西上发现其鲜明的象征性，能够最显著、典型地象征夏威夷之美的东西，其他还多的是。例如五彩缤纷的鲜花、葳蕤繁茂的树木，还有我尚未有幸一饱眼福的奇特景观：在海面上的一处降雨之后直立的彩虹、如月晕般圈围着月亮的圆形彩虹，等等。

但是，我毕竟在阳台餐厅发现了朝阳在玻璃杯上创造的美。的确是我亲眼所见。这是我第一次遇到。在别的地方从来没有遇见过。这样的邂逅，难道不正是文学吗？难道不也正是人生吗？这么说的话，大概有点过于突进、有点夸张吧？也许是这样，也许不是这样。在我七十年的人生中，还是第一次在这里发现玻璃杯的光耀，并感动于心。

我想，大概不会是饭店的人事先计算好让玻璃杯在晨光里发出耀眼的光芒，才故意那样摆放在那里的吧。他们不会知道我看过以后会觉得美。由于昨天的玻璃杯之美给我太多的感动，一直挂念在心里，今天早晨还会是那样的吗？又去观看，然而，与昨天的大相径庭。其实，说得详细一点，玻璃杯倒扣，底部朝上，圆形的底部上的某一处如星光般闪烁，后来，我多次反复观察，由于时间和角度的不同，闪耀的星星有的不止一颗，还有几颗同时闪动。而且不仅底部边缘，玻璃杯杯体上似乎也镶嵌着耀眼的星星。那么，认为杯底边缘只有一颗星星，是我的错觉，还是我的幻觉呢？不，有时候就只是一颗星星。群星闪耀看上去会比孤星更美，但对我来说，第一次看到的只是一颗星星，所以觉得它更美。在文学和人生上或许也有这样的时候吧。

我今天本想从《源氏物语》讲起，却一开口先讲了我对餐厅玻璃杯的感受。不过，尽管嘴上讲的是玻璃杯，脑子里却始终想着《源氏物语》。这是无法与人相通的，也无法让人相信。

而且，我絮絮叨叨地谈论玻璃杯，过于啰唆，时间过长，这种事在我拙劣的文学与人生中常有发生。要是开门见山谈论《源氏物语》就好了，然后用简短的语言讲述一下对玻璃杯的感受，或者放在俳句、和歌的部分也可以。不过，此时此地，我用自己新鲜的语言把发现玻璃杯在晨光照耀下所产生的美以及我的感受讲述出来，我从而感到心满意足。在别的地方，在别的时间里，当然也存在玻璃杯类似的美，但是，在别的地方、在别的时间里也许不会存在与这里一模一样的美。至少我从未见过，所以大概可以说是"一期一会"吧。

刚才说到的在海面上的一处直立的彩虹、月晕般圈围着月亮的圆形彩虹这些美丽的景象，是我的一位在夏威夷创作俳句的日本人告诉我的。他说想写本夏威夷的岁时记，可以把上述这两种奇观归类到夏天的季题里，假定为"海雨""夜虹"两个季语，当然也许还有更合适的语言表现。听说夏威夷也有"冬绿"这个季题。我听了以后，就想起这样一句我的俳句习作。

满眼葱茏又青葱，
今年去岁依旧浓。

看来"冬绿"这个季题在夏威夷可以使用。这首俳句是我于今年元旦在意大利索伦托半岛创作的。我从冬季遍地落叶、花草枯萎的日本踏上旅途，飞越北极上空，在太阳坠落在地平线低低爬行、夜长昼短的瑞典待了十天，然后再经过依然寒冷的英国和法国，来到意大利的索伦托半岛。因为正是隆冬时节，但那里草木葱茏，几乎所有的一切都青翠欲滴，满眼绿意，让我印象极其深刻。街道两旁的橙树硕果满枝，都染上黄灿灿的颜色。然而，听说那一年冬季意大利气候异常。

元日清晨落寒雨，
维苏威山不见雪。

海上落雨山降雪，
街道晴朗索伦托。

元日驱车游，
远眺灯火拿波里，
夕归索伦托。

第二首短歌描述乘车翻山越岭的景象。快到山前时，下起鹅毛大雪，纷纷扬扬，这在索伦托半岛属于天气异常。

我这个人不会俳句、短歌、诗歌，实为憾事，可是来到遥远的异国旅行，心情愉快，情趣盎然，也就趁着余兴，模仿试作，以为自娱，记在笔记本上，免得后日忘却，备以回忆之用。

"冬绿"的俳句所说的"今年去岁"，就是辞旧迎新，辞别旧岁迎接新年，忆旧岁思新年的意思，是正月的季题。但是，我使用这个词主要是因为脑子里记着高滨虚子[①]的这首俳句。

> 今年去岁，
> 贯穿如棍。

这位俳句大师住在镰仓，离寒舍不远。战后，他发表短篇小说《虹》，我撰文赞誉，没想到这位老先生一个人亲自登门致谢，实在惶恐之至。他自然身穿和服、裙裤，脚下是高齿木屐，最显眼的是，他脖子后面的衣领里斜插着一束诗笺。诗笺上写着他的俳句，是送给我的。我这才知道，原来俳人还有这样的礼仪。

每到岁末年初，镰仓车站内都张挂着住在镰仓的文人们自书的短歌、俳句。有一年岁末，我在车站里看到虚子的这首"今年去岁"的俳句，不禁大吃一惊。"今年去岁，贯穿如棍。"我感叹不已，心荡神怡。俳句气魄宏大。我如同遭到禅师的大声棒喝。据虚子年谱记载，此句作于1950年。

虚子主持《杜鹃》杂志，发表了很多看似平时说话一样自言自语般的俳句，或自由自在，或信手拈来，或平谈无奇，但其中都包含着或格局高远，或动人心魄，或奇思妙想，或深邃幽远的俳句。

---

①高滨虚子（1874—1959），大正后半期的俳人。与河东碧梧桐并称子规门下双璧，倡导客观写生"讽咏花鸟"，在他主持下，《杜鹃》培养出一大批大正、昭和时代俳坛的代表性作家，成为日本俳坛上历史最悠久的杂志之一，大致反映出明治、大正、昭和三个时代俳句史的大观。日本艺术院会员，被授予文化勋章。虚子一生留下数量庞大的句作，著有《高滨虚子全集》(16卷)。

虽名白牡丹，
细看隐约红。

枯菊动寒风，
尚有风情存。

天上有淡香，
秋晴隐约闻。

岁月只是默默去，
走过又一年。

"岁月"这一句与"今年去岁"相通。我曾在某年正月的随笔里引用阑更^①的俳句。

元日心改新，
此心度世间。

有朋友请我挥毫这一句，以作为正月的挂轴。欣赏这首俳句，见仁见智，可俗可雅，可高可低。不过，我觉得有一种世

<hr>

①高桑阑更（1726—1798），江户中期的俳人。原是商人，后专注俳谐。在东山建芭蕉堂，每年三月举行芭蕉会，提倡复归芭蕉。句风平淡洒脱。

俗的训谕规诫的意味，心头犹豫是否光写这一句，于是添加上其他人的句子。如：

岁末夜空不胜美。　　　　　　（一茶）[1]

今年去岁，贯穿如棍。　　　　（虚子）

元日心改新，此心度世间。　　（阑更）

元日千只鹤，高空舞梦幻。　　（康成）

拙句自然是对朋友的一种敬意表达，聊作笑料而已。

记得我在镰仓的古美术商那里看到一幅小林一茶自书的挂轴，内容倒是记住了，但何时何地所写尚未查考。

此为终老地，
积雪五尺深！

信浓柏原与雪国的越后之间的野尻湖一带是一茶的故乡，如果这首俳句是他回乡后创作的，那么此地是户隐、饭纲、妙高等山脉的山麓高原，冬天的夜空仿佛冻结般高旷而冰冷，也会有繁星闪耀，寒星似乎要降落世间。此时又正值除夕夜半，所以他用"不胜美"这样普通的语言表现自己对美的存在的发现和创造。

---

[1]小林一茶（1763—1828），信浓农家长子，三岁丧母，一生大多穷愁潦倒。俳句吟咏庶民的喜怒哀乐，句风平实通俗，明白如话，清新轻妙，表现农民的强烈个性。明治四十年代以后，人们重新认识一茶俳谐的价值。芭蕉、芜村、一茶是江户时代的三大俳人，一茶是后期的代表。

虚子的"贯穿如棍"的奇思妙想是凡人无法企及的，构思大胆，不是显得很深邃、博大、坚实吗？"岁月只是""默默"这样的表现手法，在俳句里似乎难以得心应手地运用。但是，清少纳言的《枕草子》中有这样一段话：

> 唯过而不留者……乃扬帆之舟，人之年龄，春夏秋冬。

虚子的"岁月唯有默默去"让我想起《枕草子》中的"唯过而不留者"这句话。清少纳言和高滨虚子把日语中的"唯"都用活了。时经九百五十多年，语感、语意也许多少有所变化，但这种变化应该很少。虚子当然读过《枕草子》的吧。只是他吟咏这一句的时候，脑子里是否浮现出《枕草子》的这句话呢？或者仅仅是所谓"本歌取"①呢？这个我就不得而知了。即使借用，也毫无问题。而且，我觉得虚子比清少纳言对"唯"的使用度更加灵活。

在我演讲的过程中，《枕草子》自然而然地浮现出来，不言而喻，我也已经闻到了《源氏物语》的气息。这两部作品并驾齐驱是不可回避的命运。《源氏物语》的作者紫式部和清少纳言是两位冠绝古今的天才，同时代人，这就是命运。两人生活在能够培养、发挥她们天才的幸运的时代，这是天赐的命运。如

---

①本歌取，通过对古代和歌的理解，吸收、借用其中的构思、语言、情趣等创作新和歌的手法。

果她们早生五十年或晚生五十年，恐怕就不会诞生《源氏物语》和《枕草子》吧。两个人的文才也不会那么高，也不可能开花结果吧。这是确凿无疑的。这是令人可怕的。无论是《源氏物语》，还是《枕草子》，我总是首先对这一点痛切感受。

日本物语文学发展到《源氏物语》，已经是登峰造极。战记文学发展到《平家物语》（成书于1201—1221），也是登峰造极。浮世草纸发展到井原西鹤①，也是登峰造极。俳谐发展到松尾芭蕉②，也是登峰造极。另外，水墨画发展到雪舟③，也是登峰造极。宗达、光琳流派的绘画发展到俵屋宗达（桃山时代、十六世纪后半叶至十七世纪初）、尾形光琳（元禄时代、十七世纪后半叶），或者发展到宗达的时代，也是登峰造极。他们的追随者、模仿者，是不是亚流其实也无所谓；他们的继承者、后来者是否出现、是否存在其实也无所谓，我的这个想法可能过于严酷，过于偏激，然而，我终归作为一个文学者而活着，长久以来，这种思绪总是盘桓在心间。自己现在生活的时代对于艺术家、文学家来说，应该是最幸运的时代吧，我时常通过时间这

①井原西鹤（1642—1693），江户时代的浮世草子、人形净瑠璃的作者、俳人。十五岁从贞门学俳谐，后成为新风俳谐的主将。他的"天数俳谐"曾一昼夜独吟两万三千五百句。他创立文学体裁"浮世草子"，促使町人文学的诞生，被称为"日本近代文学大师"。作品有《好色一代男》《好色一代女》《世间胸算用》等。
②松尾芭蕉（1644—1694），以毕生精力将俳谐提高到真正的文学高度，追求俳谐在更高更深层次上的艺术性，引领俳谐进入文学艺术的殿堂，形成以《芭蕉七部集》为代表的蕉门风格，并创立俳论，开创了俳句的黄金时代，成为近世诗的代表。他的作品所提供的典范作用至今还没有被人逾越，被日本人尊为"俳圣"。还著有纪行文集《奥州小道》等。
③雪舟（1420—1506），室町时代后期的画僧。俗名等杨。绘画学于周文，应仁元年（1467）曾到明朝学习中国水墨画技法，文明元年（1469）回国后，开创继承元朝、明朝北画风格的水墨画。作品有《山水长卷》《泼墨山水画》等。

样的命运来思考自己的命运。

我主要创作小说，然而，我也有这样的疑问：小说果真还是最适合这个时代的艺术和文学吗？小说的时代不是正逐渐过去了吗？或者说，文学的时代不是正逐渐过去了吗？从西方现今的小说来看，我就产生这种怀疑。日本吸收西方近代文学，已有百年，而如今的文学没有达到王朝时代的紫式部、元禄时代的芭蕉那么高的日本风格水平，不是就开始走向衰微吗？或者说，日本文学正在发展势头上，即将诞生新的紫式部和芭蕉，倘若如此，那实在是莫大的好事。我常想：从明治以后，随着国家的开化和振兴，曾出现过不少文学大家，不过，他们大多为学习、移植西方文学消耗了青春和精力，大半生都处在启蒙阶段，没有立足于东方、日本的传统，创作出成熟的作品。他们是时代的牺牲品。与主张"不知不易难以立基，不知流行难立新风"①的芭蕉完全不同。

芭蕉生活在一个幸运的时代，可以培养、发挥自己的才能，逢时而生，世所公认，受到众多弟子的尊敬、羡慕、爱戴，但即使如此，他还是踏上《奥州小道》的行旅，多次说道"路毙亦乃天命也"。在最后的旅途上，他写下这样的俳句。

---

①不易流行，松尾芭蕉对俳谐的风雅追求的理论。"不易""流行"皆源于中国，芭蕉将其运用于俳谐理论，指对俳谐的"姿"的认识，风雅既有万代之不易，又有一时之变化。"不易"乃永恒之意，指诗歌生命的基本永恒性。"流行"乃变化之意，指诗歌随时代变化的变迁性，即求新。"不易"与"流行"作为相辅相成、本质一致的对立统一体，皆归于风雅之诚。

此路秋暮无行人。

秋深矣，
不知邻人做么事？

他在这次行旅的辞世句是：

羁旅病床箦，
梦绕荒野枯。

我在夏威夷期间，在旅馆里主要阅读《源氏物语》，随之阅读《枕草子》，第一次明显感受到这两部书、两个作者之间的差异。令自己也感到惊讶，乃至怀疑大概是自己年龄的缘故吧。不过，我深刻感受到，无论是深邃、丰饶、宽阔、博大，还是缜密，清少纳言都远不及紫式部，我的这个新的感受至今没有动摇。其实，这个见解自古就已明了，也许古人早就说过，只不过对我来说，是一个新发现，或者说重新确认、明确而已。那么，紫式部和清少纳言的差异，一言以蔽之，是什么呢？紫式部的心灵可以流淌贯穿到芭蕉。清少纳言拥有的大概是与日本人的心灵不同的支流吧？我用这样一句话加以概括她们的区别，当然，对我的话，大概会有人怀疑，有人误解，有人反驳，各人随意，悉听尊便。

另外，经验告诉我，对我的作品，对古人今人的作品，对其鉴赏、评价，都会因时而异。变化有大有小，始终不渝地坚持自己一贯评价观点的文艺评论家，要不就是相当杰出的评论家，要不就是相当糟糕的评论家。保不住什么时候我也会把清少纳言和紫式部相提并论。我少年时代，因为不甚明白，随意阅读《源氏物语》和《枕草子》，先看《源氏物语》，随后看《枕草子》，结果感觉令人耳目一新，书中描写活灵活现，生动活泼。《枕草子》明了易懂，色彩鲜艳，富有魅力，灵巧机敏，生动自然，汩汩流淌着新鲜敏捷的感觉，有一种迷人的美感，让自己展开联想的翅膀在天空飞翔。大概由于这个原因吧，以至于有评论家说我的风格受《枕草子》的影响要比《源氏物语》多。后来的连歌、俳谐在语言的运用上也许与《枕草子》更为相通，而并非《源氏物语》。但是，后来的文学所景仰学习的是《源氏物语》，而并非《枕草子》。

本居宣长 ① 在《源氏物语玉小栉》中这样写道：

　　在此类物语书中，唯此书最为优秀，大致震古烁今。先前之物语，尚无人如今专心撰写……任何物语都没有把物哀写得如此细腻深刻。……而此后之物语……亦是一味模仿此物语……而甚为拙劣……唯有

①本居宣长（1730—1801），日本国学的集大成者，不仅在国学史，而且在日本文化史、思想史、文学史上都占有重要地位。深受贺茂真渊的《冠辞考》的影响，潜心研究《古事记》，开始毕生巨著《古事记传》的著述。主要著作集中在语言、文学、古道方面，有《石上私淑言》《直毗灵》《驭戎慨言》《万叶集玉小琴》《国号考》《神代正语》等。

此物语尤其用心，倾注心力而写作，不言而喻，所有辞藻都优雅贴切……如春夏秋冬四季之天空颜色、草木形状，都描写得千姿百态，生动可爱；男女之形态身姿、心理所思，都刻画精准。……栩栩如生，如见其人，演绎推理，运笔有神，无人可及。

本居宣长在这里发现《源氏物语》之大美。"大抵能写人心之著，无论日本、中国、古代、今日、过去、未来，盖无此大作。"

宣长在这里写到"古代、今日、过去、未来"，换言之，过去自不待言，就是未来，也无人写出这样的巨著。"从今以后"这样的话，我想这是宣长感动至极发自内心的语言，然而，宣长的预言不幸而言中了。从那时起，能与《源氏物语》相媲美的小说在日本至今尚未问世。我们可以玩弄"不幸"这样的辞藻吗？这并非我一个人的事。作为拥有九百五十年乃至上千年历史的《源氏物语》这样的民族的一员，我无比期盼着能与紫式部并驾齐驱的文学家的出现。

被称为印度诗圣的罗宾德拉纳特·泰戈尔[①]访问日本时，在演讲中说道："任何民族，都有义务将本民族自身呈现给世界的义务。如果什么也不呈现出来，可以说那是民族的罪恶，比死亡还要坏。人类历史对此也不会宽恕。一个民族，必须展示它们最好的东西。同时，本民族的高尚纯洁的灵魂这个宝贵财富

①泰戈尔（1861—1941），印度诗人、文学家、社会活动家、哲学家。代表作有《吉檀迦利》《飞鸟集》《园丁集》《新月集》《文明的危机》等。

必须超越自己眼前的局部性需要，认识到将本国的文化精神奉献给世界的责任，这才是民族的丰饶的胸怀。"他还说道："日本创造出一种具有完整形态的文化，发展到能够从美当中发现真理、从真理当中发现美的视觉。"泰戈尔今天依然将日本古时代的《源氏物语》视为"民族的义务"，现在乃至将来比我们都更加出色地履行这个"义务"，这不令人深感高兴的同时也深感悲哀吗？

1969 年 5 月 1 日 夏威夷大学讲演

"我再次想起，日本创造出一种具有完整形态的文化，发展到能够从美当中发现真理、从真理当中发现美的视觉，我认为，这是像我这样的一个外来者的责任。日本正确而明确地创造出了完整形态的某种东西。这是一种什么东西呢？我们这些外国人要比你们更容易认识。这无疑是对全人类极为宝贵的东西。在诸多民族中，日本不是仅仅依靠它本身的适应性力量，而是从它内在的灵魂深处产生出来的。"

这是罗宾德拉纳特·泰戈尔第一次访问日本时，于大正五年（1916）在庆应义塾大学发表题为《日本的精神》的讲演中说的一段话。当时我还是旧制学校的中学生，从报纸上刊载的大照片中，看着这位长发蓬松，长唇须，长胡子，身穿印度服装的身材修长高大、目光充满睿智的圣哲般的外貌风采的人物。他给我留下的印象是，苍苍白发柔软地横卧在宽大的前额上，鬓角的头发沿着脸颊一直延伸下来，与下巴的长胡子连接在一起，一副东方古代圣哲的脸庞，溢彩生辉。泰戈尔的有些诗歌，使用浅显易懂的英文，我们中学生也能读懂，我也看过一些。

后来，泰戈尔对朋友这样说道：他们一行在神户港上岸后，乘坐前往东京的火车"到达静冈车站时，看到某个僧侣团体焚香合掌前来欢迎我，这时我才第一次感觉到'这就是日本'，高兴得热泪盈眶"。原来这是静冈市的佛教团体四誓会的二十多名成员。（根据高良富子的译注）泰戈尔后来又来过两次，一共三次访问日本。关东大地震后的第二年（1924）也来过日本。泰戈尔的基本思想是："灵魂之永恒自由存在于爱之中，伟大存在于渺小之中，无限发现于形态的羁绊。"

提起静冈，现在我在夏威夷的旅馆里可以品尝到静冈的"新茶"。是八十八夜刚采摘的新茶。按日本习惯，从立春这天算起的第八十八天，今年（1969）的话，就是5月2日。按照日本自古以来的习惯，"八十八夜"采摘的新茶是一种灵丹妙药，可以延年益寿、祛病消灾，历来都是备受珍重的吉利的茶叶。

八十八夜夏将近，
漫山遍野嫩叶绿。
采茶姑娘莎草笠，
红色袖带① 多鲜艳。

①袖带，为了劳动方便，将衣服袖子用带子系到身后。

这是一首采茶歌，在采摘季节，到处都能听到，富有鲜明的季节感，令人怀念的歌曲。茶园的村庄，一到"八十八夜"这一天，村里的姑娘们一大早就一齐去茶园采摘新芽。她们身穿藏蓝色碎白点花纹衣服，系着红色袖带，头戴莎草斗笠。

我的一位静冈县老家的朋友吩咐静冈的茶叶店给我航邮 5 月 2 日采摘的新茶。邮件于 5 月 9 日到达檀香山的旅馆。我立即仔细地泡上一杯，细细品尝日本五月初茶的芳香。这不是茶道的抹茶、粉茶，就是用于煎茶①的茶叶。根据各人的喜好，浓淡皆宜。招待客人时，宾客向主人询问茶叶的品名，已成为一种礼仪，于是，茶叶店便给茶叶安上种种风雅品位的名称。与待客时的咖啡、红茶一样，从点茶的香气和口味，可以看出主人的人格、品格。江户时代、明治时代的文人墨客的一大情趣就是煎茶之道，颇为盛行，如今虽已衰微，煎茶之礼仪规矩姑且不论，但如何泡茶，使之色香味俱全的技巧、修心养性之感悟还是流传下来。

我泡新茶，怀着喜悦之心，所以觉得淡香袅袅，圆润甘甜。檀香山的水很美。我在夏威夷品尝新茶，眼前会浮现出静冈县乡间茶园的风景。茶园遍布几座山丘，连成一片。那一带的东海道，我也曾走过。现在我的脑子里浮现出来的是我从东海道线火车的车窗望见的茶叶景象。那是清晨和傍晚时的景色。在朝阳和夕阳的光线斜照下，成行成列的茶树，山谷之间沉淀着

①煎茶，日本绿茶的一种。嫩叶加工制成，注入开水，闻香品味。

浓郁的阴影。茶树低矮整齐，枝繁叶茂，除嫩叶外，叶子的颜色一般是绿中带黑，呈墨绿色，所以茶树行列之间的颜色就显得浓暗深沉。清晨，我看到绿树静静地睁眼醒来；傍晚，我看到绿树静静地睡眠休息。有一次，傍晚，我从车窗里望过去，山丘上的茶园如绿色的羊群在静静地睡眠。如今东京和京都之间建成了新干线，三个小时风驰电掣，我是坐在未通新干线之前的东海道线火车里看到的景象。

东海道新干线也许是世界上最快的列车，然而，速度之快，失去了从车窗欣赏外面景色的情趣。正如静冈县的茶园那样，在原先的东海道火车上，按照原先的速度，我从车窗里可以欣赏到沿途好几处吸引我目光的优美景致。其中给我留下最鲜明印象、最令人感动的，就是从东京出发的列车在接近滋贺县近江路山的风光。

春归去，
惜别近江人。

这是芭蕉的俳句，说到近江。我每次在春天经过近江路时，都会想起芭蕉的这首俳句，仿佛其中也饱含着我的感情，同时对芭蕉发现的美感到吃惊。

我这么说，只是我个人对这首俳句的理解。人往往会被自己喜欢的诗歌乃至小说所吸引，把自己带入，于是按照自己的想法随心所欲地解释、鉴赏作品。根本不去理解作者的意图、作品的本意、学者以及批评家的研究评论，远离它们，不想了解它们，只是按照自己的想法无拘无束地欣赏，这样的方法应该是更加普遍。古典作品也是如此。作者搁笔，于是作品就以自身的生命走进读者，是生是杀，一切任凭偶然读到此书的读者做主，悉听尊便，作者对此无能为力。芭蕉说"书下文几成废纸"，他说这句话时的含意，我今天引用这句话的含意，二者已大不相同。

我甚至连"春归去"这一句出自《猿蓑》①都给忘记了。但是，我从这首俳句里感觉到"春之近江""近江之春"。给我提供这样一个感受的句子。我感受春之近江、近江之春，就是一片辽阔的金黄色的油菜花，给人暖春的感觉，还有望不到头的浅紫红色的紫云英田野，以及春霞绮丽的琵琶湖。近江有许多油菜花地和紫云英田野。但是，比起这些，更令我感动的是，列车快到近江时，车窗外的风景就是我的故乡，让我发出"啊！"的感叹。这一带山容柔和，树木蓊郁，风景纤细优雅。这是京都的入口，京都就在近处，近畿地方，已经进入畿内了。这里是平安王朝、藤原时代（794—1192）的文学艺术的中心，诞生《古今集》《源氏物语》《枕草子》的故乡。我的故乡在《伊势物语》中提到的芥川②一带，土地贫瘠，也无景观，于是也将只

---

①《猿蓑》：江户中期由向井去来和野泽凡兆合编的蕉门的发句、连句集、六卷两册。松尾芭蕉于元禄四年（1691）逗留京都时主编。1694年成书。书名来自芭蕉吟诵的"初昏猿亦欲小蓑衣也"之句。俳谐七部集之一。被认为是蕉门最高的俳句集。
②芥川，发源于大阪与京都交界的明神岳，属于淀川水系。《伊势物语》第六段提到这条河。

有不到一个小时距离的京都视为自己的故乡。

这次我在檀香山的卡哈拉·希尔顿饭店第一次认真细致地重读一遍山本健吉[1]所写的《芭蕉》中对"春归去，惜别近江人"的评论。他认为，芭蕉写这首俳句，并非沿东海道而上，而是从伊贺来到近江的大津。《猿蓑》里有序云"望湖水惜春"，据说也还有"志贺唐崎[2]泛舟游，众人惜恋春归去"的序言真迹。另外，"近江人"的"人"，似乎是与芭蕉有某种关系的人们。现在，我只从山本健吉的评论中抽取对我合适的部分录取如下：

> 关于此句，《去来抄》(向井去来[3])有如下说明："先师曰:尚白(江左尚白[4])批评道，近江虽在丹波，将'春归去'改为'岁归去'，亦如何? 汝以为如何? 去来曰:尚白批评不妥。因湖水朦胧，故而借此惜春。尤其现在更有实感。先师曰:诚然。昔人爱此地之春丝毫不逊于都人(京都人爱春之心)。去来曰:此一言透彻吾心。倘若岁暮在近江，岂有(惜春)之感? 倘若在丹波时春已归去，亦不会产生惜春之感。自然环境令人感动

①山本健吉（1907—1988），评论家。主要从事俳句的评论。艺术院会员，获文化勋章。代表作有《芭蕉——鉴赏与评论》《纯粹俳句》《古典与现代文学》等。
②志贺唐崎，位于滋贺县大津市，琵琶湖西岸的地名。
③向井去来（1651—1704），江户时代前期的俳人，蕉门十哲之一。与凡兆共同编纂《猿蓑》，被誉为"俳谐的古今集"。所著《去来抄》乃蕉风俳论之白眉。句风温和稳重、质朴素雅。
④江左尚白（1650—1722），江户时代前期到中期的医师、俳人，近江蕉门耆宿。

生情，实乃如此。先师曰：去来，可与汝共言风雅之事（俳谐）也。甚喜。"另，《枭日记》（各务支考[①]）的元禄十一年七月十二日牡丹亭夜话一节也有同样的记载，去来最后说的是"风流自然而然地存在于风光之中"，支考也说过"应知自然风光之事"。

所谓"风流"，就是在无论发现存在的美，感受已经发现的美，创造已经感受的美的时候，"自然而然地存在于环境之中"的"环境"尤为重要，可以说是上天的恩赐吧。如果当时就能"懂得""自然环境"的风雅，那就是美的女神的垂爱。"春归去，惜别近江人"，不过是一首通俗易懂、平淡无奇的俳句，但因为地点在"近江"，时间是"暮春"，所以才让芭蕉从中发现美、感受美。如果是其他地点，例如丹波；其他时间，例如岁暮，就不会有这首俳句这样的生命力。"春归去，惜别丹波人"或者"岁将去，惜别近江人"都没有"春归去，惜别近江人"这样的情趣。长年以来，我稍微偏离芭蕉当时的创作意图，按照自己的想法随意进行理解，这样通过"春归去"和"近江"，感觉自己与芭蕉之心相通了吗？倘若有人认为这是我的强辩、诡辩，那也只好如此吧。

上面说到"自然环境"，前面我还提到静冈的茶园，于是就想起存在于我心里的《源氏物语》中的《宇治十回》。宇治

①各务支考（1665—1731），蕉门俳人。美浓国人。芭蕉殁后，建立美浓派，在全国普及蕉风，是蕉门的主要论者。

与静冈齐名，是日本茶的二大著名产地，所以一说到静冈的茶园，就极其自然地想到宇治，似乎觉得庸俗。但是，我在檀香山的旅馆里阅读《源氏物语》，所以"宇治"对我来说，就不仅仅是地名，它就是《宇治十回》中的宇治。《源氏物语》五十四回的最后十回，源氏活动的"自然环境"就必须只能是宇治。这个想法与我的思乡之念一脉相通，多少有点微妙的感觉。紫式部将宇治作为最后十帖的"场所"，这让后世的读者也认为这个"场所"必须是宇治。这就是作为作家的紫式部的魅力。

> 投身泪河逐波去，
> 谁设栅栏阻我身？

> 自身他人皆抛弃，
> 此世曾弃今又抛。

这是《习作》这一回中浮舟的和歌。"当时，在横川①居住着一位僧都，道行高深"，这个横川的高僧带着众弟子前往初濑②参拜后归来，路过宇治，在宇治川水边救浮舟一命。浮舟被救后，心绪稳定下来，便学着吟咏和歌。

夜间，跟随高僧前往初濑参拜的一个僧人（阿阇梨）和另

①横川，比睿山三塔（东塔、西塔、横川）之一，始于慈觉大师圆仁开基，位于根本中堂北面约四公里处。
②初濑，现在的奈良县樱井市，有长谷寺，历史悠久，自平安时代开始信仰观音菩萨。

一个僧人对下臈法师（下级法师）说道：

便叫一个适合于带路的下级法师手持火把，到人迹不至的寝殿的后头去看一看。只见树木阴森，茂密黑暗，十分瘆人。忽然在黑黢黢的地上发现一团白色的东西！

那是什么？

大家停下脚步，将火把点亮一些，定睛细看，好像是一个什么东西蹲坐在那里。

一个僧人说道："这是狐狸精。真是讨厌的东西，叫它现出原形来！"

……一步步走上前去，原来这个东西有一头富有光泽的美丽长发，正靠在一株粗大的疙疙瘩瘩的树根上伤心痛哭。

僧都说道："我早就听说过狐狸精会变成人的模样。可是还没有见过。"便特地从寝殿出来前去观看。

那法师走到她跟前，大声喝道："你是鬼，是神，是狐，还是妖？天下闻名的得道高僧在此，你还能继续隐藏吗？！快现出你的原形来！快说出你的真名来！"说罢，一把抓着她的衣服拉过来，她却把脸埋在衣服里越发啜泣得厉害。

他想看一眼她的面貌，却又心想也许是那种古代传说的无眼无鼻的女鬼，觉得厌恶。

竟要将她的衣服剥下来。那个女子俯下身子，几乎哭出声来。

这时雨下得很大。僧人说道："要是扔在这里，恐怕会死的。还是把她拖到墙根底下去吧。

僧都说道："她明明是人的模样。见死不救，弃之不顾，岂是慈悲为怀？即使是池中之鱼、山中鸣鹿，见其为人所捕捉，即遭杀戮而不救，亦可悲也！人命原本不长，即使余生只有一两日，亦得善待之。不管是鬼神附身，还是被人赶出来，或者是被人诓骗，而注定必是死于非命，但此时乃是佛祖必要拯救之人！还是给她喝点汤药，看是否能够得救。如不能回生，亦为无奈也。"

就这样，得救的浮舟"没有被传闻得面目全非，抱到人少的地方隐藏起来，躺卧休息"。"这个女子其实年纪很轻，长得十分可爱，身穿一袭白绫衣衫和红色裤裙，衣裳还散发着芬芳的薰香，看上去气质高雅。"僧都的妹妹尼僧以为是自己死去的女儿死而复生，对浮舟百般照顾关爱。"得到梦中所见的那样美丽女子，欣喜万分""亲自给她梳头""浮舟的美貌耀眼夺目，光彩照人，简直是天女下凡""比《竹取物语》中的老翁发现辉夜姬还觉得稀罕，十分疼爱"。

我这样把《习作》卷看了一遍，已经天亮。要讲解"宇治十回"，得花费两三年的时间。我在这里只好割爱，但是既然谈到紫式部的文章之美，我就要关注"辉夜姬"。因为在《源氏物语》的《赛画》这一卷说到"物语鼻祖的《竹取物语》"，后人在谈到《竹取物语》时，总是引用这句话。紫式部还说到"辉夜姬的物语绘画，时常成为观赏之物""辉夜姬不染浊世之污垢，其心志高洁端方""辉夜姬的确升了天，那天上之事，我等下界凡人根本无法企及，岂可得知"，而且在《习作》一卷中说"比《竹取物语》中的老翁发现辉夜姬还觉得稀罕"。

古时候，有个伐竹翁，常去山中伐竹，制成各种竹器出售，以此谋生。他名叫赞岐造麻吕。一日，发现竹林中有一根竹子发光。觉得奇怪，走近前去，原来是竹筒里发出亮光。再端详，里面有一个约长三寸的小女孩，非常美丽。伐竹翁说道："你就住在我每天从早到晚都在的这片竹林中，那你就是我的孩子啦。"说罢，把孩子捧在手里，带回家中。交给妻子抚养。孩子长得可爱漂亮。因为还小，就放在竹笼里养育。

我上中学的时候，第一次阅读《竹取物语》（十世纪初成书），这第一段文字就让我感到非常美丽。我去过京都嵯峨一带的竹林，还有比京都离我的故乡更近的山崎、向日町一带种笋的竹林，心想这些美丽的"竹筒"会不会也发光，里面坐着辉夜姬呢？我一个中学生，一点也不知道《竹取物语》是根据当时，或者在之前就业已存在的传说、故事编写而成的。我相信这一切都是《竹取物语》的作者对美的发现、感悟而创作出来的，日本小说的鼻祖的构思如此难以言喻的美丽，令我感到心灵震撼的喜悦，少年时代的我，把《竹取物语》当作一种对神圣处女的崇拜，对女性的永恒赞美，让我如痴如醉，无限憧憬。也许是这种童心的余韵残留，我至今还对紫式部在《源氏物语》中所写的"辉夜姬不染浊世之污垢，其心志高洁端方""辉夜姬的确升了天，那天上之事，我等下界凡人根本无法企及，岂可得知"这些话进行个人的理解，认为不仅仅是修辞。在檀香山，我还重读现在的国文学研究家的文章，他们认为《竹取物语》表现了该书创作时代的人们对无限、永恒、纯洁的思慕和憧憬。

少年的我只是觉得把"约长三寸的小女孩""放在竹笼里养育"这些情节非常之美，于是联想到《万叶集》（八世纪成书）卷首雄略天皇[①]的和歌。

竹篮啊，少女手中提。

花铲啊，少女手中拿。

---

①雄略天皇（418—479），日本第21代天皇（456—479在位）。在位时曾出兵新罗，被击败。在国内强化统治，奖励养蚕业。

山丘来采菜。

你是谁家女？

你是何芳名？

广袤大和国，

皆由我统治。

我已报家门，

请君告家名。

读这首和歌，我还想象在山丘上采菜的少女们手里拿着什么样的竹篮。并且从如圣洁处女般奔月的辉夜姬想到真间手儿奈①，《万叶集》的诗歌引发我的联想，这是极为自然的。

……听闻葛饰②真间手儿名，墓在此地无人问，扁柏枝繁叶茂，古松根深久远，其事其名，吾不忘之。

反歌二首

我曾亲眼见，

我亦告他人。

真间手儿奈，

---

①真间手儿奈，山部赤人、高桥虫麻吕在《万叶集》中吟咏的美女。传说有倾城倾国之貌，受到众多男性的追求，有的男人为此患上相思病，有的男人之间嫉妒相仇，手儿奈心想自己要是嫁给某一家，势必造成别的男人的不幸，不忍见此，遂在真间跳水自尽。和歌暗示这不是人世间的普通女子，而是巫女。真间，大家认为即是现在的千叶县市川市真间町，至今尚留存手儿奈汲水的水井、走过的桥等遗迹。"手儿奈"，意为出身寒门的美女。其名字称呼有"手儿奈""手儿名"等。
②葛饰，下总国郡的旧称。今指东京都葛饰区、千叶县市川市、埼玉县葛饰郡等江户川流域。

传闻眠此地。

我来真间湾，
水中海藻美。
荡漾随浪漂，
割藻手儿名。①

山部赤人②（八世纪）

自古有东国，千载永流传。真间手儿奈，葛饰好
姑娘。麻衣青衿素，织布缝衣裳。青丝无头饰，赤足
无鞋穿。绫罗绸缎女，不及素颜装。面如满月白，笑
似花绽放。夏虫扑灯火，船只争入港。众男相争时，
余命不久长。悟得自身命，波涛作坟场。此为妹青冢，
美名世代扬。虽为远古事，昨日若恍然。

反歌
葛饰真间井，
我看与地平。
想必手儿奈，

---

①这是山部赤人经过真间时的吟咏，虽然墓地无法证实，但人们都这么说，这是
赤人对手儿奈灵魂的祭奠。万叶集时代，"见"表示最大的赞美的行为。"我亦告
他人"表示安慰死者的灵魂并不孤独。赤人在海边看到海藻，便想到手儿奈也曾
去割海藻吧。虽然手儿奈是传说中的人物，但反歌表现万叶诗人的镇魂思想。
②山部赤人，奈良前期的歌人，生卒年不详。其出身、经历多不明。他是万叶歌
人中最具典型的叙景歌人。后人将其与柿本人麻吕并称"歌圣"。《万叶集》收有
其长歌十三首、短歌三十七首。

应来汲水清。

高桥虫麻吕 [①]（八世纪）

真间手儿奈似乎是万叶诗人的一位理想女子。另外，还有一位菟原处女 [②]，两个男人为之激烈争夺，"赴汤蹈火，刀剑相拼。妹子对母亲说道：女子贫贱卑微，不忍见大丈夫为此拼死搏斗，生不能如愿，且于黄泉相待"。一声长叹，投水自尽。高桥虫麻吕也作长歌吟咏这个菟原处女的传说。

……悲叹伊人去，血沼壮士梦。梦中闻噩耗，追随殒命去。菟原真壮士，较晚闻此情。仰天哭叫唤，伏地咬牙怒。不负知己男，佩剑去殉情……

当人们跑过去的时候，两个男子都已死去。

亲族同商量，此事值纪念。世代永流芳，遂造处女坟。另修壮士墓，分别列两旁。我方知缘由，哭之如新丧。

我在少年时期，阅读日本的古典文学，散文首选平安王朝

---

①高桥虫麻吕，万叶时代歌人，生卒年不详。其和歌的传说题材多取材于水江浦岛子、真间手儿奈、菟原处女等民间故事，被称为"传说歌人"。歌风平铺直叙，夹叙夹议。

②菟原处女，传说是居住在摄津郡（兵库县六甲山南部山麓）的美女。有菟原壮士和血沼壮士向她求婚，两人争夺激烈，菟原处女不忍，投生田川而死。后来两个男人也随着殉死。

的《源氏物语》和《枕草子》，然后是之前的《古事记》（712）等，之后是《平家物语》（十三世纪初）等，还有西鹤、近松① 等人的作品。和歌方面，虽然也喜欢读《古今集》，但还是先读奈良时代的《万叶集》。我之所以如此选择，大概也是顺应当时的时尚潮流的缘故吧。虽然《古今集》比《万叶集》通俗易懂，但对于年轻人来说，《万叶集》比《古今集》《新古今集》更容易理解，感觉更加生动，产生共鸣。

现在想起来，虽然只是大体粗略的感觉，在散文方面，偏重女性的"阴柔"，诗歌方面，偏重男性的"阳刚"，觉得很有意思。这也就是说，我接触到最高境界的文学，应该是好事吧。从《万叶集》发展到《古今集》，这应该有各种各样的变迁。还是大体粗略的感觉，《万叶集》到《古今集》的变化过程，让我联想起从"绳文时代"发展到"弥生时代"的过程。那是土器、土偶的时代。如果说绳文时代的土器、土偶具有阳刚性，那么，弥生时代的土器、土偶则具有阴柔性。当然，也有人说绳文时代前后延续达五千年之久。

我在这里突然提到绳文时代，因为我认为，战后人们最大最新地发现、感受日本的美，不就是绳文文化之美吗？土器、土偶几乎都是埋在地下，通过发掘，发现这些虽然埋在地下依

---

① 近松门左卫门（1652—1725），江户时代净琉璃和歌舞伎的代表性剧作家之一。一生创作净琉璃剧本110余部、歌舞伎剧本28部。其净琉璃剧本可分为时代物（历史剧）、世话物（社会剧）、心中物（情死剧）、折中物（社会和历史剧），将江户戏剧由市井说唱推上了艺术的殿堂，被称为日本的莎士比亚。代表作有《出世景清》《曾根崎心中》《国姓爷合战》等。

然存在的美。当然，战前就对绳文之美有所了解，但是，战后才真正认识并广泛传播，直至今日。人们重新发现日本古代民族这些奇而近妖的、怪异的、坚韧的生命力之美。

从《源氏物语》的《习作》这一卷产生的联想有点偏题，现在也不再回到《源氏物语》，只是将横川的僧都解救浮舟时说的那段话录取如下：

> 即使是池中之鱼、山中鸣鹿，见其为人所捕捉，即遭杀戮而不救，亦可悲也！人命原本不长，即使余生只有一两日，亦得善待之。不管是鬼神附身，还是被人赶出来，或者是被人诓骗，而注定必是死于非命，但此时乃是佛祖必要拯救之人！……看是否能够得救。如不能回生，亦为无奈也。

对这一段话，梅原猛[1]是这样理解的："浮舟的确是鬼神附体，遭人抛弃，被人欺骗，走投无路，死于非命，别无活路。唯有这样的人，佛祖才予以拯救。这才是大乘佛教的核心。鬼神附体，万般无奈，苦恼烦闷，失去生路，自断其命，唯此人，唯此穷途末路之人，才是佛祖拯救之人。这既是大乘佛教的核心，同时这看来也是紫式部的坚定信念。"他甚至还认为：如果

---

①梅原猛（1925—2019），哲学家。曾任国际日本文化研究中心首届所长、日本笔会会长、东日本大地震复兴构想会议特别顾问及名誉议长等。获文化勋章。代表作有《隐藏的十字架》《被埋葬的王朝》《解读亲鸾的"四大谜团"》等。

横川僧都的模特儿是横川的惠心僧都、《往生要集》的作者源信①，那么，"紫式部通过《宇治十回》不是向当时最大的知识分子源信提出挑战了吗？""紫式部敏锐地察觉到源信的说教与生活的矛盾，从而向他射出批判之箭吗？""感觉紫式部大声疾呼的是，佛祖拯救的，不应该是源信这样的高僧，应该是浮舟这样有罪的女人、愚笨的女人。"

紫式部对浮舟怀着怜悯之心，让她静静地前往清净之境，她写完《源氏物语》，却余韵袅绕不绝。我今天谈论《源氏物语》之美，其实尚未入门，但是我不能忘却美国的日本文学研究家们，如爱德华·乔治·塞登斯蒂克②、唐纳德·金③、伊万·莫里斯④等优秀的《源氏物语》论所给予我的启发。亚瑟·伟利⑤的翻译把《源氏物语》提高到国际文学的地位，十年前，在英国笔会的晚餐会上，我与他坐在一起，我们彼此使用蹩脚的日语和英语交谈，再加上英文和日文的笔谈，总是双方进行交流，这使我留下难以磨灭的印象。我说"希望你来日本"，他的回答是"因为会让自己产生幻灭，所以不去"。

---

①源信（942—1017），日本天台宗高僧，净土真宗亦尊其为祖师。世称惠心僧都，其派系为惠心流。著作丰富，《往生要集》提倡"称名念佛"，为日本净土宗经典。还有《一乘要决》《观心略要集》等。
②爱德华·乔治·塞登斯蒂克（1921—2007），美国历史学家，日本古典和现代文学的翻译家。1976年翻译《源氏物语》。
③唐纳德·金（1922—1019），日本籍美国裔日本学学者、作家、文艺评论家。获文化功劳者、文化勋章。被誉为日本文化研究第一人。代表作有《日本文学史》等，出版有十五卷全集。
④伊万·莫里斯（1925—1976），美国的日本文学研究家，翻译家。译有《枕草子》《更级日记》并原西鹤以及现代作家的作品。
⑤亚瑟·伟利（1889—1966），英国的东方学者、汉学家。翻译有《道德经》《诗经》《论语》《西游记》等，以及日本的《古事记》《源氏物语》《古今集》等。

唐纳德·金说，"我觉得，外国人比日本人更懂得《源氏物语》的情趣"（刊于一九六六年八月十六日《信浓每日新闻》的《山麓清谈》），这让我吃惊。他写道："我是从阅读英文版的《源氏物语》开始涉足日本文学，我觉得，外国人比日本人更懂得《源氏物语》的情趣。原文难懂，现代文的译本，有谷崎（润一郎）[①]先生等诸多译本。但是，为了尽可能再现原文的韵味，就会使用许多现代日语中没有的词语。我认为，《源氏物语》比十九世纪的欧洲文学更接近二十世纪的美国人的心理。因为人物形象刻画得活灵活现，有声有色。……如果要论《源氏物语》和《金色夜叉》[②]哪一本更古老，无疑《金色夜叉》更为古老。因为《源氏物语》的人物依然还活着，从这一点上说，它具有永恒的新鲜感，其价值永恒不变。虽然二十世纪美国的时代感与生活都已经变化，但绝不会难以理解。所以，纽约有的女子大学把《源氏物语》列入二十世纪文学讲座。"

唐纳德·金所说的"外国人比日本人更懂"，泰戈尔所说的"外国人比你们更容易理解"，我觉得与他们的心灵息息相通，产生共鸣，所以我觉得美的存在与发现是一种幸福。

1969 年 5 月 16 日在夏威夷大学希洛分校的讲演

---

① 谷崎润一郎（1886—1965），小说家。日本文学界唯美派文学主要代表人物之一，曾 7 次获得诺贝尔文学奖提名。当选首位美国文理科学院日籍名誉院士。代表作有《春琴抄》《细雪》《痴人之爱》《钥匙》《疯癫老人日记》等。
② 《金色夜叉》是日本明治时代作家尾崎红叶（1868—1903）的代表性小说。先是在《读卖新闻》连载，但因作者过世，而成为一部未完成的小说。《金色夜叉》曾多次被改编成电影、电视剧。

日本文学之美

不觉青丝乱，

不由伏君身。

缱绻为我拢，

人去空思念。

　　这是和泉式部的一首和歌。"伏君身"大概意为悲伤至极，俯伏在恋人身上失声痛哭吧。"不由"大概意为当时不由自主地立刻，或者一下子的意思吧。这首千年之前的和歌，如今读来，女子的情感依然扑面而来，同时传递感受到女性的官能。感觉这是一首具有官能性的和歌。

早起青丝乱，

我自不理鬏。

昨夜枕臂人，

梳鬟见真心。

　　将《万叶集》中的这首和歌与和泉式部的和歌进行比较，人们会说：让男人的手梳理、男人的肌肤触摸女性的青丝秀发，这一点古今皆同，但《万叶集》里那个少女令人感觉到她的朴素、可爱、纯真，没有和泉式部那样妖艳、娇媚、官能的气息。

　　另外，和泉式部的研究家青木生子[1]也指出：藤原定家[2]在创作下面这首和歌时，脑海里肯定浮现出和泉式部的上述和歌吧。

　　　为君梳秀发，

　　　丝丝倾真情。

　　　而今独睡时，

　　　面影浮心间。

　　和泉式部从女性的角度吟咏"青丝"，而定家大概是与其相呼应，从男性的角度吟咏吧。青木认为定家的和歌"构筑一个

[1]青木生子（1920—2018），日本古典文学研究家。日本女人大学名誉教授，主要研究《万叶集》。著有《日本的古典文学——古典的生命》《万叶集的美与心》等。
[2]藤原定家（1162—1241），藤原俊成之子，镰仓时代前期的歌人。《新古今集》编纂者之一。官至权中纳言，受后鸟羽院的赏识，担任"千五百番歌合"的作者和判者，为宫廷歌坛第一人。他深化其父之"幽玄体"，提倡"有心体"。俊成和定家父子在中世和歌史上树立了"宗家"的传统，称为"御子左家"，定家也被尊为中世和歌之祖。定家对和歌的贡献是开拓一个与万叶的现实主义歌风迥然相异的古典主义方法论和唯美的艺术世界，创作许多具有强烈古典主义色彩和浓郁的象征性的优秀作品。著有歌集《拾遗愚草》、歌论《每月抄》、日记《明月记》等。

妖艳亮丽的感觉世界，仿佛都能感触到秀发的清爽"，她能读出这首和歌的深邃韵味，但是我未能深谙其境。我尚未认识到这首和歌有如此之好，它恐怕难以算是定家的秀歌名作。当然，哪怕只有一个人认为此歌优秀，也不能疏忽轻视。一部文艺作品，起初只是由一个人发现、感受到它的美，后来很快成为大家的共识，这不乏其例。

但是，青木认为定家的和歌并没有失去和泉式部那种"迸发着活生生的恋爱气息的激情"。我对此也是这么认为的。和泉式部与《源氏物语》的作者紫式部、《枕草子》的作者清少纳言并称"王朝①三才女"，也是因为她的和歌作品使然。她的和歌始见于《拾遗和歌集》（约1005）②，主要收录在《后拾遗和歌集》（1086）③里，也包含在《金叶和歌集》（1125）④、《词花和歌集》（1151）⑤、《千载和歌集》)（约1187）⑥、《新古今和歌集》（1205）⑦等敕撰和歌集里，是创作数量最多的女性歌人，共计收录247

---

①这里指平安时代（794—1185）的王朝国家（十世纪初期至十二世纪后期）。
②《拾遗和歌集》，继《古今集》《后撰和歌集》之后的第三部敕撰和歌集，合称"三代集"。编撰者不详，多以为花山院。20卷，共收录1351首和歌。成书于1005—1007。
③《后拾遗和歌集》，第四部敕撰和歌集。20卷，共收录约1218首和歌。藤原通俊奉白河天皇之命编撰。1086年成书。
④《金叶和歌集》，第五部敕撰和歌集。10卷，共收录650首和歌。源俊赖奉白河天皇之命编撰。1127年成书。
⑤《词花和歌集》，第六部敕撰和歌集。10卷，共收录415首和歌。藤原显辅奉崇德院之命编撰，1151年成书。
⑥《千载和歌集》，第七部敕撰和歌集。20卷，共收录1288首和歌。藤原俊成奉后白河院之命编撰，1188年成书。
⑦《新古今和歌集》，称为"八代和歌集"的最后一部、第八部敕撰和歌集。20卷，共收入约2000首和歌。源通具、藤原有家、藤原定家、藤原家隆、藤原雅经、寂莲奉后鸟羽院之命编撰。镰仓时代初期的1205年成书。

首，无疑她是王朝时代第一女歌人。

古来所谓"王朝"，指的是自《拾遗和歌集》成书的1005年至《新古今和歌集》成书呈奏后鸟羽院御览的1205年这二百年的岁月。整整两个世纪。十一世纪与今天二十世纪的时间流动的速度概念截然不同，两百年以后的人们又将如何看待我们今天的现代文学作品呢？我们现在有多少部作品到那时还能传递出"活生生的恋爱气息的激情"呢？我认为，艺术作品未必一定要永恒不朽。例如时事政治思想类即时性的作品，只要在当时当年产生影响就可以了，它也有它存在的意义。另外，可以认为永恒不朽的艺术其实也是一种假象。而且，这世间没有不灭的东西。任何事物，既然诞生在这世间，都是不灭的。即使毁灭了，也是不灭的。

我心里就是这么认为的，空、虚、否定之肯定，另当别论，但艺术必须具有永恒不朽的灵魂。我从少年开始啃读日本古典文学，虽然只是涉猎浏览，却还是模模糊糊地残留在脑子里。熏染我的心灵，尽管比较淡薄。在我阅读当今文学作品的时候，仿佛也会感觉到千年乃至一千二百年以来的日本古典传统在我的心中荡漾。《古今和歌集》①、《源氏物语》和《枕草子》等大约是一千年前，《古事记》《万叶集》等大约是一千二百年前的作品。一千年前、一千二百年前创作的文学作品比今天的毫不逊

---

① 《古今和歌集》，日本最早的敕撰和歌集，纪贯之、纪友则、凡河内躬恒、壬生忠岑奉醍醐天皇之命编撰，20卷。905年呈奏天皇，但实际成书于914年左右，收录自《万叶集》之后到平安时代初期130多年的和歌1000余首。有假名序和真名序（汉文序）两篇。

色，甚至是更加优秀的文学、诗歌、散文，毫无疑义，这对于今天我们的文学创作和文学鉴赏都具有直接的借鉴和成为间接的启示力量的作用。如果你熟知日本的古典、传统，也可以否定、排除这个作用。如果你不懂得这个作用，也可以表现出近似的不感兴趣。

从《拾遗和歌集》到《新古今和歌集》的二百年间，政治发生巨变，从公家（朝廷）政治的平安时代变成武家政治的镰仓时代。《拾遗和歌集》成书的年代不详，大概是在一条天皇[①]时代、藤原道长[②]的"荣花"[③]时代，与《枕草子》《源氏物语》《紫式部日记》以及《和泉式部日记》等成书的时代同一时期，当时是王朝文化百花盛开的时代。而且和泉式部与紫式部、赤染卫门、伊势大辅[④]等一起供职宫中，侍奉一条天皇的中宫、道长的女儿彰子[⑤]，也可以说她们就是一起生活的姐妹们吧。《紫式部日记》和赤染卫门的《荣花物语》都记述有和泉式部的事情。

①一条天皇（980—1011），日本第66代天皇。是藤原氏势力登峰造极的时代，藤原道隆、藤原道长兄弟掌握实权，同时也是紫式部、和泉式部等女性文学繁荣昌盛的时代。
②藤原道长（966—1028），平安时代的公卿，官至从一位摄政太政大臣。太政大臣藤原道隆之弟。他是摄关政治中外戚掌权的代表性人物，自己的3个女儿藤原彰子、藤原妍子、藤原威子皆为皇后，通过这种姻亲关系，登上政治巅峰。后出家。
③荣花，指《荣花物语》，40卷，作者不详，一说前30卷为赤染卫门著，后10卷为出羽弁。成书于十一世纪。编年体历史物语，描述了从宇多天皇到堀河天皇200年间的宫廷历史，其中对藤原道长的描写尤为详细。该书是以假名创作的最古老的历史小说。又称《荣华物语》《世继物语》。
④伊势大辅，平安中期的歌人。生卒年不详。筑前守高阶成顺之妻，侍奉上东门院彰子，与紫式部、和泉式部、源经信等交往。著有歌集《伊势大辅集》。
⑤藤原彰子（988—1074），日本第66代一条天皇的中宫。第68代后一条天皇、第69代后朱雀天皇的生母。她是藤原道长的长女。

思君想见君，

见君如所思。①（和泉式部）

若我不思君，

君何知我思？②（伊势大辅）

　　这是她们的赠答歌，通过类似文字游戏的和歌显示她们之间的亲密关系。侍奉一条天皇的皇后定子③的清少纳言也与和泉式部互有赠答歌。

　　平安王朝的和文文学④，在藤原道长之前，就已经诞生《竹取物语》、《伊势物语》、纪贯之（约872—945）的《土佐日记》（935）、藤原道纲母⑤的《蜻蛉日记》（954—973）、《宇津保物语》、《落洼物语》，歌人有在原业平⑥、小野小町等，歌集有《古今和歌集》（905）等。这些都存在于道长之前的时代，为道长时代的到来开了先河，但不言而喻，道长的时代达到平安文学

①意为：心里想着你，一旦见了面，果然如我心中想象的那个样子。
②意为：正是因为我想念你，不然的话，你也就不会知道我在想你吧？
③藤原定子（977—1001），日本第66代天皇一条天皇的皇后。关白内大臣藤原道隆的长女。清少纳言为其女房（侍奉于宫中或贵族宅邸里的高层侍女）。
④和文文学，主要指平安时代用平假名创作的和歌、物语等。
⑤藤原道纲母（936—995），平安时代中期的歌人。中古三十六歌仙之一。著有《蜻蛉日记》（3卷），以日记形式记述婚后20多年间的生活以及各种情感纠葛，对《源氏物语》产生影响。其和歌主要收录在《拾遗和歌集》里。她是日本女性文学的先驱。
⑥在原业平（825—880），平安初期代表性歌人。平城天皇的第一皇子阿保亲王之子，官至藏人头。其和歌建构起《万叶集》所没有的超脱现实的观念世界。

绚丽成熟的鼎盛顶峰，令人震撼。在日本文学史上，绽放出空前绝后的女性文学之奇葩。在此之后的镰仓、室町、江户时代，尽管女性创作的女性文学没有断流，但如果要说继道长时代之后的女性文学繁荣时代，我想那就是我们今天这个时代吧。

道长时代的女性文学之所以登峰造极，自有其原因；今天的女性文学之所以人才辈出，也自有其原因。明治时代（1868—1912）的樋口一叶①的小说、与谢野晶子②的短歌等，不正是像平安朝的小野小町那样是时代的先驱者、开拓者吗？一叶只活了二十四岁，早逝；而晶子生育有十子，长寿。所以她把《源氏物语》《荣花物语》《紫式部日记》《和泉式部日记》等首次译成现代语，完成辛苦劬劳的工作，而且在研究、评论《源氏物语》等平安朝文学方面，也发表许多真知灼见，她还创作和泉式部的传记，对和泉式部怀有挚爱之情。

晶子对于古典文学，似乎主要尊崇平安朝的文学，而对奈良朝的《万叶集》、江户时代的元禄文化（1688—1703）并不十分推重。她的这种态度其实很有道理。《源氏物语》是平安王朝美的集大成者，成为后来日本的美的源头。我年轻时曾说过：

①樋口一叶（1872—1896），明治初期小说家，日本近代批判现实主义文学早期开拓者之一。其作品大多反映明治时期社会下层人民悲惨生活，被誉为"明治紫式部"。二十四岁时患肺结核去世。代表作有《大年夜》《浊流》《青梅竹马》《十三夜》等。

②与谢野晶子（1878—1942），明治三十三年（1900），加入与谢野铁干的新诗社，在《明星》上发表短歌。翌年与铁干结婚。其歌集《乱发》肯定女性作为人的存在。她积极参与妇女解放运动，在著名的妇女社会活动家平塚雷鸟的杂志《青鞜》上发表诗歌、评论，并创办文化学院，开展艺术自由的教育。她是日本近代第一个以诗歌形式追求妇女解放并付诸实践的女性。著述甚丰，有和歌、歌论、社会评论、古典文学评论、小说等。

《源氏物语》灭亡了藤原、灭亡了平家[①]、灭亡了北条[②]、灭亡了足利[③]、灭亡了德川[④]。这话听起来觉得相当狂妄，其实并非毫无根据。如果宫廷生活像《源氏物语》所描写的那样烂熟精致，肯定盛极必衰。"烂熟"这个词本身就包含着衰亡的征兆。《源氏物语》烂熟至极，必定倾向于颓唐。就是说，即将从一个文化的巅峰跌落下来。一个处在顶峰的文化，看上去似乎还在继续向上发展，其实已经开始走下坡路，《源氏物语》正是在这危险的时期产生的。综观古往今来的世界各地，几乎所有的最高艺术品都是在这种危险时期诞生的。这就是艺术的宿命，也是文化的宿命。

"娑罗双树[⑤]花变色，盛者必衰显法理。骄矜之人不久长，犹如春夜梦一场。凶猛之人终亦亡，恰似风前尘土扬。"——这是《平家物语》（成书于十三世纪初叶）开场诗的一部分，它所表达的不仅仅是佛教的无常观，也不仅仅是日本式的人生苦短。一种文化、文化中的艺术，其鼎盛期不会持续一二百年。盛极

①平家，即伊势平氏，平安时代中期至镰仓时代初期的武家氏族。1185年在坛之浦战役中被源氏消灭。
②北条氏，镰仓幕府的执权。曾协助源赖朝消灭平氏，自第二代北条义时任执权起，便掌握了镰仓幕府的实权。
③1335年，足利尊氏开创室町幕府，自称将军，至其孙足利义满，正式统一日本，结束了日本南北朝分裂。
④德川氏，德川家康创始的日本姓氏。以江户为据点，开江户幕府以统制天下。自1603年德川家康任征夷大将军至1867年第15代将军庆喜大政奉还，长达265年。日本历史上最强盛也是最后的武家政治组织。
⑤娑罗双树，又名沙罗树、钵罗叉树、无忧树、摩诃娑罗树等，产于印度、马来半岛等南亚雨林之中。属多年生乔木，树身高大，叶为长卵形而尖，花淡黄色，气味芳香，木材坚固。佛教视之为圣树之一。相传释迦牟尼在拘尸那城娑罗双树之间入灭时，树花一时变白。

必衰。紫式部、清少纳言、和泉式部所活动的道长时代是短暂的，井原西鹤、松尾芭蕉、近松门左卫门所活动的元禄时代也是短暂的。文化一旦烂熟，势必颓废，一旦堕入颓废，艺术也就衰败，丧失生命力。

日本今年是明治百年、战败后第二十五年，被称为"昭和元禄"[①]。不言而喻，这完全有赖于经济发展繁荣的结果，文化也因此出现多姿多彩的盛况。然而，今天的文化艺术果真是鼎盛期吗？果真是成熟期吗？或者说，果真是衰退期吗？因为自己身处其中，难以分辨，恐怕也无法辨别，大概只能留给未来的历史评判。如今依然健在的一位大画家这样对我说过：自己死后，十年以后再举行葬礼。死后十年，自己的绘画价值基本上可以说是盖棺论定，如果那时候还能来参加葬礼，说明他真正地喜欢、认可自己的画。这位画家的话给我留下深刻的印象。仅仅十年，其作品依然保持有生命力，这样的艺术家委实不多。这看似艺术家个人之事，其实并非完全如此。就是说，诞生艺术家的国度、造就艺术家的时代，这恐怕都是艺术家无法逃脱的命运。

如果十一世纪初的日本不是道长时代，就不会诞生紫式部。如果十七世纪下半叶的日本不是元禄时代，就不会诞生芭蕉。我一直认为，紫式部之前和紫式部之后，应该并非没有像她那样具有文学素养和才华的日本人，只是因为没有生活在紫式部

[①]昭和元禄，福田赳夫于1964年创造的用语，意指日本经济高度增长期所带来的社会稳定、生活富庶的时代。

那样的时代，所以没能创作出可以与《源氏物语》相媲美的小说。另外，紫式部那个时代的宫廷男性也并未比宫廷女性逊色，只是因为宫廷男性不喜欢使用和文写作日语的散文罢了。纪贯之的《土佐日记》开篇就是"闻道日记乃男子所书，女子亦不妨一试"这句颇不寻常的话，正是因为男人使用汉字写日记是当时的习惯。纪贯之之所以不惜冒充女性笔者，试图从女性的角度使用假名书写和文日记，有的认为他作为当时著名的大歌人，针对中国唐朝风格的汉诗、汉文的主导地位，力图振兴日本本国风格的和歌、和文；也有的认为他失去女儿[1]，极度悲伤，以和文表达哀思的情感，各种原因，众说纷纭。但不言而喻，《土佐日记》成为优秀的文学作品，是使用和文即日本文字写作的缘故。

《古今和歌集》有真名序和假名序、即汉文、和文两种序言。假名序是纪贯之所写。编撰的是和歌集，却有两种文字的序文，虽然和文序的内容是依照汉文序，但和文的表述方式要比汉文序流畅出色，呈现出和文风格潮流的高峰，也对后世产生很大的影响。这部敕撰和歌集对不久之后掀起的和文文学的繁荣具有先驱的标志性作用。平安王朝的男性比创作宫廷文学的女性毫不逊色，或者说比女性创造的成果有过之无不及，这在今天看来，可以说一目了然。例如书法。平安王朝的男性书法作品传世颇多，这从挂在茶室壁龛里的古代书法墨迹挂轴也

---

[1] 纪贯之在土佐担任国司时，即他即将卸任回京都之前，其女儿去世。

能看到。

　　嵯峨天皇①、橘逸势②、空海弘法大师的所谓"三笔"，小野道风③、藤原佐理④、藤原行成⑤的所谓"三迹"都是平安王朝的书法家，而且自古至今，尚无人出其右。然而，与平安王朝初期的"三笔"相比，接近王朝文学鼎盛期的"三迹"作品明显含带和风，即日本风格。纪贯之、藤原公任⑥等也是书法家，我认为，其传世的连绵体⑦假名作品真正表现出日本的极致之美。当时涌现出很多这样的书法家。平安王朝产生容易直接念出日语语音的假名，而且假名作为文字定型下来，这促进了和文文学的繁荣，也使得假名书法兴盛起来。但是，和文文学的优秀作品多见于女性作者，但女性书法作品未见留传下来。据传紫式部的墨迹挂在某茶室的壁龛里，疑为赝品。也许根本就没有平安王朝的女性书法作品，于是人们就制造出至少还有紫式部的

①嵯峨天皇（786—842），日本第52代天皇。在位期间是日本的太平盛世，开创了弘仁、贞观文化的文化繁荣期。擅长书法、诗文。
②橘逸势（？—842），平安时代的贵族、书法家。曾与最澄、空海一同随遣唐使留学中国，学习汉语、古琴、书法。
③小野道风（894—967），平安时代的贵族、书法家。官位至正四位下、内藏头。其书法逐渐摆脱中国书风的影响，为创建和样书道打下基础。
④藤原佐理（944—998），平安时代中期的贵族、书法家。被誉为草书第一人。
⑤藤原行成（972—1028），平安时代中期的贵族、书法家。书法师事小野道风，受其影响。官位至正二位、权大纳言。
⑥藤原公任（966—1041），平安中期歌人。关白太政大臣赖忠长子，母为醍醐天皇之孙严子女王。世称四条大纳言。他还是和歌理论家，而且精通掌故、音乐、书法等，是这个时期的歌坛魁首。其著作以和歌为主，涉及诸多领域，如编纂和歌集《金玉和歌集》《拾遗抄》，汉诗文集《和汉朗咏集》，著有歌论《新撰髓脑》《和歌九品》等。
⑦连绵体，连笔字体。草书或行书中的假名书写，字与字之间不断开，连成一体的书法形式。

墨迹这样的假象。

平安朝自不待言，从奈良朝就开始引进中国文化，模仿唐朝文化。正如在明治百年的今天，日本文化得益于西方文化一样，平安朝的文化也是得益于中国唐朝的文化。但是，在这里必须认真思考，且我想说的是：平安朝文化是如何引进、如何模仿中国文化的呢？我对中国文化的知识了解实在贫乏，只能依靠专家学者的见解。但是，仅仅凭我潜意识的直觉，我就极度怀疑平安朝真的能够引进中国如此庄严伟大的文化吗？真的能够模仿吗？我觉得，应该是从一开始就采取日本式的引进方法，就是按照日本式的喜好去学习吸收，然后将其日本化。只要看一看平安朝的美术，就一清二楚。其他如建筑、雕刻、工艺、绘画等，一切皆是如此。例如书法，"三笔"的作品虽然不如中国大书法家，但无疑已经出现日本式的美感。等到连绵体假名书法盛行的时候，就显示出古往今来无与伦比的日本美。

平安王朝的连绵体假名书法典雅优柔、极尽纤细，但是，不能无视那灵动的文字线条所蕴含的高雅品位和遒劲力量。到了后代，往往出现字体变形，品位下滑，或者拘囿原形，软弱无力。平安王朝之后，有禅僧之书法，格调高古，但日本式之美在这千年之间终于未能追及平安王朝。我时常阅读平安王朝的文学作品，故而有这样的体会。同时我还想到女子的头发。日本的女子，鬟发如云、青丝如瀑，其中乌发最长的似乎当数平安王朝宫中的仕女。

所以，在思考平安王朝引进、模仿中国文化的时候，也要思考"明治百年"引进、模仿西方文化的问题。不，恰恰相反，在思考我们今天吸收西方文化的时候，也要回头思考过去吸收中国文化的情况。时代大不相同，也许不足以借鉴，但大概还是有借鉴之处吧。"明治百年"是否真正从精神层面全盘接受、模仿了西方庄严伟大的文化了呢？我照样极度怀疑。难道也是从一开始就采取日本式的引进方法，按照日本式的喜好去学习吸收的吗？我想强调的是，还有很多地方没有做到真正的吸收和学习。如果认为"明治百年"就已经消化了西方的精神文化，那实在是肤浅至极。

不过，实事求是地说，的确有一部分西方文化已经完全日本化了。例如，看一看现存的那些画师的作品，与其说是西洋画，不如说是洋溢着日本文人画的风格。再看受到西方自然主义文学的影响，日本产生了田山花袋（1871—1930）、岛崎藤村（1872—1943）、德田秋声（1871—1943）等人的作品。日本是一个翻译大国，西方的新文学很快就被译介过来。似乎可以这样认为，现在正在努力创作的文学家们与西方文学同步前进，在外国人看来，这些文学带有日本风格，可是，过一段时间以后，这些貌似西方风格的文学就完全日本化了。回顾一下明治、大正以及战前的文学就看得清清楚楚。这恐怕是日本人的宿命吧，世界上任何地方都没有日本人这样的命运。这与日本的创造具有多么密切的关联，是我们极为重要的问题。

大约一千年前的古代，日本民族以自己的方式吸收、消化中国唐代的文化，从而产生平安王朝的美。"明治百年"的日本人，吸收西方文化，是否产生了能与平安王朝媲美的美呢？且不说王朝文化，也没有产生出像镰仓时代文化、室町时代文化、江户时代文化那样在世界上独具特色的文化啊。日本在过去的各个时代都创造出日本独特的文化，这说明日本的民族活力并没有衰减，今天，我希望日本以自己的创新加入世界文化里，或许已经创造出什么新东西，将自己融入新时代里了也未可知。不，也许这将是以后的事情吧。文化的繁荣将伴随着经济、生产的兴盛而来临。

明治无疑是一个蓬勃兴起的时代，"明治百年"的今天还是勃兴期吗？或者是一个即将成熟的时期呢？我依然身在其中，不识其真。我的感觉，这是一个尚未成熟的时代。日本并没有充分吸收西方文化，也没有将其消化成为日本文化。平安王朝于894年停派遣唐使大约百年之后，进入道长时代。江户时期，在1639年实行锁国政策之后大约五十年，进入元禄时代。与外国断绝交往的确促使文化变成纯粹的日本化，但这不是唯一的原因。因为道长、元禄都是成熟的时代。今天我们做梦也不会想到会有锁国的政策。我们必须在与世界各国频繁的文化交流中，在万国博览会般的世界文化之中，激扬本国的文化。创造世界文化的初衷就是创造民族文化，创造民族文化的初衷就是创造世界文化。

这如同闯越文化交流的鬼门关，今昔相比，我有时觉得不可思议。例如十一世纪初叶的紫式部、清少纳言、和泉式部与十七世纪后半叶的松尾芭蕉，他们所尊崇、学习的古代经典都是相同的，数量不多。不仅日本的古典如此，中国也是如此。十三世纪的藤原定家、十五世纪的世阿弥、宗祇①也是如此。从平安时代到江户时代，古典文学的世界源远流长，互相呼应，斑斓交织，形成日本文学的血脉。到了明治时期，由于引进西方文学，导致这条脉络仿佛被切断，流淌着另外的血脉，产生巨大的变革，然而，我近年觉得，古典的传统依然流淌不息。

1969 年 9 月

---

①宗祇（1421—1502），室町时代后期的临济禅僧人，连歌师。俗姓饭尾，少时曾出家为僧。师事宗砌、专顺、心敬学习连歌，从东常椽等学习和歌。其一生大半旅行。1488 年获得"北野会所奉行"这个连歌界的最高荣誉，成为室町时代中期连歌的集大成者。他总结以前的连歌遗产，使纯正连歌走向成熟。著有歌论《吾妻问答》，编著有《竹林抄》《新撰莬玖波集》等。

翼的抒情歌

一

　　从日本阿尔卑斯山传来令人振奋的喜讯——六所大学棒球联赛①的早庆②之战是这场赛事的收官之战，秋天的赛季一落下帷幕，马上就听到"冬季体育赛事"的开幕钟声。在即将迎来欢欣鼓舞的开幕之际，又传来一个好消息：我国制订了一项前所未有的计划，即在登山滑雪的比赛中使用信鸽。

　　"雪。你看，这是雪。这么大的雪啊。"

　　"雪？"

　　"瞧你用这一对鸽子眼望着海面上的万里晴空，真是笨死了。谁也没说天上下雪啊。"

　　"哎哟，你说的是报纸上的啊？什么啊！"

---

①六所大学棒球联赛，发起于1903年早稻田大学和庆应义塾大学的棒球比赛，后来，明治大学、法政大学、东京大学、立教大学加入，于1925年成立"东京六大学野球联盟"，1926年举办首场比赛，延续至今。
②早庆，指早稻田大学和庆应义塾大学。

报纸上刊登皑皑白雪装点群山的大幅照片，报道各地滑雪场的最新信息。

"这个记者肯定是滑雪爱好者，只要听说下雪了，就心情激动，所以想出这样的标题来。"

"这个记者肯定养信鸽。"

"不对不对，这篇报道的重点是雪。"

"不是，信鸽是卖点。"

"是雪。"

"是信鸽。"

"是雪！"

"是信鸽！"

"绝对是雪。"

"绝对是信鸽。"

"雪、雪、雪！"

"信鸽、信鸽、信鸽！"

"不是信鸽！"

"不是雪！"

最后连舫公也笑了起来。

山茶花御所①、樱花御所②、桃花御所③，这三浦三崎④的三大御所都已被抛在身后，渡船行驶在花暮湾上，名副其实，实为景色优美之处。绫子带着一只鸽子，前往歌谣所唱的城之岛⑤。

　　人在画中游，她们如同古画上所描绘的源氏、北条在镰仓幕府⑥鼎盛之时，乘坐画舫游览，管弦丝竹，吟歌对唱的贵族小姐那样的心情，其实她们只是花两钱船资、花一钱买一个糙米面包干巴巴地啃着当午饭充饥的东京女中学生。

　　虽然已是小阳春天气，但艄公粗壮的双手已经皲裂。不过，照子看着这一双粗糙的大手，首先想到的不是他为生计所迫的艰辛，而是觉得有这样一双壮硕的大手，在滑雪场上该多么大显神通啊。这是一个"痴迷滑雪"的少女。

　　绫子与照子痴迷的对象不同，她是痴迷鸽子，其痴迷的程度比照子毫不逊色。虽然渡船的右边是歌舞岛，左边是通矢海岸，远处是淡紫色的箱根和伊豆的群山，但这些山清水秀的景

①山茶花御所，镰仓幕府首任将军源赖朝为宠爱的女子在三崎修建山庄，遍植山茶花，命名为"山茶花御所"，即"大椿寺"。源赖朝死后，该女子出家为尼。
②樱花御所，本瑞寺位于山丘上，源赖朝深爱此处景色，面对大海，在现在的城之岛种植樱树，命名为"樱花御所"。
③桃花御所，源赖朝在城之岛种植桃树，命名为"见桃寺"。
④三浦三崎，神奈川县的"三崎"，位于三浦半岛西南端，与城之岛相对，多山丘，地形复杂，风景优美，是源赖朝非常喜欢的地方，称为"风光明媚之地"。"三崎"位于半岛的中心。
⑤城之岛，位于半岛南端的岛屿，面积0.99平方公里，是神奈川县最大的岛屿。风景优美，与政治、文学等深有渊源。《城之岛的雨》，大正时期的诗人、歌人北原白秋作词的歌谣。白秋于1910年第一次来到三崎，居住在此，创作很多和歌、现代诗。
⑥1180年，源赖朝举兵，成立镰仓幕府，源氏第三代后，北条氏掌权，至1333年镰仓幕府灭亡。

色并没有让绫子感到多么的兴奋，她的关注点是城之岛上的灯塔[1]，目不转睛地欣赏其人工之美。心想"要是有这样醒目的标志，从远处归来的信鸽在高空能看见，该多么高兴啊"。

她真想把灯塔搬到自家的庭院里，将它作为鸽子窝。绫子沉迷在天马行空的幻想之中，然而，对于从遥远的九州、四国以及里日本[2]穿越波涛汹涌而来的船夫而言，这灯塔点燃了他们眷恋大地的心灵之光，而绫子全然忘记了这件事。

即使回头眺望三崎的街道，她的眼中也没有著名的海鲜市场，没有山茶花御所遗迹的大椿寺，只有无线电信局高耸天空的钢管天线。——这也是因为无线电通信的功能与信鸽的功能相似。

南飞的大雁，北往的燕子，一年一度在几千里的天空飞翔，这些候鸟在长途旅行之后不会记错它们去年的旧巢。一般而言，鸟儿都有这种神秘的归巢性，但最具这种功能极致性的要数信鸽。不过，现代科学还无法解释这个神秘的现象，所以出现诸多假设，其中一个是鸽子具有恋巢的第六感。就是说，巢穴发送某种类似电波的信号，鸽子始终能接收到这种信号，于是就能确定自己的巢穴。换言之，与无线电信、收音机是相同的原理。

这种借用无线电通信的原理对鸽子归巢本能的神秘性进行

---

①城之岛灯塔，位于神奈川县三浦城之岛的西端，高30米。初为江户时代的烽火台，1869年由法国人设计，建造灯塔。现在的灯塔为1925年重建。它是日本第四古老的西式灯塔，成为眺望太平洋的观光地。
②里日本，一般指日本本州面向日本海一侧的地区。

牵强附会的解释是人类的主观臆断，与鸽子毫不相干。正如不懂装懂的大人以自己的尺度判断少女内心的神秘性如出一辙。不过，这倒没什么，而自从人类发明无线电这种文明利器以后，信鸽一时惨遭被彻底抛弃的可悲命运，正如汽车的发明导致人力车的毁灭一样。

虽然话题有点扯远了，但是在渡船抵达城之岛之前，先让我谈谈信鸽，因为这篇故事是一首承载在信鸽翅膀上的抒情歌。

自古以来，鸽子不就是少女的象征吗？信鸽不是也被称为"使者小姐"吗？

这么可爱的信鸽都隐藏着科学家无法解释的造化之谜，那么，更何况少女之心岂不是谜中之谜吗？大人、老师对少女的心灵捉摸不透。——甚至少女本人也未必有自知之明。连自己都懵然无知，但是想到没有一个人懂得自己，这无疑就陷入孤独寂寞的境地，虽然这种想法过于任性。就比如说，绫子刚才还在为是雪还是信鸽与照子进行欢快的争论，现在她又深深低着头，轻声唱起歌谣。

城之岛的海岸

下着细雨，细雨绵绵

这灰绿色的雨啊。

照子受到感染，也一起唱起来。

雨是珍珠？还是拂晓的雾水？

莫非是我偷泣的泪珠？ ①

　　根本就没有下雨。发电机船引擎的嘭嘭嘭的响声如晚秋的晴空发出空虚的回荡，两个少女的欢快明朗的歌声与"偷泣的泪珠"相差十万八千里。其实本来就是如此，大多数人与其说听到城之岛这个地名想起这首歌，不如说唱起白秋的这首歌才想起城之岛。因为这首歌脍炙人口，船上的乘客谁都会跟着吟唱，或者在心里暗唱，所以，当绫子兴之所至随口唱起这首歌谣时，照子也情不自禁加进来合唱，但是，当绫子听见照子的歌声时，她立即停了下来。

　　"哎，照子根本就不懂我的心情，可是我为什么还跟她成为朋友呢？"绫子对自己无意间唱起照子也熟悉的歌曲，对自己发了一通无名之火。

　　"照子适合与弓子那样的人做朋友，可是自己为了想独占照子一个人的友情，特地和她一起来到这么远的地方，我的做法太愚蠢了。如果我当着照子的面，从那座灯塔台上跳海而死，照子能否理解我的真正心情呢？"

　　草木凋零的秋天，荒凉的岛上唯有皓白的装饰砖建成的灯塔闪耀着海上阳光的照射，不知何故，绫子却感觉这傲然矗立的纯洁英姿是孤独之死的象征。

①出自北原白秋（1885—1942）于1913年发表的《城之岛的雨》歌词。

对于这个年龄段的少女来说，死亡与信鸽的巢穴是同样的东西吗？如同鸽子具有"归巢性"，少女也具有"归死性"吗？

无论是她放飞信鸽，看着它变成一个小黑点消失在高远的天空的时候，还是姐姐的恋人北海温柔地将手搭在她肩膀上的时候，她都会想到死。这是不由自主的，所以母亲和姐姐做梦也不会想到绫子是这样的人。就绫子本人而言，平时总是明朗快乐充满阳光的女孩，没有把思考死亡的任何想法在表情言行中有丝毫的流露。

就是喜欢挥舞花束到处蹦蹦跳跳的照子，也不能说没有相似之处。

银色耀眼的雪光如爽利的箭矢，如一道绿光，滑行穿来，带来无比的舒畅，绫子一下子闭上眼睛，一股孤独的冰冷在心间流淌。

"要是就这样死去，那该多好啊！"

然而，照子根本不可能知道，绫子在船上唱歌是为了驱赶死亡的念头。

"姐姐，绫子从白色的灯塔顶上进入湛蓝的海底……"

绫子自言自语，像是对姐姐的告别。

抱着鸽子，从灯塔顶上纵身一跃。绫子落进海里，鸽子飞上天空。鸽子不知道自己的主人已经死去，它总是恪守职责，飞回家里，将绑在脚上的死亡通知送到遥远的姐姐身边。——绫子仿佛在虚幻中看到这样的景象。

"哎呀，我这是怎么啦？太可笑了。"

绫子突然大笑起来，咯咯咯的笑声简直要把膝盖上的糙米面包袋掀掉下来。照子吓了一跳，歌声戛然而止。

　　"对不起啊，我有点神秘兮兮的。"

　　照子当然一无所知："我说啊，你要不在船上放飞一下信鸽，让它给我传话，就说绫子唱歌以后变得神秘兮兮。"

　　"那不行。这只信鸽还要发挥更大更大的作用。"绫子一边神神秘秘地抚摸着装有信鸽的手提袋，一边努力抑制着想把事情原委告诉照子的欲望。

　　这还是前天发生的事情。绫子对姐姐说这个星期天想和照子一起出去郊游，问姐姐去哪里好。姐姐就说了一句话："去三浦三崎好啊。"

　　绫子差一点笑出声来，她不直接说去油壶①，而是说去三崎，觉得这样的姐姐有点可悲。

　　"嗯。好。"

　　"先坐船去城之岛，回来的时候顺道去油壶，可以让北海带你们参观水族馆。"

　　"好，我带信鸽去。"

　　我这么说，可是姐姐似乎还是把我当成一个小孩子。——北海去了油壶以后，很少来信，这让姐姐美惠子心情郁闷，她想知道北海的近况，所以让妹妹去三崎。正因为如此，我才对她说，我把信鸽带去，从油壶把信鸽放飞回来。

----

①油壶，神奈川县三浦半岛的海湾及三崎町等周边地带。

"我要让信鸽捎回来一封善解姐姐心意的信，到时候给她一个惊喜。"

这是这次旅行的目的之一。——另一个目的，就是想确认自己与照子之间的友谊。

照子对这两个目的一无所知，又再次观赏报纸上白雪皑皑的连绵群山的照片，说道："听说滑雪、登山时候遇险时，可以使用信鸽通知山麓的大本营。看来真不能小看了信鸽。"

"哎呀，你还想继续刚才的话题啊？算了，适可而止吧，不要争执了。今年寒假，滑雪的时候把鸽子带去，怎么样？"

"如果带着鸽子去滑雪，我要去的啊。"

"嘻，行了，鸽子也好，雪也好，都一个样。"

"其实呢，有时候信鸽比灯塔、无线电通信更可靠。"

关东大地震的时候就是一个例证，宫城与日光离宫之间的联络就是靠信鸽。

欧洲大战的时候也是如此，凡尔登战役中，将堡垒中将士们可歌可泣的最后悲壮战斗传递出去的也是信鸽。

不说巴黎保卫战这些外国古老的事情，就说日俄战争，当年在大连的俄国军队利用信鸽与城外频繁保持联系，令日军一筹莫展，陷于困境，于是想起过去大名①的鹰猎，于是打算豢养鹰隼，实在是荒唐滑稽。

随着后来无线电通信的发明，军队的信鸽热急剧衰退，可

---

①大名，日本封建时代对领主的称呼。大领主为保护家园，大多拥有武力，称为武士。实力强大的大名进而成为统领一国的领主。

是在欧洲大战以后，世界上的军队又开始认识到信鸽的重要性。想想看，信鸽的大本营不就是中野的电信队①吗？虽然这不意味着是对科学的嘲讽……

"就连新闻报道的标题也是这样——棒球联赛，不是写从记者席不断有信鸽飞出吗？就是为了把时时刻刻变化的赛况传递给总社，这里既有运动员的精彩表现，也有信鸽的功劳。"

在绫子大肆吹捧信鸽的贡献时，渡船抵达城之岛。海滨的气味扑鼻而来。

二

"不论我有过什么样的恋爱，都没有人会注意到我，因为他们都认为我还是个小孩子。"

绫子终于忍不住哭泣起来，尽管母亲就在自己身边。

那么，母亲又在做什么呢？她正在把绫子的手绢——如果是新手绢倒也罢了，偏偏是洗过好几次、线头都已经变得粗糙的旧手绢——作为绫子的纪念物分发给前来送别的人们。其实，说起来，即使洗过多遍，手绢上依然残留着些微绫子身上的味

①中野的电信队，1897年日本在中野地区成立"陆军铁道大队"，主要修建铁道，为日俄战争提供物资补给，也从事战争研究。1907年改为"陆军电信连队"，其中一项任务是研究"军用信鸽"，进行情报传递工作。1939年成立"陆军中野学校"，专门从事间谍情报活动。

道，用来回忆绫子倒也是很合适的东西，不过，作为母亲这么做有点欠妥吧。

不过，绫子也根本不觉得这样子很可笑。

在临近发车的火车里。

母亲站在身边。绫子蹲在她的脚边，从放在座位上的绿色皮革手提包中取出什么东西，又放进什么东西，大概背对母亲的缘故，她的泪水扑簌扑簌流淌下来，又重复一遍刚才说过的连她自己也深感意外的话："不论我有过什么样的恋爱，都没有人会注意到我，因为他们都认为我还是个小孩子。"

这时，就在这时，她感觉自己的肩膀被人强有力地抓住。

"故作不知的难道不正是你自己吗？你好像丝毫没有注意到有人爱上你，所以，大家都认为爱上你是一种错误。"

绫子猛然一惊，从梦中醒来。

这是昨天夜里做的梦。在她惊吓的瞬间，把梦境的细节遗忘在梦里，只有泪痕还留在脸颊上，她听不到任何秋虫的鸣叫，秋天的拂晓即将降临。

那个梦境，好像是她与母亲一起前往朝鲜还是台湾这样遥远的地方旅行，而且不再回东京，于是向前来送行的人们告别。

"只是到三崎这么近的地方一日游，怎么会做这种夸诞的梦？"

绫子对自己脆弱的敏感性深感吃惊，不过，不正是由于这样的离别才将她深埋心底的真实想法暴露出来了吗？所谓梦，不就是让尚未苏醒的心灵之花在睡眠中绽放吗？

不过，说起来有点奇怪，前来送行的人好像都是年轻的男人。

"我和这么多人恋爱过？我被这么多人爱过吗？我自己都觉得莫名其妙。"

她咯咯咯地笑起来，但是当笑声进入自己耳朵的时候，突然像火焰熄灭一样沉默下来。孤寂落寞。是周围一片冷清宁静的缘故吗？睡在身旁的姐姐的呼吸十分均匀，但是，摸了一下枕边，没有摸到台灯的开关。

"昨晚姐姐睡不着，在被窝里一直看书来着。"

夜阑更深，独自醒来，静静地端详着安然酣睡的母亲的面容。——绫子回想起年幼的往事，于是想看看姐姐的睡相，可是又怕冷，不愿意露出肩膀去拉台灯的开关绳子，所以只好闭上眼睛，回忆到车站给自己送行的那些青年都有谁。可是，他们身穿学生制服，胸前的金色纽扣在尚未消失的梦境中，仿佛笼罩上一层淡淡的夜雾，如星光般闪亮，却看不见他们脸庞的任何个性特征。不，有一点确凿无疑，使劲抓住自己肩膀的正是北海。他是姐姐的恋人。正因为如此，才吓得绫子惊叫起来，破坏了整个梦境。

"这不可能。太可怕了！"

她为自己寻找种种足以解释的理由，最终找到的就是自己的少女之心。因为他是自己最亲近的姐姐深爱的恋人，也就不由自主地对他有所好感；因为他将属于姐姐，所以对他放心。——这种心理无须让对方知道，也不会要求对方的任何回报，只是对这个人的感觉很好。这是一种暖心的感觉。

然而，绫子对照子竟然和自己同唱一首歌而恼怒生气，难道是她把昨夜的梦和信鸽一起带到前往城之岛渡船上来的缘故吗？

船头停靠在城之岛的码头，艄公先上去，拉好缆绳，以便乘客顺利上岸。绫子和照子都没有购买船票，艄公也不催促，不知所措，不知道该怎么付费，可是学着岛上当地乘客的做法，将四枚一钱的铜币默默地放在自己坐过的座位的垫席上。她们觉得这种方式十分平和恬静，很有意思。

"要是东京的电车也采用这个方式，那多好啊。"

而城之岛也给她们留下与这艘渡船同样的印象。

晾晒在沙滩上的渔网已经褪色，呈现出一派秋日景象，有两三个下船的当地人上岸后匆匆忙忙地离去，只有挂在渔网之间晾晒的婴儿衣服还散发着点人气。她们两人在这没有人影、散发着海藻腥味的小石子路上艰难地行走。

"这简直就跟流放到荒岛上一个样，真受不了。绫子你就喜欢这种地方吗？把我也带来。太荒凉了，想殉情都不行。"

"想殉情都不行，这样的形容有意思。不过，我好像有一种把一个城里姑娘拐骗到荒岛上的感觉，真叫人痛快。我不会让你逃走的。就说照子你吧，要是把你因禁在那座灯塔里，你看那么洁白漂亮，你不也就死心了吗？"

"可是，我们不是连上灯塔的路都不知道吗？"

"是啊。你这么一说，好像无路可走。"

"不管怎么说，没有就是没有，我们还是回去吧。说真的，就像被拐骗的小姑娘那样，胆战心惊的。"

照子回头一看，只见岛上的孩子们就像发现什么珍奇的动物一样从她们身后追上来。当照子和他们的目光相遇时，孩子们都停下脚步。

"喂，去灯塔怎么走？"

"灯塔不是看得见吗？"

"哦，明确回答啊。我是问你们，去那个看得见的地方怎么走？"

"顺着这条道走就行。"

孩子们向低矮山丘上的山白竹丛飞跑而去。要说脚下是路，也算是吧。孩子们跑了五六间①，一起停下来，欢呼跳跃般地齐声歌唱起来：

"哇，臭。哇，臭、臭、臭……"

绫子不明白什么意思，照子却也跟着跳起来唱道："臭、臭、臭……"

照子还用手在鼻子前面扇动，活灵活现地模仿他们的动作，连这帮淘气鬼也大为吃惊，只是目瞪口呆地看着她。说不定照子的美妙灵动的动作身段将他们折服了吧。

说起来也难怪，照子从今年春天开始就一直跟着一个名叫安德烈·法布里的法国人学习艺术舞蹈。

看着这些调皮孩子一溜烟逃跑，照子一脸得意扬扬的表情，

---

①间，日本的长度单位，1间约为1.82米。

说道："那个名叫木叶的老师，和城之岛的孩子一模一样。"

"哦，是吗？是这样的吗？"

绫子端详着照子的脸蛋："照子，你是化了妆来的吧？挺漂亮的。他们说'臭'，原来指的是你脸上涂抹的白粉吧？"

"什么'原来指的是'啊！所以说啊，真不想和你一起走路。像你这样太美的人，像木叶老师那样太丑的人，都对别人爱美的努力没有任何同情心，这一点你们两个如出一辙。"

"你怎么这样啊？我刚才真的是没有注意到你化妆了。"

"你还是好好向木叶老师的那一次学习吧。"

于是，两个人开怀大笑，笑得满脸通红，脑海里浮现出"那一次"的情景。

"木叶"是"木叶木菟"①的简称，即远藤老师的绰号。她毕业于奈良女子高等师范学校，担任国语教师，还是绫子她们的班主任。

和所有的绰号一样，这个绰号也包含着辛辣而复杂的含义，如果没有亲眼见到远藤老师本人，或许无法体味其中的奥妙之处。众所周知，"木叶木菟"的"木叶"绝不是嫩叶、绿叶的意思，而是指枯叶，大概就是红角鸮的保护色吧。红角鸮的外表就像枯叶堆积一团。所以，远藤老师已经像枯叶那样老朽干枯。这是绰号的第一层含义。另外，红角鸮、猫头鹰总是瞪着一双可怕的眼睛，眼珠滴溜溜到处乱转，凶狠的目光四处搜索。这

---

① 木叶木菟，红角鸮。日本鸮类中体形最小的鸟，全长约20厘米。背部呈褐色，全身有褐色或黑色纵斑，头有棕色耳羽。

是绰号的第二层含义。还有，红角鸮头顶上有一对鬼怪般的耳羽。这是绰号的第三层含义。

那一次，她在课堂上点名绫子解读课文，突然说道："你怎么回事？居然涂脂抹粉来上课，太不像话了！"

她走下讲坛，满脸凶相，手指上沾着唾液，狠狠地揪着绫子的面颊，简直就要把皮肤拧破。

"你瞧瞧，还画眉！"

说着，她把绫子的眉毛倒捋上去。

但是，远藤老师的手指最终没有沾上绫子的任何粉黛、口红、眉黛，因为绫子是天生丽质，无须化妆。

她的眉毛看似描画过，她的脖子看似化妆过，在校服的深蓝色映衬下，更显得明亮艳丽，格外抢眼。肤如凝脂，感觉吹弹可破。从面颊到下巴都留下了刚才木叶老师的指痕，渗透出殷殷血色。——在一旁的照子想到自己与绫子的关系，不由得心生怜悯，胸口疼痛，难以忍受。

就拿今天来说，绫子并没有怎么化妆，只是从外套的领口稍微露出一点鲜艳的长袖毛衣。

要是木叶老师看到，准会用手指捏着毛线刺啦刺啦揪出来，嘴里数落道："哎呀，简直就像圣诞节蛋糕，诱人食欲。太可恶了。"

更何况如果看到姑娘们向洋鬼子学习舞蹈，浑身涂满白粉，连腋下、大腿都暴露出来，站在舞台上蹦蹦跳跳，一定会当场气死过去。

安德烈·法布里是一个男性，却往往被观众误以为是女性。他总是化着淡妆，身披黑色斗篷，像一阵风行走在银座大街上。这一切都让他极具古典之美。他的黑色斗篷的里子是鲜红的天鹅绒，走路的时候，会不时翻飞显露出来。

"那个洋人真的很讨厌，练习双人舞的时候，竟然就在许多学生的面前，动真格和女人接吻，真的不成体统。他的恋人是一个姑娘，他居然还这样。大庭广众，旁若无人，让我们这些看的人都觉得不好意思。"

照子说这些话的时候眉头紧锁，但是绫子怀疑她虽然嘴上这么说，其实心里是否真的认为"不成体统"；是否在觉得"不成体统"的同时，心里却在那种气氛的熏陶下暗中享受愉悦呢？——因为自从照子开始走进安德烈的舞蹈练习场以后，她的妆容陡然变得浓厚，浓妆艳抹，不是一洗就掉的那种淡妆。对于女子来说，尤其对于从同性友爱向异性爱过渡的少女来说，如果在自己的脸上涂脂抹粉，那么，天地万物也会涂红抹白，以一个全新的姿态出现在她们的面前，这种说法纯属子虚乌有的妄测。

即便绫子把照子诱骗到这么远的地方，还不照样是无可挽回的吗？

"听你这么说的话，我也觉得你'臭'啊。"这样的话绫子难以说出口，于是先笑一笑掩饰自己的尴尬心态："把你诱骗到这个荒岛上，与木叶老师不无关系啊。"

"哎哟，你是说我不该化妆吧？太残忍了。我不能和你比，你不用化妆，天生自然之美，我要是不化妆，都不敢和你一起走路。你如果还不准我化妆，那你也太刻薄了。我今天特地化了妆来的，你却根本不在意，太过分了。"

"我刚才不是说了吗？今天很郁闷的感觉，满心苦恼，弄得脑子迷迷茫茫。我啊，今天早上把你给我的信都烧了，和院子里的落叶一起烧掉的。"

"哎呀！是吗？"照子心神不定地看着绫子的侧脸，"你怎么长得这么漂亮啊？不过给人冷冰冰的感觉，难以接近。"

展示

位置	北纬 35 度 08 分
	东经 139 度 37 分
结构	白色圆形钢筋混凝土
灯级及灯质第四等白光电灯
	每 15 秒闪光 3 次之明弧
塔基至灯火 9.1 米
距离
平均水面至 29.4 米
灯火距离
灯光数	15 万
灯光射程	晴天之夜为 15 海里
城之岛灯塔

两人不知不觉已经站在灯塔展示牌的前面。

透过玻璃窗朝空荡荡的办公室里看进去，只见"日出日落表"上面有一个算盘，回头一看，院子的角落里摆放着日晷，果然是灯塔的景象。一片寂静，连大海的涛声也听不见，耳边只有还不会唱歌的雏莺的牙牙学语般的鸣叫。左边的山丘，满是枯草，其中点缀的绿色是低矮的细竹，下面宽阔的岩礁，如果是夏天夜晚，不失为和恋人一起前来浪漫的好去处。只是现在临近冬天，寒意逼人，只见两三只鸟儿腾空飞去。灯塔内部，大概现在不让参观吧。

海上阳光照射的南面院子，她们倚靠在洁白的装饰砖上。

"烧了我的信，你是打算把我们俩的所有约定都化为灰烟吗？"照子第一次这样满怀感情地说道，"绫子你先回去吧。我一个人在这座白色的灯塔里禁闭。"

"不对。我是想把过去的约定作废，和你订立新的约定。"

"作废？这么说的话，无论在信中表达什么样的情意，都有可能作废，只要收信人的心变了……"

"你先好好听我说完，就说你最近学习的舞蹈……"

"哎哟，学习跳舞也不行吗？好像化妆也不行吧。好了，你别说了。我学习跳舞，其实是为滑雪而学的，是打算通过跳舞练习滑雪。只要学会舞蹈的基本原理，就能够轻松地保持身体平衡。这跟滑雪是同样的道理。"

"我并没有说你不能学跳舞啊。我不是还赞美你化妆以后变得更漂亮了吗？"

"可是你太冷漠了，就像对待路边的野花。"

"其实我知道，你学跳舞并不是为了滑雪。你之所以去安德烈的舞蹈场，是弓子叫你去的吧。你给弓子写了很多信，那种热情洋溢的情意要远比对我的炽烈。这样的话，你给我的信难道不就成了废纸吗？像弓子那种臭名昭著的不良少女，根本就不值得我嫉妒。我只是想对你忠告，赶快和弓子那种人一刀两断，你可以去结交新的朋友，哪怕你不想回到我的身边……"

"把我带到这么远的地方，就是为了给我说这些绝情的话吗？"

"想起来的确很滑稽，在学校里经常见面，而且还每天通信……"

"你到底怎么回事？为什么突然对我说这些小大人一样的话？你一定有什么秘密，说出来吧。"

照子紧紧握住绫子的手，用力摇晃，一副悲伤的表情。要是以往的话，绫子一定会马上抱住照子的肩膀，但是今天，她只是茫然空虚地望着遥远的海平线，说道："一些东西已经过去，消失在那儿。"

"哪儿？"

"别问哪儿，我不知道怎么回答。大海呗。"

"大海？什么东西已经过去、消失了？"

"我也不知道，就是这样的感觉。"

"哦，那我知道了。"照子湿润的眼睛突然变得亮晶晶，仿佛在燃烧一团怪异的火焰："绫子，你恋爱了。所以，你觉得女孩子之间的友情就是无聊的东西。肯定是这样。你不要对我隐瞒。你肯定是恋爱了。"

三

（该区域非游览地，为实验所学园，务必保持安静。）

告示牌上这样写着，上面的白漆看上去像洁净而寂寥的贝壳，周边是松林和大海。

"这么静谧的地方，即使叫我大声喧闹，我也张不开嘴。别走得太快了，感觉脚步声的回音会从背后追赶上来似的。"

如此安静，万籁俱寂，感觉踩踏松树落叶的声音都会发出很大的响声。照子从后面追上绫子。

她们修长的身影透过稀疏的松枝，落在海里。这身影与大海的颜色一道吸收进她们的身体里。

绫子也放慢脚步，眺望着远处海面的小木筏，说道："这种海蛎子就像大海幽灵的项链上的玉。让人不想吃。"

这些木筏是垂下式养殖牡蛎的装置，与那种附着在海底污脏岩石上的养殖法不同，是一种清洁卫生的牡蛎养殖法。

右面是诸矶湾，左面是油壶湾，形成如盆景般小巧玲珑的海湾，不过，海水的颜色犹如漂浮着湛蓝色的油液。船夫对此地视为畏途，望而却步，说是一旦驾船进去，有去无回，不见生还。这固然与过去三浦一族[①]战死此地、幽灵作祟的传说不无关系，但更主要的是与其说是美丽，不如说是怪异神秘的海水颜色的缘故。

然而，科学是对神秘的挑战。最近，由于这里生产各种鱼类、海藻，帝国大学[②]便在这里设立了临海实验所。有一个渔夫出身的门卫，能记住栖息于三崎近海的好几千种动物的拉丁文学名，不少国际性的学者都知道他的名字，成为闻名遐迩的人物。

漂浮在悬崖绝壁下的海面上的白色汽艇和牡蛎木筏装置一样，都属于研究所所有。

但是，北海原先并不是理科的学生，他的毕业论文的题目是《关于从平安朝女文人看女性之美》，是国文科的学生。这个倒没什么，只是他也许一心迷恋于平安王朝女子的梦幻之中，而忘记了现实世界的女性，仿佛与清少纳言及和泉式部一起进入阴间世界，所以也不给绫子的姐姐美惠子去信，这都已经有两个月了。

实验所的门口有两三家店铺，有在店头销售贝壳类纪念品的旅馆，也有茶馆。她们向一家名叫油壶旅馆的人打听北海。

"北海的话，一定在水族馆里。"

①三浦一族，日本平安时代相模国的武家。诞生于东国，先是追随源赖义，获得恩赐，1063 年在三浦修建衣笠城。后跟随源赖朝，建立镰仓幕府，势力遍及全国，1247 年宝治合战被北条时赖消灭。
②帝国大学，即现在的东京大学。

"经常在那里吗？"

"是啊，每天的生活就是看着各种鱼，他很好学。"

"是吗？"绫子走出旅馆门口，说道，"在这儿看鱼就是学习啊。"

她和照子都乐呵呵笑起来。不过，仔细一想，平安王朝的女性美和鱼类之间究竟有什么关联呢？或许那个年代的宫廷女子就没怎么见过活着的海鱼吧？

绫子心里嘀咕："他对姐姐就像鱼一样沉默，他本人也许就像鱼一样孤独。"不由得放慢脚步，直到照子提醒她，才快步赶上去。

这一片海岬像双臂环抱着油壶湾，从它的边缘走下海边，就是小小的沙滩，无边无垠的大海，浅红色的海平线，与里侧的小海湾相比，这里非常开阔明朗。然而北海呆呆地独自坐在水族馆入口处半圆形的水槽边上，正目不转睛地观看着一只大绿蠵龟。

绫子首先有一种难以言喻的滑稽感，便上前给北海打招呼："哇，本来想……吓你一跳的……哦，介绍一下，这是我的朋友照子。"

"这个时节，还有女学生来参观，这让人十分惊讶。"他嘴上这么说，但脸上表现出的不是羞涩的表情，而是出乎自己意料的那种高兴，就连漂亮的眼睛周边也泛起灵动晶亮的色彩，可是他连忙装作若无其事的样子，说道，"今天是星期天吧。"

"你这样子，我就放心了。我和姐姐经常议论，说北海现在连日历都忘在脑后了。"

"也会有这样的时候。"

"是这只海龟吧？这就是浦岛太郎①坐的海龟？就像从龙宫回来的浦岛太郎那样呆头呆脑的啊。"

"因为好久没见到你了，我都不知道，你现在还是小孩呢，还是已经成了大人？"

这本是北海的一句玩笑话，却让绫子受到强烈的心理冲击，如果现在不做回答，下面的话题就无从谈起，噎在嘴里，所以必须摆出大人那样的架势与他应对。就比如小时候要好的朋友，一旦见面，发现大家都已经长大成人了，于是只能一本正经地说一些客套话。

绫子固然感到有这样的危险，但还是对面带微笑的北海再次紧逼："平安王朝的贵族小姐与鱼类之间究竟有什么关系呢？我这样说话应该像个大人了吧？以前的贵族小姐也经常洗海水浴吗？"

可是，话一出口，绫子就感觉自己为什么还是说这些孩子气的话，心中不由得掠过一丝落寞之感。本来还有很多话要说，可是不知道说什么好。这样一来，就变得自己在自己的心中到处搜寻话题，让自己实在无法忍受的寂寥。

"可是，都是照子不好。"

①浦岛太郎，日本民间故事中的人物。他在海边救了一只海龟，海龟带他去参观龙宫，受到龙宫公主乙姬的热情款待。待了三天后，浦岛太郎想起家里的母亲，表示想回家。临走前乙姬送给他一个玉手箱，并嘱咐他千万不能打开。上岸后，浦岛太郎发现陆地上人事已非，一问之下，才知道龙宫三天是地上的三百年。他忘了乙姬的话，打开玉手箱，结果自己瞬间变成一个百岁老翁。

照子顿时紧张起来，表情生硬，目光不停地瞟着绫子。

"她其实想偷看北海你呢，却一直盯着我。"

绫子心里明白，照子好像误把北海当成了绫子的恋人。

AQUARIUM

AND

MUSEUM

A·M·B·S

水族馆的标识牌使用绿色的字体，整座水族馆像一个西式小旅馆，或者说像一个海滨俱乐部，气氛明朗豁亮。但是，进去以后，看着在玻璃水槽里游泳的鱼类，绫子和照子都被那活泼自在的美丽形态所吸引，忘乎一切。

"怎么样？没想到鱼儿这么漂亮吧？简直就像游动的美丽梦幻。"

北海扬扬得意地说道。花鳍副海猪鱼、多刺鳃、松球鱼、花尾带、海雀、北盔蝶鱼、红鳍东方鲀、长鳍鹦鲷，等等，这些鲜见稀罕的鱼儿，五颜六色，绚丽多彩，简直让人无法相信世上还有这样色彩斑斓的生物，不仅如此，就连远东拟沙丁鱼、石鲈、幼鳀鲡鱼这样平时食用的鱼类也闪烁多彩多姿的鱼鳞，如同音乐在水中游动。

"鱼类的生态如此美丽，完全具有日本美的特色，就像《古今集》的和歌那样。所以说，不能说与平安朝的女性没有关系。"

海葵、草珊瑚那样的珊瑚色也是美不胜收，令人目瞪口呆，现在不管北海说什么，绫子只是一味点头，看得入迷，沉醉其中。来到正面大水槽前，一条大家伙像黑色的妖怪正优哉游哉地游动，原来是真鲷。绫子看着它身上的颜色，忽然想到外面已经暮色降临，便说道："大家一起回东京吧。"

"啊，回去。"

"噢，真的吗？"

"回去吧。"

"我是来接你的。"

"回去吧。"

"不知道姐姐该多高兴啊。"

说的是姐姐的事，却好像说的是自己，绫子发现自己竟然红晕染上脸颊。北海目不转睛地看着绫子的侧脸，甚至忘记了照子就在旁边。

"真有意思，刚才旅馆的人说北海每天的生活就是看着各种鱼，还说你好学。"

绫子注意到自己说话的声音突然发生了变化。

自己刚开始说的那两三句话显得小声低沉，可是后来变得纯净清澈，真是不可思议。这不是自己故意发出来的声音，这是天然而成的美感。这大概是因为观看鱼类的生态而接触到美好的艺术从而忘乎自我的结果吧，可是绫子又觉得并非如此，只是觉得不可思议。

要说不可思议，这个北海接到多年的恋人美惠子的多封来信，却根本不予回复，可是在听了绫子的一句"回去吧"的劝说后，立即诚恳地表示接受，这件事说起来也是不可思议。

姐姐美惠子该多么高兴啊。——绫子终于放下心来："姐姐担心的事没有发生，什么都没有发生。"

她现在只是思考打算让信鸽带给姐姐的这封信该怎么措辞，怎么将不可思议的事情认为并非不可思议的。

二楼是标本室，各种鱼类都泡在酒精里。

"诗歌里经常赞美贝壳，可是我总觉得这有什么好赞美的，瞧不起贝壳。今天到这里看了以后，才知道贝壳原来这么美，刮目相看。"

北海趴在收藏贝壳的玻璃箱上聚精会神地观看，绫子则在炭化信纸上给姐姐写信。

接到鸽子捎去的信后，请你立即前往新桥车站。不过，你别忘了好好犒劳鸽子。

姐姐担心的事情，根本就没有。北海只是被鱼类和贝壳的优美征服了他的心。

如果姐姐不来车站迎接，我的礼品就无法处理。

姐姐，你该怎么感谢鸽子和绫子呢？

鸽子的翅膀搭载着绫子的喜悦飞到你身边。

绫子迅速把信装进铝制的通信筒里，对着夕阳余晖染红的大海放飞鸽子。

当汽车驶过叶山的时候，大海被暮色笼罩，只有拍打岸边的波涛呈现出白色。他们在逗子乘坐横须贺线的电车。

绫子想起信上的"北海只是被鱼类和贝壳的优美征服了他的心"这句话，这时才觉得过于孩子气，不过，她把北海带到新桥站交给美惠子的成就感一直占据心间，没有消失，可以说，一直到半夜里美惠子哭着跑回家时都没有消失。

信鸽飞过遥远的天空，比绫子他们乘坐的汽车、电车更早地回到家里。美惠子按时到新桥车站迎接。但是，当北海看到美惠子时，脸色突然阴沉下来。

美惠子则关切地询问道："论文写完了吗？"

"没有。"

"油壶那地方就那么好吗？"

"好地方啊。"

"寂寞吧？"

"只有夏天比较热闹。"

他们的对话如此平淡。

绫子心想大概因为自己在场使他们感到拘束，便和照子从车站直接回家，把已经睡觉的鸽子抱在怀里，随手放上一张舞曲的唱片，在房间里随着旋律转圈，同时还模仿让·科克托[1]灌制的诗朗诵，尽管对诗歌内容一窍不通。这样闹腾了好一阵子，

①让·科克托（1889—1963），法国诗人、小说家。同时涉足芭蕾舞、戏剧、电影等领域。代表作有小说《骗子托马斯》、电影《美女与野兽》等。

她觉得这样在房间里长时间地走动还是生来第一次。

她满心喜悦地等待着美惠子回来，让她告诉自己和北海去哪里干什么了。

虽然有这样满心的期待，但又有一种想逃避内心深处某种可怕的东西的感觉。

果然，照子来了一封快信，上面写着："如果我也有信鸽那该多好啊，因为恨不得想让你尽快看到这封信。你把我带到那么远的地方去，侮辱我，欺负我……"

这简直就是绝交信，不过，绫子没有感到丝毫的惊讶，甚至不想继续看下去，她好像插上一双翅膀在天空飞翔。

为了确认并恢复自己与照子的友情，专门跑到城之岛，这好像是遥远的昔日的一场梦。

她甚至没有发现美惠子目光呆滞地木然走进来。

"哎呀。"看着姐姐泪水盈眶的样子，绫子觉得自己就像一个小罪人，一定是自己做了什么不对的事，可是不知道自己做了什么错事。

"对不起，我一点也不知道。"

"你不知道什么？"

"不知道姐姐已经回来了。"

"要是这样，那就算了。"

美惠子大步跨上来，想拉住绫子的手，不意突然像断掉的一根线头，颓然瘫在椅子上。

四

珍珠鸽、七宝鸽、薄雪鸽、金蓑鸽、美男鸽、刘萱鸽、姬绿鸽、袖黑鸽、眉胸白鸽……要列出鸽子的品种，还会有很多，正如可以从日语词典中寻找到很多美丽的辞藻一样。

"动物里面……"北海俨然一副国文学研究生的派头，这样说过，"与兽类、鱼类相比，鸟类的名字最美。"

美惠子轻轻一笑："那昆虫呢？"

那是七月，在逗子别墅。美惠子冲洗掉身上的海水，将刚刚洗过的泳衣放在穿着浴衣的膝盖上，坐在藤椅上，在炭化纸上写着满满的食物名称，她已经不怎么记得刚才北海都说了些什么。因为他们俩如此亲密恩爱，已经没有必要把对方说的话都一一记在心间。

"昆虫？昆虫我不大清楚。不过，日本人自古以来就觉得鸟类最美，与鸟类亲近。对鸟类的命名就是一个佐证，从中能够感受到日语的美感和日本人的审美观。"

接着，北海像独唱一样说出许多鸟的名称："深山颊白（黄喉鹀）、紫绀鸟（青蓝鸟）、红野路子（红福迪）、三日月鹦哥（超级鹦鹉）、琉璃鹟（红胁蓝尾鸲）、菊戴（戴菊）、薄墨鹡鸰（白鹡鸰）、大花圆、喜鹊、蔷薇色猿子（长尾雀）、羽衣乌（红翅黑鸟）、阳炎鸟（灰顶火雀）、赤襟凤凰雀（乐园维达鸟）、薄颜红叶鸟（红嘴奎利亚雀）、绿风琴鸟（绿金唐加拉雀）、古代莳绘鹦哥（林肯港鹦鹉）、小川驹鸟（蓝点颏）、稚儿鹛（虎纹伯劳）、濡羽挂巢（松鸦）、月轮辉椋鸟（亚洲辉椋鸟）、黄胸蜜吸（夏威夷吸蜜鸟）。"

"吸蜜鸟是什么鸟？"

"不知道。没见过。刚才我念的鸟，全不知道。"

"跟梦境一样。就和听了名字就谈恋爱一个样。"

"我可不谈恋爱。"

美惠子猛然抬头看着他，说道："顺便也给你买点蜂蜜吧。"

她在信的结尾处添上一笔。这是一封全部都是食品清单的信函。他们从海水浴上来，午后，饥肠辘辘。打算使用信鸽飞往东京。妹妹绫子全部采购以后于傍晚送过来。

"信鸽也叫'传书鸽'，这个名字你不喜欢吧，要不叫'文使鸽'怎么样？"

"这也不好。这个名字古色古香，那也得像过去贵族小姐那样写信，不然的话，互不匹配，缺少雅致。而且写的都是采购食品，这不是大煞风景吗？"

"听说有一位著名的歌舞伎演员非常喜欢鸽子，每天把鸽子带到剧场后台去。让鸽子给家里的夫人送信，告诉她吃什么夜宵。你要是每天也把鸽子带到研究室去，多有意思啊。"

现实中并无此事，这只是美惠子的美好想法，她在想象两人建立新家庭以后的安排。

每天的研究进展情况，心情的好坏，回家的时间，晚饭的安排，等等，这一切都由信鸽来回传递信息。与电话不一样，因为信鸽是活物。把一只活物的信鸽放在丈夫身边，就等于自己的小小的分身放在研究室里一样。

当天，北海就去了叶山附近岩礁钓鱼，通过信鸽向美惠子报告说今天的收获是镰仓大虾十二只、石鲈鱼四条，让她准备晚餐。——这对美惠子来说，那是无与伦比的快乐。

然而，今年夏天，然后是秋天，接着是冬天，尽管北海和绫子一起从油壶回到东京，却不上美惠子的家门，整天就关在学校图书馆里。原本，他一毕业，两人就准备结婚，现在这个样子，美惠子姐姐担心母亲会问："怎么这一阵子老不见北海上家里来啊？"

绫子知道姐姐心里忐忑不安，而且好长时间，自己在姐姐面前也不便提北海这个名字。

初雪的东京，当天夜里，天就放晴了。翌日早晨，鸽子们在窝里拍打翅膀，披着雪后的朝阳晨光冲天飞去。

"今天照子一定高兴坏了，也许已经上山滑雪去了吧。"绫子想起去城之岛那一天的情景，心想"我说'回去吧'一句话，就把北海从城之岛带回来了。应该说不会有什么吧。只要姐姐和北海两人开诚布公地好好谈一次"。

她迅速麻利地抓住一只鸽子，藏在怀里，也不告诉美惠子姐姐，就出门乘电车前往本乡。她只穿了一件大衣，没戴手套，便将冰冷的手揣进怀里，用鸽子的体温取暖，一边埋怨自己"为什么这么慌慌张张地跑出来"。

在帝国大学图书馆的门口，她向一个文科生打听，说是北海现在不在图书馆里，出去散步了。没有办法，她凭借着母亲过去在大学附属医院住院时曾来探望的记忆，从池边往操场方向走去。积雪从高高的树梢窸窸窣窣地掉落下来，多么宁静的校园。

北海独自坐在俗称"山上御殿"①前面的长满结缕草的假山石头上，眺望着操场。他一看到绫子的身影，如同在油壶水族馆那样，感觉意外的惊喜，却又隐藏起喜悦的心情，装作若无其事的样子，问道："就你一个人？"

"也只有你才会待在这个地方，一个人赏雪景吗？"

"也不是。只是想休息一下大脑。没有风的时候，这儿最暖和。"

绫子也自然大方地想和他并排坐在石头上。

还没坐下，北海就大声叫起来："不行！"

绫子大吃一惊，赶紧起来往后一退，满脸通红。

"看把你吓的。"北海笑起来，"我是说石头很潮湿。"

然后把铺垫石头上的报纸撕一半递给绫子。

"哦，谢谢。"

绫子并没有急着坐下来，而是瞄了一眼报纸："噢，这不是

---

①山上御殿，1874年，富山藩的御殿作为东京大学前身的东京医学校的教室，1893年，迁移到可以俯瞰三四郎池（正式名称为心宇池）的高地上，俗称"山上御殿"。现在的操场已是人工种植的结缕草。

照子的老师吗？"

报纸上刊载着安德烈·法布里的小幅照片。

"照子，就是上一次和我一起去油壶的那个姑娘。"

"啊，感觉那孩子有点让人担心。"

"怎么让人担心了？"

"感觉而已。见到男人，刚开始拘谨僵硬，一旦熟悉以后，又变得过于亲昵，就好像浑身触电一样颤动，可为了克制这种情绪，又装出冷漠傲然的样子。"

"你是说照子吗？你是说她在油壶就是这样的吗？她对你就是这样的吗？你怎么心里想这些龌龊的事情啊？"

"我不是说她对我这样，我只是觉得她有性格上的不足。"

"这是照子老师的照片。"

"跳舞的吧？"

"说是今晚有舞蹈表演，在帝国饭店的演艺厅。照子一定会参加演出。我想去看，你带我去好吗？"

"去吧。"

这倒让绫子感到吃惊，他这么爽快就答应了，如同在油壶说"回去吧"一样。

于是，绫子似乎要给自己找一个解释的理由："我想带一把花束送给她。——我一个人去不方便。因为去油壶的时候，她都跟我绝交了。"

"照子和你绝交？"

"嗯。"

绫子回想起自己和照子的友情，却无论如何感觉只是一场遥远的梦幻般微弱的维系力。

"她说我那时候侮辱了她。女学生之间的友情实在很脆弱。人们都说女人之间没有真正的友情。"

"是不是发生了什么严重的事情，以至于绝交？"

"绝交是常有的事。"绫子努力想开朗地笑一笑，却发现这个开朗如此脆弱，似乎被什么东西完全吸走，"一点鸡毛蒜皮的事，就马上绝交。不过，今天送给她花束，又会重归于好。说单纯很单纯，不像你和姐姐……"

这时，绫子才想起今天是为了姐姐来找北海的，便从怀里把鸽子掏出来。

"怎么又是鸽子？"

"嗯。"绫子拿出铅笔，"那天晚上，姐姐可是哭着回来的。"

　　今晚七点，帝国饭店演艺厅，有照子她们的舞蹈表演。绫子想和照子重新和好，请姐姐一定出席。

绫子写信的时候，突然意识到，自己和北海从上午十点到傍晚一直单独在一起，没有告诉姐姐，擅自决定。所以，她就穿着家居衣服出来了，难道不回去换衣服吗？

"是不是又要把姐姐叫出来？给我看看。"北海伸手想看信的内容。

"不行。"

绫子把信放进通信筒里，鸽子就已经飞离膝盖，在白雪皑皑覆盖的、没有足迹的整洁操场上掠过一道翅膀的影子。

　　"你这人真怪。"

　　北海自言自语，望着翅膀的影子逐渐变大消失而去的鸽子。

　　"不能把姐姐叫出来吗？"

　　"那倒也不是，不过……"

　　"今天晚上，你又想让她哭着回去吗？"

　　"绫子，你这人真怪。"

　　"那一天，你对姐姐都说了些什么？"

　　"她回家后没告诉你吗？"

　　"嗯。"

　　"我只是对她说，把婚期再推迟两三年。"

　　"为什么啊？"

　　"因为才二十五六岁，有点早。"

　　"你逃到油壶去，你躲在大学图书馆里，就是为了拖延婚期？"

　　"怎么会呢？"

　　"你撒谎。"

　　"我没有撒谎。你不认为有点早吗？"

　　"我不这样认为。既然有了爱情，没有什么早不早的。"

　　"是吗？这么说，绫子你十七岁，现在找个恋人，也不早吗？"

　　"不早。"绫子奋力反击，语气坚定地回答。

"但是，恋爱和结婚是两码事。"

"怎么是两码事？"

"这个道理不是明摆着的吗？"

"我一点都不懂。你撒谎。"

"你满脑子以为我是在撒谎，我就不好办了。我小学即将毕业的时候，就得到你们家的关照，从那时起，我就决定和美惠子结婚。你说做出这样的决定不算太早吗？我想读文科，你妈妈表示反对，但美惠子支持我，坚决表态按照本人的愿望申报志愿。那个时候，她还是个非常可爱的中学生。后来，我上了大学的文科，所有的事情，她都一直支持我，一直站在我一边保护我。上大学以后，我说想在外面租房住，也是美惠子支持我。不过，她并不知道我在外面住宿的真正原因。如果说我这样做是因为我不想和她结婚的一种行动，也可以这么说。"

"就是说，你不爱姐姐了？"

"也不能这么说。要是这样的话，我就成为利用你姐姐实现自己大学毕业目的的卑鄙小人了。"

"是因为你还有更爱的别的什么人吗？"绫子想问，但没敢问。

傍晚之前，两人一起看电影，买花束，消磨时间，绫子逐渐变得寡言少语，"为什么会跟这种人走在一起"，她甚至对自己都一肚子气。

提早来到帝国饭店的演艺厅，绫子一个人在入口处等着姐姐，一看见美惠子，立刻跑过去，带着哭腔说道："我等了你好

114

久。陪我一起去后台，我一个人去怪难为情的。"

照子身穿洁白的薄纱服装，像雕像那样闭着眼睛，由安德烈给她化妆，好像早已把先前的绝交信的事抛到九霄云外去了。

"就是这位小姐，给我送来的鲜花。"

照子向安德烈介绍绫子，安德烈弄错了人，伸出淡红色的优美的手，紧紧握着美惠子的手，连声说道："噢噢，谢谢。谢谢。"

五

热海车站前面，一辆开往箱根的小型公共汽车，白色的车身披红挂绿，扎着彩带。

绫子一只手拿着山茶花，站在小食店的土间①里，另一只手端着杯子，正急急忙忙地喝牛奶，根本没有时间等着方块糖的溶化。

"快点啊！不然就把你落下了。"

美惠子从车里急乎乎地叫喊着。

绫子的嘴唇上还残留着牛奶的湿润，纵身跳上汽车。汽车沿着刚才过来的道路朝大海方向驶去。

①土间，室内没有铺地板的地面，或铺着三合土的地面。

从伊东温泉出发，在汽车里摇晃了五里路，[1] 抵达热海车站，幸好赶上一辆开往箱根的小型公共汽车，就像被什么东西驱赶一样，连在小食店喝一杯牛奶的时间都没有，又要开始在山间颠簸一个小时。

简直就是有什么东西在后面紧逼追赶一样。

"肚子早就饿了。坐汽车真助消化。"

绫子一边用手擦去嘴唇上的牛奶残痕，一边回头，发现姐姐和北海都面无表情，没有一丝微笑。

"中午能到热海，可以在热海饭店里好好休息一下，今天能到箱根就行。"——这是今天早晨在伊东的温泉旅馆说过的话，看来这两个人早已忘得一干二净。

昨天抵达伊东的时候，天色已晚，可是为什么今天一大早就要出发呢？绫子感到疑惑。

母亲送他们出外旅行的时候可是说："你们好好玩四五天吧。"

这是纪念北海大学毕业的旅行，如果说这标志着他与美惠子婚期将近，那最好是他们俩单独旅行。可是，因为他们还没有结婚，所以要由妹妹陪伴，绫子觉得，自己充当的角色实在可笑，完全多余，这不让人家碍手碍脚吗？可是还得愉快地接受。

绫子这样半大不小的年龄，扮演这种角色最为合适。如果是幼小的孩子，当然也可以；反过来，如果是美惠子的姐姐，当

①里，日本距离单位。明治时期定 1 里约为 3.9 公里。

116

然也可以，像绫子这样的年龄，不会暗中巧妙地为即将成婚的两个人安排机会，相反，还不能让这两个人照顾自己。但是，如果这两个人亲热无比，把绫子和鸽子一样等同对待，无视她的存在，当着绫子的面，无所顾忌地拥抱亲吻，那又是另一回事了，绫子完全可以视而不见，就是一个小孩子的样子，也是乐在其中。

昨天夜里，海风强劲，偌大的旅馆，几十扇玻璃窗发出呱嗒呱嗒的响声。温湿的海风在枕边回荡，绫子完全睡不着觉，一醒过来，听见一群来玩高尔夫的旅客在远处的房间里高声说话。大概旅馆里所有的客人都已经被海风惊醒了。

然而，北海和美惠子两个人依然躺着，却一声不响，似乎故意连身子都一动不动。鸽子在房间的角落里拍打翅膀，绫子大为惊讶，真想大叫起来："你们怎么都不吭声？"

这是两个语言无法沟通的人。

今天早晨也是如此。昨夜被海风吹刮得没有睡好觉，可今天一早起来，本以为就去热海，没想到又要赶往箱根。只要坐上了公共汽车，一路上就可以不用说话。

车子进入热海街道，左边是冒着温泉热气的烟囱，从一座梅园旁边穿过后，就进入之字形的蜿蜒弯曲的山路。海边已经是一片南国风光，梅花、樱花、桃花、山茶花绚丽绽放，而山间依然是草木枯萎的残冬。

从十国岭一带可以眺望骏河湾的水滨，富士山近在眼前，不久来到芦之湖的岸边，但是到达箱根古代关卡遗迹的时候，北海也不说下去看看，直接拉到元箱根的终点站。他就像一件行李一样不声不响地下了车。

现在怎么办？

有两三个旅店拉客的跟了上来，为了避开他们，我们便和五六个乘客一起进入一栋建筑物里。原来这是开往小田原的小型公共汽车的候车室。

"难道还要坐公共汽车继续颠簸吗？"又累又饿，绫子满脸疲惫不堪，看着北海。北海被那些旅馆拉客的尾追上来，攒眉蹙额，把手放在候车室的火炉上取暖。

"这一带我熟悉。听我的就行了。"

由于厌烦那些拉客的人，他似乎忘记了美惠子的存在，说道："坐下一趟的公共汽车回去。"

拉客的人还是用怪异的目光盯着他们，绫子突然站起来走到外面，这里是湖上游览船的栈桥。天空还残留着昨夜强风的余威，栈桥在波浪的拍打下轻轻地摇晃，脸上感觉到湖水的冷色紧逼过来，仿佛一下子清醒过来，顿时怒火中烧："姐姐为什么非要跟北海结婚不可？"

她心中出人意料的呐喊让自己都大吃一惊。

这么简简单单的事，为什么自己就没有想到呢？那天下雪的日子，她在大学的校园里，不是亲耳听到北海明确表示"如果说我这样做是因为我不想和她结婚的一种行动，也可以这么说"这句话吗？都这么说了，为什么还没有醒悟过来呢？

北海和美惠子结婚是既定事实，所以连绫子都这么坚定地认为，如今意识到，这既是自然的，又是不自然的。

"这是一次准备结婚的旅行吗？"

想起昨天开始的旅行过程，不如说"这是一次不准备结婚的旅行"。

就在自己满心窝火的时候，她又被叫上公共汽车，继续颠簸的路程。

"到下一站的温泉休息一会儿，吃午饭。"

北海虽然这么说，但是车子在芦之湖温泉只是停留片刻，立即发车，过了小涌谷，司机说"大家在这里换乘前面的车子"，于是只好在宫下下车。

终于，北海好不容易把她们带到不二屋饭店。

饭店外观具有洋人所喜欢的那种东洋情趣，采用神社寺院的形状装饰，看似低俗廉价的旅店。但是，推着转门一进大厅，感觉的确是一流饭店的气派，看不见人，非常安静，像镜面一样干净整洁。以至于北海让两位女性稍候，自己跑去找服务生。

"接下来干什么？"绫子把手套摔在桌子上。

"住在这里吗？"

"不知道。"

"想回去了。"

"嗯。"

"姐姐也想回去？"

"现在不就是正在回去吗？"

"真没意思。"

"是啊。"

"我刚才就在想，这是一次准备结婚的旅行吗？"

"绫子，你还不知道吧？"

"什么不知道？"

"好像是不准备结婚的旅行。"

绫子惊讶地看着姐姐："姐姐也是这么认为的吗？"这么一看，突然笑起来，压低声音说道，"不过……"

"不过什么？你是想说'既然知道，干吗还出来旅行'，是吗？"

"刚才，我看到芦之湖的湖水时，忽然想到，就像神给我的启示一样，为什么姐姐非要跟北海结婚不可？"

"根本就没有什么非结婚不可。我这一次出来旅行，似乎就是为了证明给你看。"

"给我看什么证明？"

"嗯。"美惠子瞥了绫子一眼，然后对她使劲点了点头。

就在这时，北海从里面出来，"真不敢相信，连收银台都没人，"然后把帽子和外套交给服务生，吩咐道，"请给我们送来茶水和三明治。"

这时，从二楼的客房顺着楼梯下来四五个人，其中有安德烈和照子。绫子仿佛看到什么丑恶的东西一样，赶紧扭过头。但是，照子快活地跑过来。

"哎呀，你也来了。上一次你给我送花，我太高兴了。"

安德烈也离开他们的伙伴，走到绫子的桌旁，既不对绫子也不对美惠子，重复着上一次舞蹈表演时候一样的话:"谢谢，谢谢。"

安德烈这一伙人中，有一个不太漂亮，也因此打扮得比实际年龄略显朴素的法国姑娘，有一个三十岁左右、看似是寡妇的日本人，再加上一个照子，所以在绫子看来，也许就是一次丑陋的旅行。

绫子甚至想问:"照子在里面扮演什么样的角色呢？"

照子和秋天的油壶旅行时完全判若两人，变得卖弄风情，忸怩作态。似乎完全遗忘了自己曾给绫子发出绝交信这回事。

她对北海说道:"安德烈先生买了一幅浮世绘复制品作为礼品，他说想请您去鉴赏一下。我们对这些一窍不通，就在二楼的陈列室，劳驾您去看看，可以吗？"

"噢，我也不懂……"北海迟疑不决。

这时，美惠子以不容分说的口气说道:"你还是去看看吧。我恰好有话要和绫子说。"

美惠子看着他离开的背影，说道:"绫子，我想明确地证明给你看。"

"姐姐，你这是怎么啦？"

"绫子，你用不着害怕，别这样惊慌诧异地看着我。其实，北海从油壶回来以后，我一切都看明白了。"

"姐姐。"绫子感觉自己的内心豁然开朗，阳光明媚，"我一点也不明白。"

"我要是早一点对你说就好了。其实，我应该感谢你呢。"

"哎呀，那个事啊。"

"不过，现在先不吱声，再忍一忍就好了。"

"为什么？"

"那样的话，事情就会顺理成章地发展。"

"发展？你是说结婚吗？"

"嗯。不过，是北海和绫子结婚啊。"

"和我？"绫子简直不敢相信自己的耳朵，又好像在听与自己无关的事情，一时竟然迷失了自我一般，可是禁不住满脸红晕，两颊灼热。

"绫子，你其实早就知道了吧？"

"不知道。真不知道。"

"不过，姐姐我知道。北海也知道。"

"这事，太讨厌了。"

"也许我说得太早了点。不过，你完全可以不用顾忌我。伤感这东西实在很无聊。"

"不是这样的。"绫子使劲摇头，"这种事，想起来就叫人讨厌。因为他是要和姐姐结婚的人，我心里就这么想的。那种人……"

六

穿越国界，火车从德国进入比利时，一到达列日站，德国与比利时的区别就是这里的天空景观，首先给游客的印象，就是无数的鸽子在天空翩翩飞舞。——这些都是信鸽。

"所以说，比利时是一个令人眷念的可爱国度。"

正如翅膀上的抒情歌所唱的那样，绫子一直憧憬着遥远的比利时。好像举国上下都满怀激情地参与鸽子比赛，据说这么个弹丸之地的小国甚至一年竟然繁殖四五百万只信鸽。信鸽的竞赛自然热火朝天，日本等国根本不可同日而语，听说荣获冠军的信鸽通常可以获得五六万法郎的奖金。

"照子，你的舞蹈老师安德烈，是法国人吗？"

"是。"

"他要是法国邻国比利时人的话……"绫子一边翻看鸽子名册，一边说道，"我也会成为他的弟子。"

"法国人就不行吗？你看，那些西方舞蹈的术语基本都是法语啊。"

"什么舞蹈，跟我没关系。我说的是鸽子。"

"哎呀，又来了，绫子是鸽子，我是滑雪，要是我们又是雪又是鸽子地争论起来，不是和今年秋天的城之岛旅行一个样吗？还记得吗？"

"记得啊。还在渡船上吵起来。"

绫子回想起当时站在城之岛白色灯塔的下面，用茫然空虚的目光眺望着遥远的海平线，感觉有一种东西像风一样吹过秋天的海面而消失。如同自己心中的东西消失在大海的彼岸。

"那个时候，绫子对我说了很多薄情的话，把我带到那个遥远的离岛。"

"可是……"绫子欲言又止，没有开口。她觉得，像以前那样说一些激怒照子的话，不如现在这样沉默不言才是对她真正的无情。

上一次旅行，绫子是为了确认、恢复与照子的友情，才把她带到那么远的地方，可是事与愿违，友情反而破裂。如今不再努力追回这种友情，反而轻轻松松地回到自己身上。——不过，得到这种可有可无的友情，终究不过是可有可无的东西。在别人眼里，她们的友情还是和以前那样亲密无间，但她们的心底已经发生某种变化。这种微妙的变化甚至连她们自己也未必能察觉出来。

能想起来的，是照子在城之岛说的话："绫子，你恋爱了。所以，你觉得女孩子之间的友情就是无聊的东西。肯定是这样。你不要对我隐瞒。你肯定是恋爱了。"

但是，绫子现在已经不想把这件事对这位朋友说清楚了，于是用爽朗的笑声掩饰真实的心情："我们可能又会争吵，但我仍然是鸽子派。如果安德烈是比利时人的话，我会成为他的弟子，甚至可以跟着他去比利时。到了那边，我要养殖一千只鸽子。我们家的鸽子全都是比利时品种。日本陆军的军用信鸽，差不多都是比利时血统。"

照子刚才看着绫子一直翻看鸽子的名册，觉得很奇怪，便问道："鸽子还有名册啊，这是用来做什么的？"

"给鸽子做媒的啊。就像新娘和新郎的候补名册，户籍誊本兼履历表，比如说，什么血统，赛事成绩，一目了然。鸽子的编号都刻在脚环上，一清二楚。这样，就给它们配对，结婚生子，良种繁衍优秀的后代。"

"那你就是媒人喽？"

"哎哟，你别这么大惊小怪的。根据优生学的原理，让它们结婚就是了。"

"听你这么一说，总觉得心里不舒服，仅仅根据优生学来配对，太缺少情趣了。鸽子应该是很浪漫的鸟儿啊。就说你吧，不也是这样的吗？假如让一个仅仅凭借科学的人来管理国家，任命一个结婚部的大臣，颁布什么法律，从优生学的角度强迫人们结婚，那会怎么样？"

"你觉得这方法不好吗？这样的话，什么错误的恋爱，什么无意义的生活，不都没有了吗？经过我做媒的鸽子夫妇，家庭都美满幸福。你要不信，我带你去看看。"

"你这个媒人是怎么做的？"

"很简单的啊。把它们双双放在一个鸽子笼里就行了。"

绫子从二楼的窗户爬上屋顶，走到鸽子笼旁，鸽群中有一只飞起来停在她的头上，有两只停在她的两边肩膀上歇息。看得照子目瞪口呆，看了一眼鸽子笼。

"哎呀！"

照子立即面红耳赤，不敢走近前去，只是远远地看着。

求婚舞——人类在远古时候跳的舞蹈，如今还有遗风存世，特别一些尚未开化的民族还保留这样的舞蹈。照子学过一些舞蹈，自然懂得。就连蜘蛛以及其他一些动物，也会为了求爱而舞蹈。虽然知道这些事情，但还是第一次亲眼所见。

雄鸽咕咕咕地鸣叫着，围绕着雌鸽起舞。

就像脚尖舞的舞姿，踮起脚尖，抬起腿脚，旋转走步，挺起胸脯，尾巴扩张成扇形垂在地面上。舞步逐渐激烈，舞姿逐渐狂乱，如同狂舞的蛮族舞蹈，舞者猝然倒下一样，它们的舞蹈也达到癫狂的状态。

在雄鸽如痴如醉的求爱狂舞的进攻下，雌鸽大概也为之心动，于是翅膀熠熠生辉，全身涌上爱情的热血。虽说是鸟类，但并没有完全失去雌性的矜持温柔，同时采取与雄鸽同样的舞姿，翩翩起舞。

于是，两个鸽子不停地接吻，雌鸽将自己的短喙放进雄鸽的嘴巴里，就像喂食一样的动作。

"照子，照子。"

绫子叫了几声，才发现照子已经逃到房间里去了。

照子看得心慌意乱，"绫子这家伙，怎么看这种事竟然跟没事人一样，无动于衷"，自己可是使劲按捺着胸口的狂跳。

"照子，快来看雏鸽，太可爱了。"

然而，这时，飞来一只脚上捆绑着通信筒、背上还系着小樱树枝的鸽子，"哎呀，是在逗子的姐姐送来的信。好了，我现在就犒劳你一下。"绫子一边抚摸着鸽子，一边看信。

南边的海岬已有五六枝早开的樱花。东京尚难见到吧，所以让鸽子给你捎去。此地梅花、樱花、桃花、山茶花一齐绽放了。我的心似乎也与这些花朵一样，阳春苏醒暖心田。

　　绫子也总是分忧担心，我们不知道谁是姐姐。

　　我在箱根饭店所说的话，你务必认真考虑。不是作为我的妹妹，而是作为绫子这一个女人。北海也因为碍着我的面子，才安排那样无聊的旅行，甚至被你瞧不起。你也是这样的啊。也因为碍着我的面子，变成一个被命运之神瞧不起的姑娘啊。北海今天应该会去东京的，找你谈心。

　　鸽子就托付给你了。仔细想一想，连自己的婚姻都把握不住的人却去照顾鸽子的婚姻，实在是一个错误。

　　绫子左手拿着从鸽子背上解下来的樱花小枝，上面一朵樱花都没有。

　　"嘻，不知道在哪里掉下来了。"她对着已经进了鸽舍的鸽子说道，"姐姐也真是的，樱花容易掉落，干吗要让漫天飞翔的鸽子带回来呢？这不能怪鸽子，她明明知道樱花会掉落，还偏这么做……"

　　于是，她想到姐姐美惠子的这一桩短暂脆弱破灭的婚姻："不过，也许这样也好。那样的感情，就像樱花一样，系在鸽子的翅膀上，不知道什么时候就会掉落在空中。"

　　为了给姐姐写回信，绫子从屋顶回到房间里，可是刚才看到鸽子接吻的照子心情不好，沉默寡言，很快就告辞回去了。

相比于照子，绫子更关心离巢独飞的雏鸽，对它倾注了更多纯粹的感情。

正如美惠子来信所说的那样，当天傍晚，北海特地前来看望绫子。

绫子还是把他带到窗边盖有鸽舍的二楼，只要和鸽群在一起，她觉得心里就有底气。

"姐姐来信了。"

"姐姐对我说，见到绫子，你们商量结婚的事。姐姐也是不可理喻。"

北海既然被姐姐抢在前头，于是稍微重新整理一下自己的思绪，然后以果断的口气说道："是的。这么说，你什么事都已经知道了？"

"嗯，知道了。我听姐姐说了。在箱根饭店，安德烈请你看浮世绘的时候，她对我说的。"

"这么说，我们与其一味同情可怜你姐姐……"

"噢，我可从来没有觉得姐姐可怜。"

"所以，我是说，要是没有姐姐这个因素的话，你要是能这样想的话……"

"我也这样想过。可是……"

"我现在并没有急于想知道你的回答，但是，我爱的不是你姐姐，而是绫子你。我想，现在是应该让你知道的时候了。"

"我知道。"绫子对自己这样的回答感到吃惊，"不过……"

"只要我爱着绫子，就绝对不可能和你姐姐结婚。"

"我知道。"

"我之所以没有从油壶回东京，也是因为……"

"嗯。"

"绫子，你不是也开始逐渐爱上我了吗？我为此感到痛苦，这是我的过错。这是我的懦弱。我变成一个强悍的恶徒，为时太晚。"

"不过……"绫子似乎抑制不住颤抖的声音，猛然间倾吐出来，"在我没有意识到自己爱上你的时候，其实我就已经爱上你了。而一旦意识到以后，那就无可挽回了。"

"所以你觉得对不起姐姐。"

"不是。不是这样的。可是我自己也说不清楚。"

"是我没用。"

"不知道。不过，我没有后悔。我心里高兴。事后回忆起来，你爱上我的时候，我还没有察觉出来，但不知不觉间仿佛变成另外一个人。我也有失去，不仅仅失去了我与照子的友情，但是我并不感到可惜。好了，我不想重提这个话题。"

"我想，一两年以后，重提此事，这才是对美惠子的真正的体贴。"

"我现在一点儿也不喜欢你。对于你撕毁与姐姐的婚约。我甚至连生气都不会。"

一切都已结束。鸽子和妹妹都在等待着姐姐归来。

鸽子的婚姻遵循健康的规律顺利进展。要是看到那可爱的雏鸽，姐姐一定会忘记一切烦恼。

我并非出于与姐姐的手足之情，也并非为姐姐报仇。北海终于成为一个陌路人，远离而去，究竟什么原因，还是希望姐姐早日告诉我，期盼姐姐归来。

第二天，在樱花盛开的清晨，搭载着妹妹信函的鸽子飞上飘着淡淡白云的天空。

水晶幻想

夫人一坐到镜子前面，花花公子就跟往常一样跳上修指甲的桌子，坐在上面的坐垫上歪着小脑袋出神地看夫人化妆。那模样就像一个爱俏的姑娘催促着快点儿给自己化妆。花花公子不仅觉得自己在修指甲桌上的理发就是化妆，甚至根据每次化妆的不同方式似乎还知道它的交配日子。因为在交配日这一天早晨，夫人会格外精心细致地给它化妆。

　　夫人的三面镜有三面镜子，三面镜子里总居住着三样东西。左边的侧镜映照出温室型的玻璃屋顶。然而，这并不是花草树木的温室，而是小动物的笼子。

　　"您瞧，这面镜子摆在这儿，我一点儿也不觉得奢侈。什么时候都能照见院子里的精子和卵子。"当夫人看到百货商店把西式梳妆台送来的时候，对丈夫这么说。就是说，迫不及待地向丈夫献媚的夫人第一眼从镜子里看见的是温室型玻璃屋顶。要说这句话是甜言蜜语，显得不伦不类。不过，不论什么样的夫妻，只要是夫妻，就会用在别人听来不伦不类的语言互相亲昵撒娇，从而忘却隐藏其中的悲剧。另外，也许所有的诙谐戏言都不过是人的悲剧的表现，所以夫人并没有发觉她的语言中还有些许不伦不类的地方。但是，她没有发觉（啊，蓝色的天空！）镜中的蓝天使她大吃一惊，忘乎所以。（如银色的飞石般从蓝天飞落的小鸟。如失去大海的、银箭般疾驰的帆船。如银针在湖水中游动的鱼。）夫人时隐时现地看着这些无法看见的东西。她的皮肤感觉到银色的鱼的皮肤的冰冷，是因为如同第一次看见蓝天那样吃惊。虽然这个惊愕与孤独寂寞属于同一类，但如果把蓝天啊，大海啊，湖水啊视为今天所能回忆起的太古的人的感情中最显著的东西，那么夫人的寂寞就是原始性的悲哀——镜中温室型的玻璃屋顶将突然把夫人的心整个掏空。

其实夫人正下意识地紧紧抓着三面镜左侧镜的镜框，本人却毫无意识。

"这个地方好像不合适放镜子，奢侈品无论放哪儿都得有奢侈的感觉。就是为了把科学从家庭的卧室里驱逐出去，我才买这种缺乏科学家风格的装饰品。没有必要把正在化妆的我老婆的侧脸和科学实验用的笼子一起照进去。"

"不过，我在显微镜里看到了结婚细胞，觉得那颜色图案非常漂亮。受精卵变化的时候，简直是上帝创造的图案。嗯，记得那一次，花花公子肚子里长蛔虫，您让我知道那么令人讨厌恶心的虫子竟然也有那么美丽的细胞。有您这样教导我，我感到幸福。"

"因为你这么认为，所以不行。你不愿意把镜子放在这儿。可是一不留神就把镜子摆在这儿了，结果院子里的动物笼子都照进镜子里，你不是惊愕地手抓着左边镜框吗？"

"哎呀！"夫人这才意识到自己的手抓着镜框。（啊，我的手多么漂亮，这是一双一天要洗几十遍的妇科医生的手。这是指甲抹成金色的罗马贵妇人的手。彩虹，彩虹下绿草如茵的原野上的小溪。）

"不知道为什么，我只看镜子里的天空——镜子把蓝天映照得那么漂亮，也会把我的模样照得比真容实貌更漂亮吧。这镜子照什么都漂亮。"

"是天空呀？明明看着玻璃屋顶，却极力装出看见了天空的样子，因为三面镜就好比对开门。你可以用这只手把映照出令人讨厌的东西的那扇门关闭，不要对我有任何顾虑。"

"我不愿意。镜子这东西是不是会让人变成心理学家？"

"好像有一首儿歌唱的就是这个意思。"

"所谓科学家的心理学比化妆镜子更奢侈。女人的心与你的科学有什么关系？"

"大有关系。连妇女杂志的医学栏目都写得清清楚楚，说女人的性高潮需要心理上的愉悦。"

夫人看着镜子里她的苍然失色的脸颊。（人工怀孕的器械吸液管。避孕套。低垂在床上的捕虫网般的白色蚊帐。新婚之夜被她踩坏的丈夫的近视眼镜。年幼的她和她的当妇科大夫的父亲的诊疗室。）夫人如同要把头上玻璃锁链摇碎一样摇晃着脑袋。（各种动物的精子和卵子的显微镜标本掉在研究室的地板上，物镜和盖片破碎的声音。如阳光闪亮的玻璃碎片。）丈夫的话本应让她面红耳赤却两颊苍白，那是因为她的悲哀，还没等丈夫细想，竟觉得镜里那苍白的脸颊仿佛就是镜子本身的悲哀。

"爱这玩意儿。"

"爱这玩意儿。"夫人随声附和，"哎呀，您告诉过我，爱这玩意儿，受精不一定需要性高潮。"（吸液管、吸液管、吸液管。我驯狗的皮鞭甩一下也会响。吸液管。缪佐氏钳子。）

"听说德国还是哪一个国家，有127个妇女做人工怀孕手术，其中52人当上了母亲，虽然成功率远不如牛马，但也达到了百分之四十一啊。我还听说这么一桩新鲜事，一个处女尼姑在庵里怀孕了。因为有残疾，才当尼姑的，说是从来没见过男人的脸。"

"所以，我们也不能失去希望。"

"希望？——我已经吃够了吸液管的苦头。想要孩子的话，赶快发明胎外生殖法好了。如果发生学专家一方面梦想着发明出生不掺杂母亲血统、只要父亲血统的孩子的这么一种童真生殖法，一方面自己终生无子，那该多么美好呀。那才是与上帝斗争的人哩。"

"你就是这样和镜子斗争的吗？甚至在镜子里寻找我的科学。因为当今连涂脂抹粉也叫作化妆科学。"

"真是的。您一边嘴里这么说一边在脂粉中寻找爱这玩意儿。强迫自己的老婆生孩子是发生学可悲的退步哟。如果结婚会如此削弱您的科学力量，那么我不该让您给我买这面镜子。"

"不错，我们的恋爱是在发生学研究室里产生的。当时好像你认为发生学这门科学无法用上帝的创造力和魔鬼的破坏力这类语言来表达。于是爱上了我这个发生学家。但是，现在我认为，你的爱其实是恨。就是说，你憎恨发生学的理想。你把女人中的母亲和发生学拧在一起。就是现在，真正想要孩子的不是我，是你。你想把这个颠倒过来。那太好了。你正逐渐学会站在发生学家的立场上看问题。我正逐渐学会站在母亲的立场上看问题。这就是结婚吧。我们先把夫妻关系搞得甜甜蜜蜜的，这样不好吗？"

"好。"

夫人从正面的镜子里看着自己的脸颊晕染上美丽的蔷薇色。（干净宽敞的白色理发店。理发店里的修指甲桌。皮肤像动物闪亮的牙齿一样洁白的姑娘。姑娘正给妇科大夫修磨指甲。）一想起这些，夫人的脸颊兴高采烈地浮现出温馨的幸福。（浮现在清澈透明的水中的英俊少年的屁股。少年像青蛙一样在游泳。）丈夫走出房间。（从河边走过的学校老师说：孩子们，你们不成体统呀，女孩子男孩子都一起光着屁股游泳。英俊少年游到岸边，爬上去，笔直地站在草地上，屁股被阳光照得发亮，说：老师，我们都一丝不挂，这样就分不出谁是男谁是女了。）夫人看着镜子里的自己，如少女般腼腆。她曾经是少女。那个少女这么想。（说得老师眉开眼笑的少年真是一个可爱的孩子。她的妇科大夫的父亲的诊疗室。手术台涂抹着的白色油漆。把肚子翻

136

到上面的很大很大的青蛙。诊疗室的门。门把手上涂抹的白色油漆。在门上带有白瓷漆把手的房间里，隐藏着秘密。至今我还这么感觉。白搪瓷脸盆。她正要用手触摸白色瓷漆把手，分布各处的几扇房门使她突然犹豫起来。白色的窗帘，我在女中上学时，修学旅行的那天早晨，看见同班同学用白搪瓷脸盆洗脸，突然想象自己像男人一样爱上她。理发匠。年幼的她躺在椅子上，一边让他给自己刮脸，一边一动不动地看着他白色的衣服。瓷砖。老师从来没有从我们游泳的河边走过。一定是什么书上写着那种事。东京也出彩虹吗？这镜子里也出彩虹吗？幼小的她站在彩虹下的小河边。河水里有银针般的小鱼。秋风。幼小的她觉得鱼一定很寂寞。听说古人认为老鼠出生于尼罗河里，草叶上的露珠是昆虫的母亲，太阳照在河泥上会生出青蛙，等等。雪、蜡、腐土。希腊的亚里士多德完全知道单性生殖。听说蜂王就是没有受精的卵里生出来的。结婚旅行。婚礼——花烛之夜。婚曲——洞房之诗。婚床——新枕。结婚飞行——求婚飞翔。仙女羽衣。天使的纯洁。圣母玛利亚哟。天主教的大主教正拜访卡尔·冯·西博尔德教授。天主教的纯洁。在她故乡的海港古老的教堂里，玛利亚——天真可爱的我，准备忏悔什么，已经忘得一干二净。重力、杠杆、秤、惯性、摩擦、钟摆、钟、泵。哎哟，这原来是普通五年制中学第三学期的理科目录。古蒙特·弗洛伊德和十字架。不过，但是，蜂王一生只交尾一次。只有一次，在蜂房外面。在家庭外面。一个蜂房里住着一只蜂王。大约一百只雄蜂、两万多只工蜂。春天里蜜蜂的振翅声。火车车轮的响动。听起来就像吸液管、吸液管。饭店里的白蚊帐。不是春天，是夏天。蜜月旅行。如银色的飞石从天空飞落的小鸟。远古人相信天空的颜色映照大海。潜水员说海底世界没有红色和黄色，白色的海贝看似淡蓝，红色的动物看似黑色。蓝光在法国的尼斯港能射进400米、在意大利的那不勒斯湾能射进550米、在东地中海能射进600米的深度。深海里寂寞的感光板的感觉哟！为了测量透明度潜入海底的直径一尺的白色感光板。沉浸在淡蓝色月光里的油漆的手术台。如月光流泻般倾泻在海底的球状虫尸骸之雨。即使洒落在空中，人们也无法感觉出来的那样轻飘的雪白的尸骸之雨无声无息无昼无夜无休无止地降落海底。海底电缆上的白色尸骸告诉我们一百年才沉积一公尺。往昔的海底如今是白垩质的山。英国南部粉笔的悬崖。遥远的时间之河。粉笔、女子中学的黑板上画的花。短命的少女。水平线的白帆。饭店的油炸鱼的眼睛的水晶体。真可怜，鱼是严重的近视眼。与西餐叉子同样形状的妇产科的手术器械。白蚊帐一样、睡帽一样的发射虫骨骼扩大图的美丽网眼。像鱼嘴、鱼唇一样毫无滋味的合卺的日子。结婚飞行。就是这样。我怀着新婚之日偶尔触发的空虚寂寞在海岸线与意大利的那不勒斯湾相似的山丘上散步，在蜜蜂的振翅声中醒来。新婚飞行。蜂王在晴朗和煦的春天求婚飞翔。一群雄蜂伴随着它。这一群雄蜂中只有一只被蜂王爱上一次，仅仅一次。蜂王的受精囊。生工蜂还是生雄蜂，由她随心所欲。生工蜂或者雄蜂的产房不同。在蜂王房和工蜂房排出受精卵，就是工蜂。在雄蜂房排出未受精卵，就是雄蜂。如果受精囊的精子不输送给输卵管就是单性生殖。雄性居住在雌性的消化器里，等到生殖的时候移动到输卵管里去。可爱的小丈夫。一辈子都在交尾的日本血吸虫。身体的一半是雄性另一半是雌性，或者三分之二是雄性三分之一是雌性，或者由雄性变成雌性，或者由雌性变成雄性的毒蛾。生下来是雄性、长大后变成雌性的萨尔帕和盲鳗。哎哟，记下这些东西本想为了在谈话中拿来打比方，现在却忘得精光。打什么比方？中河与一的小说描写信鸽传递种马的精子多么精彩。结婚飞行。在空中飞翔的结婚哟。百米自由泳，58秒6，1922年魏茨缪拉的世界纪录。1分25秒4，1924年永井花子的日本女子纪录。多么令人怀念的少女时代哟。3600微米，一分钟。啊，这是人的精子游动的速度。与自身体积相比，据说可以与世界一流的游泳运动员的速度相媲美。银色的鱼。矛。蝌蚪。拖着线的气球。十字架和弗洛伊德。什么是打比方？象征真是何等的可悲呀。近视眼的鱼眼睛的水晶体。水晶球。玻璃。凝视着大水晶球的是印度是土耳其是埃及还是东方的预言家？水晶球里浮现出小模型般的过去与未来的景象的电影画面。水晶幻想。玻璃幻想。秋风。天空。海洋。镜子。啊，从这面镜子里听得见，那无声之声音。如无声之雨降落海底的白色尸骸之雨。倾注在人心里的死亡本能的声音。感光板在海里的感觉。这面镜子如银板一样光亮闪烁着沉入海底。看得见这面镜子沉入我心灵的海洋。夜雾迷蒙，蓝色的月光，远处泛着淡淡的银色。我爱这面镜子。我会变成可怜的镜子吗？）

夫人用口红描着上唇，在牡丹色的映衬下，没有发现自己的脸颊变得苍白。如果这面新镜子改变了夫人化妆的方法，那是因为她认为发生学里也有为生下私生子的女人说话的学说。然而，她的这种思想其实发挥着把另一种可怕的思想封闭心底的作用。（吸液管。吸液管。只有丈夫才知道将来注入的是什么液体。万一是其他动物的……哟？自古以来，在这个世界上只有两个女人遭受如此耻辱吗？）夫人像关闭冰门一样把映照着温室型玻璃屋顶的左侧镜紧紧关上。

但是，夫人并没有把梳妆台从那个位置挪开。

"你很喜欢打扮哟。"

"哎呀，我是打算像少女那样地爱您呀。您为我买这面镜子以前和买镜子以后，您看这前后的我，哪一个更漂亮？"

"悲剧女演员化妆越漂亮越具有悲剧性。这种情况不是没有的。"

"不过，家庭似乎并非悲剧的舞台，而是悲剧的后台。所谓后台……"信口开河的夫人一时语塞，"请您不要把我做各种比喻。"

"对，我想说的正是这个。就是说，你是古老的象征派诗人。试图把诗歌的残片变作诗歌的语言，因为科学不是女人感情的象征。"

"有冷酷得不具有象征的人吗？"

"女人不理解深刻的象征。这是学者的定论。然而，女人试图把丈夫的职业变作浅薄的诗歌语言。"

"是吗？我知道了。您认为女人只有在化妆的时候才忘记浅薄的诗歌。所以给我买了这面镜子。镜子有三面，一切东西都会抛到九霄云外。我这个人一定不复存在。"

诸如此类的对话经常在镜子前面进行。这张过分奢侈的梳妆台在科学家的家庭里似乎没有产生丈夫所预料到的效果。

有一天，他不动声色地说道："家里没有狗，显得寂寞。我想要一条至少有血统证明的狗。"

"嗯。不过，要是别人说您家没孩子才养狗，我会浑身打哆嗦。"

"最活泼最需要人伺候的宠物狗是什么？"

"硬毛小猎犬。听说这种狗在欧美非常时髦，不牵着硬毛小猎犬就不算是贵妇人哩，要给它理发，每次吃饭都要把它嘴边的毛擦干净。"

"比三面镜还奢侈呀。"

就这样，花花公子买到家里来了。

花花公子是英国船员带进来的。横滨的一个专门经营宠物狗店的朋友看了一下，说现在进来的真正的硬毛小猎犬屈指可数，没有十分把握，生意人不敢贸然动手。夫人一听，连忙和附近狗店的老板一起奔到神户买了下来。

先前养的那只小公狗肯定也是狐梗种，狗店俗称为"日本梗"，就是体形有点走样的日本斯姆兹。不知道丈夫从哪儿弄来的。夫人整整三个月一直被蒙在鼓里。

那一阵子，丈夫总往野狗屠宰场跑。他需要狗做发生学实验。从二百多条狗的腹部切取结婚细胞的那个部分。这么可爱的小狗大概连屠夫都不忍心下手。于是丈夫就把它要了过来。

丈夫在家里几乎闭口不谈研究室的事，也禁止夫人进入研究室。因为大学里没有发生学研究室，丈夫只好借病理学研究室或者解剖学研究室的一角做实验。他说病理学和解剖学的标本不是女人看的。但是，当夫人隐约知道小狗的来历后，对它更加喜欢了。

丈夫常在研究室过夜。有时候回到家里，一进家门，那一双大概用显微镜观察细胞过于疲劳酸累的眼睛，一见妻子就显得格外兴奋，把手里的皮包一扔，帽子也不脱，就把手搭在夫人的肩膀上像跳交际舞一样旋转起来。他们就在屋子里旋转着，小狗跟在后面边叫边追，还不断咬着丈夫的脚后跟。丈夫觉得很有意思，越跳越欢。夫人渐渐兴趣索然，被丈夫拖着走。丈夫不时一边看着小狗一边装出要打夫人的样子。小狗立即脸红脖子粗地吼叫起来。盲人按摩师给夫人做按摩的时候，小狗气得一下子扑到盲人脸上。丈夫夜晚从研究室沿着住宅路回家，一路上到处都是狗跟着他吠叫。因为他的西服沾染着死狗的气味。丈夫在研究室里屠杀一条发情期的母狗那一天，夫人的小狗开始对丈夫亲热起来，缠着他，用鼻子磨蹭他的膝盖。夫人去伊香保温泉旅行的 10 天里，小狗几乎没吃东西，瘦得皮包骨头。夫人带女佣上街的时候，留在家里的狗满屋子寻找主人，把所有的纸隔扇挠得百孔千疮，把棉被里的棉花撕咬得乱七八糟，还在枕头上拉屎撒尿。那狗屎似乎显示着它极度的悲愤。

狗总是和夫人并头睡在一个枕头上。夫人往往挑唆狗，她看见丈夫被狗扑咬反而显得高兴。丈夫与狗的争斗使夫人感到她青春热血的沸腾。

但是，不到两年，狗得了心脏线状虫引起的肺贫血猝然死去。

与那条日本梗不同，这条硬毛小猎犬外表就具有贵妇人宠物的高雅气质。硬毛就像夫人小时候所感觉的父亲的胡子一样扎着她的皮肤。眼圈描着黑色的轮廓，一双晶莹透亮的眼睛。狗店老板说在日本长不出这么亮晶晶的眼睛，令夫人想起故乡的海港上西洋人的碧眼。它的前肢笔直，走起路来看似笨拙高低不平，其实像马的步子一样潇洒优美。

狗店老板打包票说，靠交尾费一两年内就能把本捞回来。但真到第一次交尾费拿到手的时候，夫人愣了一会儿神，左右打量花花公子。夫人整了整和服腰带走进会客室，只见花花公子被狗店老板抓着脖圈，正四脚使劲趴在长沙发上对母狗跃跃欲试。

（啊，正是青春年少的小姐。男人，一张男孩般的脸。）夫人心想，嘴里却道："您好。"

"我正喝茶的时候，它就跟着女佣出来了，马上就要扑上去。不过，夫人不在，我不便让它们交配。"狗店老板说。

"哦？"（圣诞节。我更要常出门。不能老待在家里。）

"请原谅。"（小姐的衣裳大方雅致。感觉脸色有点发冷。）夫人把煤气炉的火点燃。（红茶凉了。这小姐怎么一声不吭呢？

真难办。要不让狗店老板把狗牵到院子里去？院子里晒的是什么衣服？点心呢？这位小姐是不是以为交了钱就可以这样板着面孔呢？不是身上发冷。一定是没向她问候。这不是什么好狗。咳，赞美它的哪里呢？对了对了，有好长时间没教训女佣使用煤气的方法了。）夫人在煤气炉前站起来。

"您带着狗去银座吗？"（哎哟，还说银座呢？）

"可不是吗？银座街上一走，准有两三个人问我这狗是什么品种。就在马路的正当中，一个外国人要买这狗，弄得我左右为难。"

（在银座街上走，我的脸没有呈现出明日黄花的神态吧？一张很少上街的妻子的脸。在银座街上走，我觉得我的家庭生活如梦似幻。更应该经常上街。）夫人看了一眼小姐。小姐依然把眼睛落在膝盖上的《爱犬》杂志的圣诞节专号上。

"也请您顺便到我家里来。"（又是一句出人意料的话，这位究竟是什么豪门富户的千金小姐？）

"是带着狗一起去吧？"

"噢，可以邀请您吗？"小姐愉快地抬起头。

（那一双眼睛真像男人的眼睛。一个教养良好的小姐。我是否要明确告诉她呢？狗店老板应该说话啊。我们家的花花公子这样灵狮型的脑袋瓜是英国的新品种，十分高雅。小姐的狗的脸是美国型的。多么具有贵族气质的小姐。）夫人边想边说道："真像硬毛小猎犬，这毛长得多好，又白又漂亮，修剪得也非常精细。是用理发推子推的吗？"（幸好是坐着，因为它的姿势身段实在不敢恭维。）

"对，用的是修指甲的工具，各种形状的剪子齐全，十分好用。"

"哎呀。"（修指甲。）夫人如同想起不知从何处落下的一个梦幻。（就连剪子也是妇产科的器械。要说剪子的种类，妇产科的器械种类要多得多。修指甲的抓爪和妇产科的内格雷氏剪子形的穿颅器。穿颅术。破碎的胎儿的脑髓。啊，我是——圣诞节。小姐那一双像男孩子一样无须修饰化妆的澄莹秀丽的明眸。丈夫的近视眼。要是米罗的维纳斯戴上近视眼镜……死者哟，即使汝等涂抹眼睛以显其大，汝之装束亦乃无谓。故乡的海港的天主教堂，父亲的医院做产科手术时的气味。）

"不站起来让我看一看。"（哼！现在应该把花花公子放开。）夫人抚摸着她的狗的脑袋，说道，"花花公子，这就是你日本的新娘子啊。"

这时，狗店老板抓着脖圈的手一松开，花花公子猛然跳下长沙发，打算扑向母狗。

"喂，喂，快抓住它！"

花花公子脖圈上的银铃尖声响起来。小姐的狗依然继续着早晨的问候。

夫人耸肩低下头。（绝非故意。我绝不会故意摆出这副面孔。不过，对，这样反而不好。应该装出若无其事的样子。小姐，说些什么好呢？修指甲。把恋人的相片摹在自己指甲上的法国女人。狗店老板怎么成了哑巴啦。这不是做生意吗？人的手上每平方米就有 8 万个细菌。66 微米。狗是 66 微米。人和猫都是

60 微米。想什么好呢？新婚共枕。光着脚丫把丈夫的近视眼镜踩坏了，小姐。）狗的脖圈的银铃越响越激烈。（故乡的港口的教堂的钟。圣诞节。伪善者。）

"眼看圣诞节就要到了。"

"是啊。"

"我小时候看宠物狗杂志的圣诞节专辑看得入迷，结果连神佛都不信了。"

（对这位小姐一无所知。她也不说话聊天。处女膜。圣诞节雪橇的铃声。如男孩子一般多么纯洁的姑娘呀。就不让看一看脸蛋吗？小姐在婚床上一定会想起花花公子。啊，知道了。我已经爱上了姑娘。花花公子。是说像男孩子吗？我小时候别人就说我像男孩子。一起游泳的那个漂亮的少年。女子高中时代的低年级同学，相貌出众。铃铛。唱诗班。少女们身体的节奏。故乡的港口的教堂。噢，我和这姑娘一起走出这房间该多好。居然说没有意识到，那是撒谎。我从一开始就清醒地意识到这一点，我只是假装忘记自己已经意识到。姑娘心里也非常明白。我不想走出这房间。为什么？为什么觉得战胜这姑娘是一种幸福？男人。黑胡子。白鞋子。寄生在青蛙肺部里的血管虫。丈夫的显微镜里的性染色体。毒蛾。伊丽莎白女王。鲁克则·拉伯。男人。花花公子。我爱这姑娘。今晚去银座给她买狗饼干。花花公子。对，就用你发生学一样劳动的工资买修指甲的工具。妇产科的器械。）

项圈的铃声已经不响。"愉快的结局"（内视镜）一句话使夫人的眼前浮现出上学时英语课本上的另一句话：愉快的咨询。她想起教室、英语老师，还有译不出这一句英文而尴尬站立的自己。那个英语老师似乎目不转睛地盯着她脸上的淡妆。（那次不愉快的体验使我记住了这一句英语。察言观色。我？内视镜。我对她、这个姑娘还要察言观色吗？我化妆才把脸抹红，不会显得难看，如发情期的蝾螈肚皮般鲜红。在净河里洗濯，会污染水神火神。血盆地狱。幼时在故乡唱偈的铃声。没有拯救女人的愿望。教堂的钟声。从山中寺院流入大海的晚钟。女子高中学校下课的钟声。公狗的项圈铃声不再响动。丈夫和她的"愉快的结局"。如内视镜所见，我知道这位小姐、毫不脸红的小姐。女人。内视镜。子宫镜。管状子宫镜。黑色玻璃。乳白色玻璃。象牙。丈夫手杖的象牙把手。用纱布把外面的把手和里面的把手缠上免得发出声响的病房的门。那是玻璃的把手，如秋夜般闪亮的美丽嘴唇。像煤气炉的声音一样的氧气的声音。我一边把黑胶皮管尖头的镍漏斗对在小姐的嘴上，一边注视着她的嘴唇。别看她将要死去，嘴唇被氧气的露珠濡湿，却如唇红齿白美少年。我想用纱布给她擦嘴唇。哎哟，我的弟弟并没有死啊。这样的小姐我才不喜欢呢。屋子里太热了。煤气炉发出吸氧的声音。用小钳子敲打镀镍的薄金属的声音。这样的话，各种肮脏的东西也就在净河里洗濯。安装在牙科治疗椅上的吐脏物的镍盘。镀银玻璃的德拉奎克逊氏子宫镜。妇科诊床。抬起骨盆部位。可怜的母亲。我们家治疗室的门把不是玻璃的。白色的油漆。母亲终日疲惫不堪。父亲想抱我的时候，我搂着母亲哭泣的声音。被来苏水浸渍的父亲的手指。来苏水的气味。双手触诊。杀菌消毒橄榄油。婴儿换尿布的时候蹬着双脚放声大哭的姿势。哀伤悲切的催眠曲。小时候在故乡听到为夭折的幼童拾石建塔的唱偈。即使黄泉之路不是平坦的原野，却也存在于世间。为死去的幼孩做超度拾石建塔，却遭到恶鬼破坏，祈愿地藏菩萨拯救。两岁、三岁、四岁、五岁反正不到十岁的幼童都知道那个地方，白天一个人在那儿玩耍，到太阳落山的傍晚时分，就会出现地狱的恶鬼。小孩东奔西跑，绊在石头树根上跌倒，手脚被鲜血染红，幼小的心灵悲惨可怜，不断用沙子铺在石枕上，正是哭着睡去的时分。这是幼小的心灵的歌声。婴儿知道大人无法理解的那种孤独。妈妈。父亲总是在母亲提着脏物盆走出治疗室的时候想抱我。这不该是孩子看的东西。当牙科医生用小钳子敲击镀镍的脏物盆边儿的时候，我失魂落魄。处女。把双脚提起来贴在肚皮上换尿布的婴儿屁股上的蒙古斑。在门把手涂着白瓷漆的房间里藏着秘密。妈妈。我被爸爸充满来苏水气味的手抱着感到寂寞。废墟。繁华逸乐的城市庞培。庞培的废墟里也埋藏着子宫镜。死城。被埋藏的我的日日夜夜，被埋藏的日日夜夜废墟里的我。我有过一天觉得跟他结婚实在幸福吗？我这样子和小姐相对而坐，其实我正坐在我的内心里。虽为两人，实则独处。在丈夫怀里时候的孤独。孤独状态中的野兽是一种什么样的感情呢？婴儿的孤独。不该是孩子看的东西。病理标本、解剖标本不该是女人看的东西。小姐，这就是你的不对了，你不该让与你相对而坐的人寂寞独处。

我默不作声，遮掩现在的羞耻。而且试图追踪羞耻的幻想来羞辱小姐。为什么战胜小姐就感到幸福呢？我是故意把花花公子从膝盖上放出去的吗？圣·哥斯提诺教堂的玛利亚。）

"嗯……"夫人继续说下去，（您是第一次吗？）她欲言又止，改口说道，"嗯，为了慎重起见，请您明天再来一趟。"

"噢，谢谢。"

"哎呀，还是后天合适。是吧？狗店老板。"（小姐您也一起来。要是明天，是不是就派狗店老板一个人来？）"对，还是隔一天好。"夫人瞟了一眼心不在焉回答的狗店老板。（这张嘴脸多么庸俗卑贱。跟包。我想问这是第一次交配吗？对未婚女人做双手触诊，必定让她的母亲或者家属陪同。腹壁的紧张。麻醉。我在父亲的医院看见那些小姐的陪同人，常常觉得他们丑陋得无以复加。我爱父亲爱得那么深那么深吗？哎哟，这不可能。在那些小姐的眼里，我是个女孩子呀。小姐们把我抱在膝盖上。我面红耳赤。陌生的小姐，你的身上有我爸爸的味道。几个小姐和她们的母亲。我觉得自己知道了年龄的丑陋。哈维洛克·埃利斯说过，人从三岁起向野兽靠近。）

"好像还不到三岁。"夫人装腔作势地端详着近在眼前的狗。

姐也模仿夫人的样子："我想它才刚刚一岁三个月。"

两条狗安静地趴在蔷薇图案的地毯上，头朝着相反的方向，一边仿佛瞳孔张开似的莹润晶亮的眼睛深情地看着各自的主人一边站起来。花花公子的胸部起伏喘动。脖子铃铛声停止后，夫人的心口也平静下来。现在花花公子胸口的搏动又让夫人刚刚平静的心口躁动起来。这种搏动尽管发自她视而不见的那丑陋的东西，不知为什么，却具有一种力量，这个力量使她感到自己生活得虚伪。但是，夫人心想，这莫不是这少年般俊美俏丽的小姐的缘故吗？"这么说，这条狗才刚刚成年啰。"（才刚刚？正是小姐自己呀。小姐一定一边说"才刚刚……"一边想起母亲。才刚刚是小孩子哩。旧地毯。蔷薇。让人以为是同性恋的眼神的蔷薇花哟，伪善的花哟，无声的花哟。要是宝石呢，白天拿在手，晚上睡好觉、晚上睡好觉。奶奶唱这首儿歌哄孙子睡觉的时候，她脑子里想着什么呢？女人跟男人不一样，长大以后仍然喜欢手拉手，喜欢同床共眠。孩子。宠物。才刚刚……对了，小姐喜欢狗，像狗的妈妈一样，狗妈妈的处女。这多么美丽、多么孤寂呀。晚上睡好觉。毛毯是结婚那时候买的吗？"君离母亲貌更美，偕君矢作买鞋去。"[1]蔷薇红的乳头。蔷薇红的处女膜。黄色的蔷薇。紫丁香花。柿子花——把我埋葬在美丽的国土上吧。在埋葬我的时候，你会第一次把我当人看待吗？莱德尔说过，处女膜是人的象征。伊德尔梅涅人种的爱的模式。老鼠的月经。施特拉斯曼的实验。狗。人没有一个地方与动物不同的生物学说为什么就在我一个人身上成为悲剧？狗。不是庞培的废墟。那是十八世纪。斯巴尔兰查尼尝试进行母狗人工授精实验。吸液管。鸡奸。丈夫说过，为什么

---

[1]这是催马乐（平安时代初期诞生的一种歌谣。在古代民谣中加入唐朝音乐的曲调，由笙、篳篥、琵琶、筝等伴奏演唱）歌词的一部分，由男性演唱，意为女子离开母亲身边后，显得更加美丽。既然如此，那就一起去矢作的集市买鞋吧。矢作，地名，三河国碧海郡（今爱知县冈崎市），曾是矢作川船运的交通要道。

要把造人机器做成人的模样？换言之，这也是人的悲哀。《八犬传》和克拉夫·埃宾。女人的鸡奸。畜生，我一定要对丈夫复仇。）想到这里，夫人突然容光焕发，精神振奋，似乎忘记了女人应有的礼貌规矩，开始喋喋不休。

"今天是这条狗来日本以后的第一次交配。万一失败了，谁也保不住不生出坏崽来。花花公子。"夫人一边在心里嘲笑丈夫，一边嘴上说道："就说母狗吧，什么牧羊犬呀这些外来货，不孕症都出了名，听说有一阵子掉价一两千日元。"

"养狗可是最令人操心的事了。"

"狗的世界还只是在女子大学时期。不过，也许养狗在科学性方面发展得更快。优种狗的结婚始终坚持优生学。人掌握了优生学，却不能为人本身发挥作用，倒用在改良牲畜方面。"夫人在心里念叨着（塞扎尔的东西归还塞扎尔，上帝的东西归还上帝。如此，地狱之门应该无法胜之），嘴上说道："最近从横滨也进来一些硬毛小猎犬，所以花花公子很快就会被优生学淘汰。"

"哎哟，公狗总是很漂亮，母狗就疲竭困顿。毛长的狗下完崽以后，毛都掉得精光。狗主人也会把爱情转移到小狗身上吧。"

"体形也变了，跟女人一样。"

"评选会上很少有母狗。"

"有的病人到我爸爸那里去。（哎哟，我才不在乎呢。）爸爸边吃晚饭边使劲地笑。他说今天又有一个产妇来看病，装作头一次怀孕。"（没有比鉴定处女的迹象和初生婴儿的死因更难的了。）

"小姐。"

姐以为是在喊她，稍稍歪着脑袋看夫人。那少年般坦诚直率的眼光如感情纯真明亮的窗户，反而使夫人不知所措。虽然夫人感到自我嘲弄，却只好嘲弄别人。

"我的丈夫的事儿……"

夫人突然笑起来。她感到自己笑声的优美。（虽然是我的丈夫。我对别人谈起我丈夫的时候，从来不说"丈夫"二字。是说我丈夫的事吗？好像谈的不是我的丈夫，而是世上所有丈夫的事一样。）

"他写过一本卖不出去的有关发生学的书。那本书的动植物名称索引里有日本血吸虫、双壳纲软体动物、鸡、人，您知道吗？在'人'的后面有一个括号，写着'也见人类'。人也好草履也好天芥菜也好，都是没有区别的人，反正他蔑视人。"（他说光注意别人脚上穿的什么鞋是一个很好的爱好，你在你父亲的医院为女患者摆过鞋子吧？所以对别人穿的鞋格外感兴趣。没有比受到丈夫的嘲弄更气恼窝心的了。天芥菜的味道。对了，是小姐的廉价香水。对了，刚才在门口看见小姐脚上的草履不是南部表，而是野崎平表。[1]为什么我一直把这个忘在脑后，只

----

①草履的种类，南部表，竹皮编织比较细腻，表面平整，织纹美观。原先竹皮不漂白不染色，追求原色，现在也进行漂白染色。野崎平表，不像南部表那边追求美观，竹皮都需要漂白染色，竹皮包裹到鞋底。

注意到她情趣高雅的衣服？没有一点儿讽刺的味道。）"人们常说，一谈到自己的丈夫，没有比人更幸福的雄性动物了。据说唯独女人的姿势、声音比男性优美。像捕蝇蜘蛛、吐绶鸡那样跳舞；像金钟儿、金丝雀那样歌唱；像孔雀那样打扮得花枝招展；像非洲灵猫那样散发异香献媚，这些都是雄性动物干的，唯独人类中的女人，集各种动物求爱方式之大成，向男人献媚讨好。据说上天对男性的惩罚是生物界的规矩。雌性动物如此藐视雄性动物也是为了孩子。自然界保护母亲。丈夫嘲笑我说，这样子的话，所有的女人拒绝生育，以此对不把女人当人看、虐待女人的自然界进行复仇怎么样？我告诉他，最清楚地知道为后代而活着的是人，最清楚地知道不为后代而活着的也是人。知道了这两点，无疑也知道了这是遭受天罚的两点。什么宗教啊艺术啊，都是从人不为后代而活着这种思想中产生出来的。像您这样人工制造孩子的想法也与对创世记以前没有活物的世界的那种向往如出一辙。科学的道路弯弯曲曲地通往死亡的冰河。正如地球的转动是一个圆，时间的流动也描绘着一个圆。"夫人记得对丈夫这样说过。夫人明知这些话都是毫无根据的胡编乱造，却信口开河。面对夫人的胡说八道，小姐心中似乎有一种郁积着叹息的自负，其实被夫人目不转睛地盯着，小姐有些不知所措，然而绝不露出一丝笑容。夫人却觉得小姐的脸蛋越发娟秀明丽，想起故乡的教会牧师的漂亮女儿用英语传教。所以，夫人对小姐的默不作声毫不介意。而且看见狗店老板站起来，像遭受侮辱的牧师一样吃惊。

153

狗店老板弯腰在公狗的屁股上拍了一巴掌。花花公子钻到夫人的衣服底下，摇着尾巴，把脑袋和前爪趴下来，磨蹭着身子。

"大约需要 25 分钟。"狗店老板看着火炉装饰台上的座钟。

"好。"

小姐把缩脚的母狗抱在膝盖上。夫人垂下右手，花花公子以硬毛小猎犬特有的动作摇摆着屁股像马一样举起前脚站起来，后脚踩踏着，摆好姿势，然后跳上夫人的膝盖。接着开始舔海绵体。小姐一边打算站起来一边看着狗店老板。

"小姐，再耽误您一点时间。最好尽量让它休息一两个小时。虽然路途远一点，但最好让它走着回去；坐车的话，汽车摇晃得厉害，坐人力车保险。"

"您慢慢坐着。哎哟，也没给换茶。"夫人就像自己被剥得一丝不挂似的羞得抱着花花公子逃离房间。但当她关上身后的房门，把公狗粗暴地扔到走廊上时，如同一下子敞开憋在心头的笑声，痛快地放声大笑。

"人这东西，啊，变得多么恬不知耻。"（从父亲的诊疗室的房门迈出一步的女人们。我那时还是一个小孩子。我不知道女人究竟在什么时候才似乎发现了新的希望。狗是 66 微米。人是 60 微米。鲸鱼是 700 微米。松藻虫最长，12 毫米。人和大猩猩的卵子都是 0.13～0.14 毫米。狗是 0.35～0.45 毫米。鲸鱼是 0.14 毫米。鸭嘴兽 2.5 毫米，当它从输卵管滑落下来的时候可以膨胀到 18 毫米。花花公子，我懂得童话的算术。女人也还残留着季节的痕迹。他今天又是晚归。又是年轻的夫人和狗共进晚餐吗？这标致的少妇。）夫人喜滋滋地一边从三面镜前站起来一边喊女佣。

"给客人上红茶。"（水银泻晶莹，浅映石榴透清影，玉盘如明镜。）

"再把镜子擦一擦。"

当她心急火燎地匆忙整装打扮时，镜子使夫人变成一个最喜欢快活舒服地与别人聊天的女人。夫人回到会客室，一会儿，小姐递过来一张男人的名片。

"哥哥说想前来拜访。"

夫人一边送小姐去大门口，一边把名片塞进和服腰带里，手碰到那张钞票。刚才她收到狗店老板交来的交配费以后，一直忘记告诉小姐。她不知道该怎么回答，于是又红着脸说道："明天——啊，后天，恭候光临。"

接着，用意外轻挑的口吻说道："那就不必特意劳驾狗店老板再来一趟了。我们自己就行。"这时才想起还没有付给狗店老板做媒的介绍费，于是急忙把狗店老板叫到里面，交给他一张10日元的钞票。这时，花花公子跑进来。小姐正在扣大衣扣。花花公子使劲地吠叫着，跳到夫人的膝盖上。夫人手拿着小姐的白狐围脖。

"老实点！"（你不是明明知道我没有毛皮围脖吗？）夫人轻轻地在花花公子的肚子上踢一脚，把围脖搭在小姐的肩膀上。

"花花公子毕竟是狐梗呀。想想看，骑着骏马，带领几十条、几百条猎狗围猎狐狸，这种贵族式的游玩何等气派！"

母狗走了以后，花花公子在走廊上走来走去，闻着气味，用前爪挠扒会客室的房门。夫人一把把它抱起来，又坐到镜子前面。深夜丈夫回来的时候，夫人也正面对镜子。

丈夫把皮包往梳妆台边上一扔，突然抓着夫人的肩膀摇晃着，说道："喂，你喜欢看的小说上是不是写着：如果自己的老婆一心一意醉心于梳妆打扮，忘乎所以到听不见丈夫回家的声音，这样的男子一定无比幸福吧？"

"您辛苦了。这么凉的手，连肩膀都透着冷。"

"嗯。有没有化妆修成正果这么一说的？悟而入道随处都有。显微镜里也可以，梳妆镜里也可以。"

"您每次很晚回来，总是故意把门弄得很响。

"是嘛。就是说，那个……"

"讨厌。我知道得很清楚。"

"清楚什么？"

"不就是想老婆了吗？想女人了。您就是这样。"

"又来了。"

"显微镜里的人看久了，就渴望梳妆镜里的人。你粗鲁地一开门，就觉得：啊，我多么寂寞！"

"恰恰相反。研究顺利的时候，回家就高兴。感到寂寞的是你吧？嗯，不过，就算是我感到寂寞吧。要说非常寂寞，的确也够寂寞的。老婆嘛，即使认为她的老公很寂寞，也必须视而不见默不作声。"

"话是这样说——不过，您认为显微镜里的人生与梳妆镜里的人生哪一个寂寞？"

"这个问题你最好去问歌德。那家伙既是生物学家又是诗人。不管怎么说，你别把我的研究随心所欲地写进女人的歌曲里。"

"您以为女人的镜子里只有歌曲。正是这种想法才使我们的家庭产生不幸。"

"至少显微镜里没有虚假。什么幸福啦不幸啦，都是骗人的鬼话。"

"我也有同感。"

"对于女人和诗人来说，所有的灵机一动都是真实，所以绝对不是科学家的敌人——怎么地上净是狗毛？"

"给它理发了。"

"哎呀呀，甚至让狗唱起歌来了。大概会变成神秘的动物吧。老婆寂寞剪狗毛……啊。"丈夫脱下上衣随手一扔，又解开裤子吊钩，一边用一只脚退裤子，一边挠着乱蓬蓬的头发。

"情绪这么好哇。"

"嗯，睡觉吧。"

丈夫边打哈欠边拖着掉下来的袜子走向寝室。夫人这时才发现自己一直跟镜子里的丈夫说话，根本没回头看他一眼，于是对着镜子微微一笑，站起来。丈夫还穿着衬衫，坐在寝室里吸烟。夫人依然微笑着一边看丈夫一边解开和服腰带。钞票和名片掉到脚下。她赶紧转身坐下来，折叠腰带，对自己都感到吃惊，心里嘀咕一句（坏女人）。自认是一个坏女人。她仿佛听见远处狂风的呼啸声，身边却感觉到万籁俱寂时那生气勃发的喜悦的前兆。（瞧丈夫发呆的傻样。所谓柯其尤的脸，大概就是这个德行。基楚帕的《巴黎小夜曲》。卡鲁索的《不必当小丑了》。快乐的寡妇。故乡的教堂的圣歌。海顿。巴赫。门德尔松。吉诺。贝多芬。我喜欢天主教徒的音乐。唱片盒里收集齐全天主教教徒作曲家的唱片。人之犯罪皆于身外，然淫乱者乃淫自身。洁守处女或嫁人为妻皆非犯罪。然斯人恐身遭苦难，吾不忍坐视汝等受苦受难。婚姻乃超越于情火之燃烧。克莱采奏鸣曲。）《克林斯前言》的语言与蒂博的小提琴、科尔托的钢琴合奏的《克莱采奏鸣曲》的旋律一起涌上夫人的心头，荡漾波动。每当夫人听这首乐曲的唱片，就会发现自己总是用托尔斯泰小说的"克莱采奏鸣曲"的感情解释乐曲，回想起在故乡的教堂里合唱圣歌时随着旋律的流淌陶醉于恋爱美梦里的少女时代。然而，浮现在正折叠和服腰带的夫人脑海里的美梦是——小姐后天来。会客室。两条狗。狗喜欢舔耳朵。在小姐面前显得尴尬的丈夫的脸。那张嘴脸。你瞧不像柯其尤模样吗？她在小姐耳边低语。天芥菜的味道。面红耳赤的小姐。啊，我出卖了丈夫。犹大。生下犹大的孩子的他玛。犹大的儿子租的妻子他玛。珥的弟弟示拉认为他玛是石女，拒绝同她结婚。她脱下寡妇的衣裳，用面帕蒙脸遮身，坐在去往亭拿路途旁边的伊拿印城门口。其虽为示拉人，然不使为己妻。他玛已有身孕，异常欣喜。因面罩遮脸，犹大见之，以为妓女。精神阳痿。女人不会有的。

那只有动物的感觉。这就使女人变成母亲。这就使女人变成妓女。从良的妓女玛利亚。当女人在别处感受到从丈夫身上无法获得的喜悦时，那种幸福多么美好啊。精神阳痿，女人该叫它什么呢？婚床。吸液管。处女。性高潮。啊，圣母玛利亚，根据圣灵的旨意，和约瑟只是订婚情人，尚未成婚。啊，我渴望恶灵，圣灵，美丽的象征。

丈夫从床上过来，拾起钞票和名片。夫人的脊背等待着丈夫的拳打脚踢。但是，她用孩子般的口吻说道："是他给我的。"（模仿小姐瞧我那样的少年般的眼光瞧我的丈夫吧。）夫人猛然转过身来，从丈夫手里一把抢过钞票和名片，直勾勾地看着丈夫，说道：

"是他的妹妹给我的呀。带着狗来交配。"（如果这钱是从男人那里拿到的呢？）"我收下了，我可以收下吧？"夫人一边解开丈夫衬衫的纽扣一边说道：

"像白色紫丁香一样清爽纯洁的姑娘。我想让她做您的恋人。以前我说过，如果三年内不生孩子，您可以找小老婆……我们家的花花公子也当爸爸了。"

"你是不是再让医生好好看看？"

夫人突然想对丈夫破口大骂，却又想红着脸颊点头称是。但是，夫人像化石一样脸色苍白。

"嗜，你的爸爸不就是医生吗？"

（不是夫人的问题。）年轻的医生的诊断又回荡在夫人的心头。她想起当时对那位医生的强烈憎恨。（马大。马大。爸爸。）

她颤抖着声音，说道："我想等待您的实验室制造出人造人来。我爱人造的孩子，这样才像一个发生学家的老婆。这是美好的象征。"

"人造人？是不是前些日子你在百货商店看见的那个怪模怪样的印度女佛那样的广告人偶？原来是这样。那是可悲的象征呀。据说制造人造人的美国电器公司的工程师把那种机器人称为'声控机器人'。其实就一个小箱子，不愧是工程师的嘴。从机器人方面来看，罩着人的面具，一味讨顾客的欢心，实在愚蠢荒唐。要是说发声的话，留声机、收音机更发达进步。"

夫人见丈夫说到这些，忐忑不安的心情渐渐平息下来，便自得其乐般温柔地说道："您看这个。听您这一番话，我就知道您的要害所在。女人化妆和机器罩着人的面具完全一样，都非常愚蠢荒唐。还有植物的花、鸟的歌声，记得听您说过，从鸡的体内切除下来的心脏泡在培养液里能活8年。您认为，把子宫养在培养液里，甚至可以不要女人。阿米巴那样的单细胞生物的生殖才质朴无华，一切生物的进化都很虚荣。"

"阿米巴不会死亡。那是美丽的象征。没有父母亲也就没有孩子，没有男的也没有女的，没有哥哥也没有弟弟。"丈夫披着睡衣，把散发着来苏水味道的手伸到夫人面前。夫人解下腰带放在他手里。

"这是人造丝的。"

"是吗。"

"为什么要制造人造丝？人造大理石。人造珍珠。人造革。人造玳瑁。人造酒。人造咖啡。人造人。净是模仿自然，可怜的人。虽然有比自然更美好的东西。您认为是人的想象力贫乏的缘故。阿米巴是发生学的理想吗？"

"阿米巴的什么？"丈夫在床上打了个哈欠。

"您累了。"（通过生殖相信细胞不会死亡。十四五世纪的火箭。哺乳类动物精子模型图。当我甚至并非百体之一时，汝之目光早就看见卵中之我，我生命的全部时日被汝记录书册。杂种的形成消除了生物的分类。轮回转世。吸液管。伏姬。显微镜的标本片。即使想起映照在侧镜里的院子温室型玻璃屋顶，来苏水味道，我也无法扼杀性高潮的节奏。女人悄悄地复仇。）夫人又用孩子般的口吻说道，"当这个世界变成狗生下的孩子是孔雀那样的童话世界时，人就不会百无聊赖。虽然释迦牟尼很了不起，但对转世为其他的生物加以惩罚，这一点比您浅薄。"

"别开玩笑了。恐怕福斯特博士都没有梦想。像牛和印度牛，马和驴啊什么的，还受孕过。嘿，也就是拿海里的一点点低等动物做个实验罢了。"

"这样子我就放心了。"夫人对自己说的话感到吃惊，她站起来，走到床边，讨好献媚地直勾勾盯着丈夫的眼皮，说道，"今天研究的是什么呀？是做标本片吗？身上有一股味道。"

于是，夫人感觉从她冰冷的心底涌出一股喜悦。

（当男人想象妓女的时候，妻子立即会有感觉，变得冰冷。但是，想象小玻璃片的男人。自杀。面无人色倒在研究室里的丈夫的尸体。研究的牺牲。散乱一地的小玻璃片。）

"人？果然曾经是死囚吗？"

1931 年

一只胳膊

"我可以把一只胳膊借给你一个晚上。"姑娘说罢，用左手把自己的右胳膊从肩膀上卸下来，然后放在我的膝盖上。

"谢谢！"我看着膝盖，感受到胳膊传递的温热。

"噢，还是给它戴上戒指吧。算是我的胳膊的标志。"她微笑着把左手举到我的胸前，说道，"有劳您了……"

姑娘只剩下左胳膊，无法将戒指脱下来。

我说道："这是不是你的订婚戒指？"

"不是。这是母亲的遗物。"

这是一枚并排镶嵌着几粒小钻石的铂金戒指。

"大概您以为这是我的订婚戒指，那倒也没什么，反正戴在我手上。"姑娘说道，"不过，现在要把手上的戒指摘下来，感觉和母亲分离一样，心头难受。"

我从姑娘的手指上把戒指摘下来，然后将放在我膝盖上的姑娘的胳膊竖起来，一边将戒指套进无名指上，一边问道："这只手指可以吗？"

"好。"姑娘点了点头，"对了，要是肘关节和指关节不能弯曲，硬邦邦的，即便拿回去，也不过像一个假肢，没什么意思。这样吧，我让它活动起来。"说罢，她从我手里拿过胳膊，在肘部轻轻吻了一下，然后又将手指的每个关节都轻吻一遍。

"这就动起来了。"

"谢谢。"我从她手里接过断臂，问道，"这胳膊也会说话吗？会和我对话吗？"

"胳膊嘛，只具有胳膊的功能。要是胳膊能说话，您还给我以后，还不把我吓坏啊？不过，您也可以试一试……对它温柔点，也许它能听懂您的话。"

"我会对它温柔的。"

"那好，你去吧。"姑娘用左手的手指触摸一下我手中的右手断臂，满怀深情地说道，"就一个晚上，你陪着这位先生。"

我觉得她看着我的眼睛仿佛噙着泪水，忍着不让泪水流出来。

她说道："您拿回去以后，不妨试试把我的右胳膊与您的右胳膊调换一下，安在您的肩膀上……"

"嗯，谢谢。"

我把姑娘的右胳膊藏在雨衣里，行走在雾霭弥漫的夜间大街上。我不敢乘坐电车或出租车，觉得那样容易引人怀疑，万一这只脱离姑娘肉体的胳膊突然哭泣或者说起话来，那可就会引起骚动了。

我用右手握着胳膊的圆形顶部，贴在左胸上，外面罩着雨衣。不过，我还是忍不住时不时用左手从雨衣外面触摸一下断臂。这个动作与其说是确认断臂的存在，不如说是确认自己喜悦的心情。

　　姑娘正是从我所喜欢的身体部位处把自己的胳膊卸下来的。胳膊的顶部，也就是肩膀的顶端，呈现出柔软丰腴的圆状。这是身材苗条窈窕的西方姑娘才具有的圆润形状，日本女人中难得一见。而这个日本姑娘却拥有这样的特质。这清纯优雅的圆形仿佛是一个隐约闪耀着纯净亮光的球体。一旦姑娘失去纯洁，这种圆润的可爱也很快随之黯然失色，变得松弛黯淡。所以，对于美丽的姑娘的人生来说，这种美妙的圆润形状，实在不过是短暂的存在。她就拥有这种美。从肩膀的这个令人怜爱的圆润顶端可以感觉到她整个身子的妩媚可人。她的胸脯不算大，大概只手可握，显现出令人含羞吮吸般的坚挺柔嫩。看着她肩膀的丰润，我也仿佛看到她行走的双脚。那莲步轻移宛如小鸟轻盈，蝴蝶穿花。这种纤细的旋律恐怕也会出现在接吻的舌尖上。

　　这个季节，正适合穿无袖女服，所以她也是玉肩毕露。不过，看她的肤色显然还没有适应外面的空气，春天的日子，整个身子包裹在衣服里，肌肤湿润，如同夏日枯萎前的蓓蕾的光泽。这天早晨，我到花店买了一枝含苞待放的荷花玉兰，插在花瓶里。姑娘圆润的肩膀犹如荷花玉兰洁白丰腴的花蕾。其实，与其说她穿的是无袖衣，不如说她穿的是挂脖背心，所以臂膀的顶端恰到好处地暴露出来。她穿着藏青发黑的丝绸衣服，泛着柔和的光泽。姑娘的肩膀浑圆，她的后背也显得溜圆。浑圆的溜肩与后背的溜圆描绘出舒缓的曲线，从后面稍稍斜看过去，从浑圆的肩膀沿着细长脖颈的肌肤梳拢上去的后颈头发分外整齐乌润，满头青丝仿佛在肩膀的圆润处映出光影。

姑娘似乎感觉到我对她肩膀浑圆之美的欣赏，所以把自己的胳膊卸下来借给我。

我在雨衣里面小心翼翼地握着姑娘的胳膊，手心感觉有点发凉。大概是我心潮澎湃，热血沸腾，导致我双手发烫的缘故吧，我不想把我的热度传递给姑娘的臂膀。我只是希望它一直保持姑娘正常的稳定的体温。而手心感觉的微凉将其本身的可爱传递给我，犹如姑娘那未曾被人抚摸过的乳房。

雨雾越发浓郁，夜色迷离。我没戴帽子，头发濡湿。从已经关门的药店里传来收音机的声音，说是有三架客机因夜雾浓厚，在机场上空盘旋三十分钟，依然无法着陆。接着，播音员还提醒大家注意，湿气太重，会导致钟表失灵；还说如果把钟表的发条拧得太紧，会因湿气容易折断。我抬头望着天空，心想会不会看见在空中盘旋的飞机的灯光，可是什么也没看见。天上绝对不会有的。密集笼罩的湿气钻进我的耳朵里，感觉有一种许多蚯蚓在远处爬行般湿漉漉的声音。我想播音员大概还会给大家发出什么警告，于是在药店门前停下脚步，当我听到动物园的狮子、老虎、豹等猛兽因不习惯潮湿而愤恨怒吼时，仿佛感觉它们的吼叫声沿着地面呼啸而来。然后，播音员谆谆告诚所有的孕妇、厌世主义者尽快就寝，安静休息。最后，播音员还不忘提醒道，在这样湿气浓重的夜晚，女性喷洒香水，气味会渗进肌肤里，不易消除。

当我听到猛兽吼叫的时候，就迈步离开药店门前，身后传来关于香水的注意事项。因为我感觉受到猛兽怒吼的威胁，心想姑娘的胳膊是否也会害怕呢，所以才离开药店。我想，姑娘既不是孕妇，也不是厌世主义者，无非就是把一只胳膊借给我的独臂人，今天晚上，她要是能像播音员所说的那样，安静地躺在床上休息就好了。但愿这只胳膊的母体今晚一夕安寝无忧。

横穿马路的时候，我的左手从雨衣外按着胳膊。这时，听到汽车的喇叭声。我感觉侧腹部有东西在动，便扭了一下身子。也许是姑娘的胳膊听见喇叭声害怕了吧，我的手指紧紧攥着它。

"别怕。"我说道，"汽车还远着呢。雾大，看不清道，才鸣笛的。"

我怀揣这个宝贝，对道路左顾右盼确认安全后才横穿过去。那声喇叭当然也不是冲我而来，但我还是望了望来车的方向，不见人影。也看不见那辆车，只看见它的前灯。光线朦胧，扩散开来，呈淡紫色。这种车灯的颜色很少见，我穿过马路后站在路边，看着车子驶过。开车的是一个身穿朱红色衣服的女郎。她似乎对我点了点头。我猛然想到莫不是那个姑娘追来想要回她的胳膊，正要转身逃跑，却又觉得她只有左手，不可能开车。可是，这车里的女子是不是发现我怀里抱着一只断臂呢？这是女人的直觉。我必须万分小心，回家之前不能遇见任何女人。

那辆车的尾灯也是淡紫色，还是看不见车身，淡紫色的模糊灯光浮现在弥漫的灰色夜雾中远去。

"莫不是那个女子漫无目的地开车？只是为了开车而开车。开着开着，就不见踪影了……"我自言自语道，"车子的后座应该有人坐着吧？"

好像没人坐着。后座没人坐着，这令我感到恐惧，难道是因为我怀揣断臂而不寒而栗吗？对了，这潮乎乎的夜雾乘坐在她的车里。还有，这女子的什么东西让车灯所照射的雾气变成淡紫色的呢？如果说不是她身上放射出紫色的光线，那又是什么呢？难道正因为我怀里藏着姑娘的断臂，才觉得这个夜间驾车奔驰的年轻女子是虚幻的吗？这个女子难道是对我怀中的那只断臂点头致意吗？在这样的夜间，也许有天使或者妖精四处巡行保护女性的安全。那个年轻的女子也许不是乘坐在车子里，而是乘坐在紫光里。她并不是虚幻的。她看穿了我的秘密而离去。

此后，我回到自己家所在的公寓楼的门口，一路上没有遇见任何人。我停下来，观察门内的情况。头顶上有萤火虫飞过。可是我忽然感觉那光线比一般的萤火虫要大要亮，便立即后退四五步。接着，又有两三点像萤火虫似的亮光飞过。那亮光仿佛被浓雾吸收进去，转瞬即逝。这难道是人魂或者鬼火似的什么东西，在我回来之前，先来到我的家门口，等待我回来吗？但是，我很快就明白，那是一群小飞蛾。飞蛾的翅膀在门口灯光的映照下反射出萤火虫般的亮光。虽然是小飞蛾，但亮光比

169

萤光要大，所以才被误认为是萤火虫。

我不乘坐电梯，选择走狭窄的楼梯，悄悄走到三楼。我的右手放在雨衣里面，只好用左手开门，我不是左撇子，不习惯左手拿钥匙开门，心里一着急，手指就开始发抖，简直就像犯罪那样的浑身哆嗦。我感觉屋子里藏着什么东西。这是我孤独一人的房间，所谓"孤独"，不正是藏在我房间里的某种东西吗？今天晚上，我带着姑娘的一只胳膊回来，我终于不再孤独，然而，潜藏于房间里的"孤独"却对我形成威胁。

"你先进去吧。"我好不容易打开房门，将姑娘的胳膊从雨衣里拿出来，说道，"欢迎你来啊。这是我的房间。我来开灯。"

"您好像在害怕什么？"我似乎听到断臂在说话，"有人在房间里吗？"

"哦？你是不是觉得房间里有什么东西？"

"有一股味道。"

"味道？可能是我的气味吧。我的身影不是隐隐约约映照在昏暗中吗？你好好瞧瞧，也许是我的影子等我回来呢。"

"这气味很好闻。"

"嗯，那是荷花玉兰的香味。"我用开朗的声音说道。心想只要不是我身上发出的污脏、阴湿、孤独的气味就行了。幸好我房间里摆着荷花玉兰蓓蕾的插花，正好用来迎接这位可爱的客人。我的眼睛习惯了黑暗以后，凭借每天晚上的习惯，在漆黑中也能清楚地知道哪里放着什么东西。

"还是让我开灯吧。"胳膊说了一句我意想不到的话，"我可是第一次到这儿来。"

"请吧。这太好了。除了我以外，还没有人开过这房间的电灯。"

我拿着姑娘的断臂，让它的手指够得着门边的开关。于是，天花板下、桌子上、床头的枕边、厨房、卫生间的五处电灯同时亮了起来。我的眼睛感觉卧室的灯光不太明亮，这是以前所没有的。

花瓶里的荷花玉兰已经绽放，今天早晨插花的时候还是蓓蕾。应该是刚刚绽开不长时间，花蕊掉落在桌面上。我觉得有点奇怪，就没有观看大朵的白花，而是关注零落的花蕊。我手指捏起一两瓣花蕊观察，这时，放在桌子上的胳膊上的手指像尺蠖一样一伸一屈动弹着将花蕊收集起来。我拿起它手中的花蕊，扔到废纸篓里。

我听见胳膊呼唤道："花香太浓，都渗透进肌肤里了。快来帮帮我……"

"啊，这一路上你辛苦了，累了吧。先好好休息一会儿。"我把胳膊横放在床上，坐在它旁边，并温柔地抚摸它的肌肤。

"真漂亮，我好高兴啊！"胳膊所说的"漂亮"，大概指的是床罩吧。浅蓝的底色，配以三种颜色的花纹，对于我这个孤独的单身男子而言，感觉过于花哨了点，她说道，"今晚我就睡这里面吧？我会很老实的。"

"是吗？"

"我会挨着您，我会让您感觉身边什么也没有。"

于是，姑娘的手指轻轻握住我的手。它的指甲修剪得如此精美，涂抹着一层淡红色的指甲油，留着比指尖还长的指甲。

当胳膊挨近我的又短又宽又厚又丑的指甲时，我发现它的指甲的形状有一种难以言喻之美，简直就不是人的指甲。难道女人连手指尖也要超越人本身吗？或者说追求女人的终极呢？

我的脑海里虽然浮现出诸如"花纹洁净光滑的贝壳""莹润艳泽荡漾的花瓣"等之类俗不可耐的形容词，但此时的确想不出来哪一种贝壳和花瓣的色泽与形状能与它的指甲相似，姑娘的指甲只能是它的指甲本身。比起易碎的小贝壳和单薄的小花瓣，指甲更显得晶莹剔透，而最重要的是，它令人想到悲剧之泪珠。姑娘日夜精心打造女性悲剧之美。它渗透进我的孤独里。也许是我的孤独滴落在姑娘的指甲上，变成悲剧的泪珠。

我将它的小拇指放在没有被它握住的另一只手的食指上，用我的大拇指肚抚摸它的细长指甲，凝神细看。我的食指不知不觉地伸进指甲前缘背面，触碰到小指尖。它的手指顿时收缩回去，肘部也弯曲起来。

"啊，痒痒了？"

我说道："痒痒吧。"

我终于说出一句浅薄的话。其实我知道留长指甲的女人的指尖都怕痒，就是说，通过这句话，我告诉胳膊，除了它之外，我还接触过相当多别的女人。

我以前就从比这个借我一个晚上胳膊的姑娘年龄大、似乎更应该说熟悉男人的别的女子那里听说过，留长指甲的手指尖怕痒。据那个女子说，因为已经习惯用长指甲而不是指尖触摸东西，所以指尖一旦被触摸，就觉得痒痒。

"哦……"我对这个意外的发现感到吃惊。

那个女子继续说道："无论是准备做饭，还是吃东西，只要用手指尖稍微触摸一下，就会感觉肮脏，啊，太脏了！甚至浑身发抖，真是这样的……"

所谓"肮脏"，指的是吃的东西不干净，还是指甲不干净呢？大概只要有什么东西触碰到手指尖，女子都会觉得肮脏，而浑身战栗吧。女子纯洁的悲剧的一滴泪珠在长指甲的遮掩下残留在指尖上。

我想抚摸女子的手指尖，这种诱惑来得极其自然。但是，我不能这样。我本身的孤独让我拒绝这种诱惑。这样的女子，她的身体几乎没有一处摸上去就会发痒的地方。

而借给我一只胳膊的姑娘，她全身各处大概一摸上去都会发痒吧。触摸这样的姑娘的手指尖让她发痒，我不认为是罪恶，也许会觉得只是一种捉弄。不过，姑娘把一只胳膊借给我，其实并不是想让我戏谑的。我不能演成一场喜剧。

"还开着窗哪。"我发觉玻璃窗关上了，但窗帘没拉上。

胳膊说道："会有什么东西偷看吗？"

"要是偷看的话，那肯定是人啊。"

"就是有人偷看，反正也看不见我。要说有人偷看的话，这个人就是您自己啊。"

"我自己……？我自己是什么？我自己又在哪里？"

173

"我在远方……"胳膊像慰藉心灵的歌词一样说道，"人们前行，去追寻远方的自己。"

"走得到吗？"

胳膊重复一遍："我在远方。"

我猛然觉得这只胳膊与它的母体相距无限远。胳膊真的能回到它的遥远的母体那里去吗？自己真的能走到姑娘所在的遥远的地方把这只胳膊还给她吗？正如胳膊对我信任而进入梦乡那样，作为母体的姑娘是否也信任我已经安然就寝了呢？她有没有失去一只胳膊的不自在感，或者做噩梦呢？当姑娘与胳膊分别的时候，她不是拼命忍着不让泪水掉落下来吗？如今胳膊来到我的房间里，而姑娘还没有来过。

窗玻璃被潮气濡湿，变得模模糊糊，就像蒙上一张蟾蜍的肚皮。雾霭仿佛让夜雨静止在空中，窗外的夜丧失了距离，笼罩在无限的距离里。看不见屋顶，也听不见汽车的喇叭声。

"我把窗帘拉上。"我一拉窗帘，原来窗帘也是潮湿的。我的脸映在窗玻璃上。看上去似乎比平时年轻。但是，我没有停下拉窗帘的手。于是，我的脸消失了。

我心头突然浮现出一个情景：有一次，我在一家旅馆看见九层楼的一间客房的窗户。身穿下摆敞开的红衣服的两个小女孩爬到窗台上玩耍。她们穿着同样的衣服，长相也很相似，也许是双胞胎吧。她们是洋人。两个女孩握着拳头敲打窗玻璃，用肩膀去碰撞窗玻璃，还互相推搡，而母亲则背对窗户，在编织毛线。要是这一块窗玻璃破碎或者掉落，小孩子从九层楼上掉下来，肯定会摔死。然而，只有我看得心惊胆战，两个小女孩和她们的母亲毫不在乎。因为结实的窗玻璃毫无危险。

我拉上窗帘，回头一看，胳膊在床上说道："真漂亮。"

大概是窗帘的颜色花纹与床罩一模一样的缘故吧。

"是吗？太阳晒得都褪色了，都已经旧了。"我坐到床上，拿起胳膊放在膝盖上，说道，"要说漂亮，还是这个。没有比这个更漂亮的了。"

接着，我用右手与它的掌心紧紧互握，左手拿着胳膊的顶端，缓缓地弯曲伸张，反复一曲一伸。

"您真捣蛋啊。"胳膊似乎温柔地微笑说道，"您觉得这样有意思吗？"

"哪是捣蛋啊，更不会觉得有什么意思。"

于是，胳膊浮现出一丝微笑，微笑如一道亮光在胳膊的肌肤上摇曳流淌。与姑娘脸颊上娇嫩水灵的微笑一模一样。

我看出来了，姑娘经常双臂支肘在桌子上，双手的手指轻轻交叉在一起，托着下巴；或者单手支颊。作为年轻姑娘，这样的姿势不算优雅，用"交叉""托""支"这样的词语表达也不尽合适，但还是表现出她轻盈柔美的可爱。从胳膊的顶端，到手指、下颚、脸颊、耳朵、粉颈，甚至乌发，这一切都形成一个整体，简直就是乐曲的美妙和声。姑娘的双手灵巧地使用西餐刀叉，那食指和小指会时常自然而然地优美地稍微抬起来，把食物送进樱桃小口里，咀嚼吞咽，这个动作也绝无凡夫俗子饮食的感觉，她的手、脸和咽喉无疑在演奏一首美妙动人的乐曲。姑娘的微笑也映照荡漾在胳膊的肌肤上。

我之所以看见姑娘的胳膊在微笑，那是因为随着我将肘部一伸一屈的时候，那细嫩紧绷的胳膊肌肤泛动着微妙的涟漪，奇妙的亮光和暗影流淌到白皙光滑的肌肤上。刚才我的手指触碰到她的长指甲前缘背面时，肘部顿时收缩弯曲起来，一道亮光从胳膊上一闪而过，射进我的眼睛。所以，我把胳膊的肘部弯曲起来的做法，绝不是捣蛋。我停下弯曲肘部的动作，将肘部伸展开来放置在我的膝盖上，即使这样，看上去胳膊上依然闪烁着纯洁的光与影。

我说道："你如果说我觉得捣蛋有意思，可是你知道吗？我是得到她的同意的，让我的右臂与你的胳膊进行调换。"

胳膊回答道："我知道的啊。"

"可见我不是捣蛋的啊。我总觉得有点害怕。"

"是吗？"

"真的可以调换吗？"

"好啊。"

"……"我听到胳膊的声音，可是有点怀疑自己的耳朵，"你再说一遍，好啊……"

"好啊。好啊。"

我想起来了。这个声音与过去一个决意委身于我的姑娘的声音十分相似。那个姑娘没有将右胳膊借给我的这个姑娘这样漂亮，而且显得有点异常。

"好啊。"她目不转睛地看着我。我抚摸她的上眼皮，试图让她闭上眼睛。她声音颤抖地说道，"犹太人都说：'耶稣落泪了。啊，怎么会爱上她呢？'"

"……"

这里的"她"是"他"之误。指的是已故的拉撒路①。不知道是因为那个姑娘是个女人把"他"错记为"她"，还是明明知道却故意把"他"说成"她"的？

我对她在那种场合突然说出这样不合时宜的话感到震惊。我屏息凝神地看着她，有没有泪水从她紧闭的眼睛里流出？

她睁开眼，坐了起来。我用手臂从胸部一下子把她推倒。

"哎哟，好痛！"她用手捂住后脑勺，"真痛！"

雪白的枕头上沾着星点鲜血。我拨开她的头发抚摸着寻找伤口，血滴是从一个鼓包流出来的，我在上面吻了一下。

"好了。你一碰，血又会流出来的。"

她把头上所有的发卡都摘下来。原来是发卡刺破了头皮。

姑娘强忍着肩膀的颤抖。

虽然我知道她愿意委身于我的心情，但还是有一些想不明白。她想过委身他人意味着什么吗？自己为什么会希望或者主动这样做呢？尽管我了解女人生来就形成这样的生理结构，但还是难以相信。即使到了这个岁数，我还是觉得极其不可思议。而且，女人的身体与委身于人的愿望，可以说是因人而异，也可以说是大同小异，或者毫无二致，这难道不是大惑不解吗？

①拉撒路，《圣经·约翰福音》中记载的人物，据传病死后，耶稣将他唤醒复活。四天后果然从山洞里走出来，证明了耶稣的神迹。

我的这种疑惑的感觉，也许是比年龄颇为幼稚的憧憬，可能也许是比年龄更加衰老的失望。这难道不是心灵的跛足吗？

愿意委身他人的女人未必都会有那个姑娘那样的痛苦。即便是她本人，也只是那一次感觉痛苦。银索断、金盂毁。①

"好啊。"——胳膊的这个回答让我想起曾经接触过的那个姑娘，可是，胳膊的声音和那个姑娘的声音果真相似吗？难道只是因为说的话一样，听起来就觉得她们的声音相似吗？即使说的是同样的话，胳膊已经离开母体，和那个姑娘不同，不是自由的吗？即便是委身于人，胳膊不是正可以无须自我克制、不负责任、没有悔恨地为所欲为吗？然而，我想，倘若胳膊所说的"好啊"那样，用它的胳膊置换我的右臂，那么作为母体的姑娘恐怕会痛苦万分吧。

我依然注视着放在我膝盖上的胳膊，肘部的内侧有些微的亮光，看样子可以把我吸进去。我将胳膊稍稍弯曲起来，把亮光存储起来，然后拿起胳膊，贴在嘴唇上，把亮光吸进去。

"别捣乱了，真的好痒。"胳膊说着，搂住我的脑袋，躲避我的嘴唇。

我说道："我正喝着好东西呢……"

"您喝什么？"

"……"

---

①典出《旧约·传道书》："银索断，金盂毁，水瓶破于泉旁，辘轳折于井上。尘返于地，神归于赋之上帝。"意为与世间的一切物质断绝关系，肉体也是物质，表现肉体之死。化为尘土，不可避免，灵魂回到上帝身边。

"您喝什么啊？"

"可能是你肌肤上亮光的味道吧。"

外面的雾气似乎越发浓厚，连花瓶里荷花玉兰的叶子也湿乎乎的。收音机的播音员又要发出什么警告呢？我从床上站起来，走过去打算关闭桌子上的小收音机，但我停下脚步。被胳膊抱着脑袋，听收音机就显得多余。但是，我觉得播音员是这么说的：这场害人的浓雾会濡湿树枝，会濡湿小鸟的翅膀和脚，这样，小鸟就会从树上滑落下来，无法起飞，请过往公园里的汽车一定多加小心，不要碾轧小鸟。如果有暖风吹拂，雾气可能会变色，变成粉红色或紫色。变色的雾气对人体有害，大家一定不要外出，关门闭户，待在家里。

"雾气会变色？变成粉红色或紫色？"我嘟囔着，抓住窗帘，朝窗外看了一眼。雾气仿佛以一种虚无缥缈的重量压将过来，与夜的黢黑不一样的昏暗在空中飘荡，大概是起风了吧？雾气的厚度似乎有无限的距离，而远处好像有一种骇人的东西在翻腾旋涡。

对了，我想起来，刚才怀抱胳膊回家的路上，一个身穿朱红色衣服的女郎开车从我身边驰过，她的车子的前灯、尾灯在雾中都呈现出淡紫色。的确是紫色的。恍惚中，我觉得有一个淡紫色的大眼珠从雾气中向我追逼过来，我慌忙离开窗边。

"睡觉吗？我们也睡觉吧。"

我觉得，此时此刻，这世间似乎没有人还没睡。在这样的夜晚，不睡觉是十分可怕的。

我把抱着我脑袋的胳膊摘下来，放在桌子上，换上新的睡衣。新的睡衣是浴衣式样的。胳膊看着我更换睡衣。我被它看得不好意思。我在自己的房间里更换睡衣还从来没有被女人看过。

我抱着胳膊上床，对着它躺下来，轻轻握住它的手指，贴近胸前。胳膊一动不动。

外面似有稀疏的雨声。不是雾气变成了雨，莫不是雾气变成水滴落下的声音？那是极其细微的声音。

我知道，毛毯里的胳膊、我掌心里的手指，会逐渐暖和起来的。我的体温还没有完全传递过去，这让我产生一种宁静的感觉。

我问道："睡着了吗？"

"没有。"

"看你没动，以为你睡着了。"

我敞开睡衣，把胳膊贴在胸口。我的胸口感受到胳膊的温差。在这个闷热又寒冷的夜晚，抚摸胳膊的肌肤，心情愉快。

所有房间的电灯都还亮着，睡觉时忘记关灯。

"对了，还没有关灯……"我一坐起来，胳膊便从我的胸口掉落下来。

"啊！"我拾起胳膊，"你能给我关灯吗？"

我一边向房门走去，一边问道："你是关灯睡还是开着灯睡？"

"……"

胳膊没有回答。它明明知道，却为什么不回答呢？我不了解姑娘夜间睡眠的习惯。我想象她在亮着灯睡觉和黑暗中睡觉时的样子。今天晚上，她失去了右臂，大概是亮着灯睡觉吧。我忽然觉得不应该关灯，因为我还想欣赏胳膊，想欣赏进入梦乡后的胳膊的样子。但是，胳膊已经伸出手指做出关掉门边开关的动作。

　　我在黑暗中回到床边，躺下，将胳膊放在胸旁，伴我睡觉。我没有说话，静静地等待它入睡。不知道是不是胳膊感到不满意，还是因为害怕黑暗，它的手掌贴在我的胸旁，一会儿又张开五指爬上我的胸口，并且弯曲肘部做出搂抱我胸部的姿势。

　　姑娘的这只胳膊，可爱的脉搏在跳动，手腕放在我心脏部位上，与我的脉搏跳动相互呼应。胳膊的脉搏跳动起先有点慢，但很快就和我的脉搏跳动合拍，我只是感觉到自己的脉搏跳动，根本没有谁快谁慢的感觉。

　　手腕的脉搏与我的心脏跳动完全一致，这也许是给予我们置换右臂的短暂时间。不，也许这只是手腕熟睡的一种标志吧？我曾听女人说过，与其陶醉于令人窒息的欢乐，不如能在他身旁放心熟睡，这才是女人的幸福。但是，我还没有一个女人能够像胳膊这样陪我安然入睡。

　　由于它的手腕放在我心脏部位上，我才意识到自己心脏的跳动。一下接着一下，两次跳动的相隔时间里，感觉有什么东西在遥远的距离之间来回迅速奔走。我一直倾听这样的心脏跳动，仿佛感觉距离越来越远。不论远到何处，不论是否无限远，所到之处都是一无所有。它并非到达某个地方后折回，而是下一次的跳动猛然呼唤它回来。本应感到害怕，却一点也不害怕。不过，我还是摸索寻找枕边的电灯开关。

开灯之前，我悄悄掀开毛毯，胳膊没有察觉，还在熟睡。泛白的微光柔和地洒满我敞开的胸脯，仿佛是从我的胸脯浮现出来的微光，犹如一轮小太阳从我的胸脯即将暖洋洋地升起之前的光芒。

我打开灯。把胳膊从胸上拿下来，用双手将胳膊的顶端与手指一起拉直。五烛光的微弱灯光使得圆润的顶端与光线形成轻柔的波光。我轻轻地转动胳膊，观察摇曳的光影的位移变化：从圆润的顶端逐渐变细向上臂的隆起部分，再变细向肘部漂亮的圆形部分以及肘部内侧的细微凹处，然后向手腕逐渐变细，形成圆形的隆起部分，最后到达手心手背以及手指。

我无意识地自言自语道："这个我要了。"

于是，在对胳膊神迷心醉的状态下，我竟然不知不觉地卸下自己的右臂，安上姑娘的右胳膊。

"啊！"低声的叫唤，我不知道是胳膊的声音还是我自己的声音，我的肩膀突然痉挛颤动起来，我知道已经置换了右臂。

姑娘的胳膊如今就是我的胳膊，颤动着，手指抓着天空。我弯过手臂靠近嘴边，问道："疼吗？很痛苦吗？"

"不。不是这样的。不是这样的。"就在右臂急切地断断续续表白的时候，一道令人战栗的闪电贯穿我的全身。我把右臂的手指衔在嘴里。

"……"我不知道怎么形容这种愉悦。只要姑娘的手指触碰一下我的舌头，实在难以言表。

"好啊。"右臂膀回答道，自然颤抖即刻停止。

"你本来就是这么说的，不过……"

我突然发现，我的嘴能感觉到姑娘的手指，但我的嘴唇和牙齿感觉不到姑娘的手指，也就是我右臂的手指。我急忙挥动了一下右臂，却没有挥动的感觉。但是，肩膀顶端、臂根显然被阻断，拒绝畅通。

"血液不流通。"我脱口而出，"血液流通吗？血液不流通吗？"

姑娘的一只胳膊如今是我的胳膊，我为此恐惧害怕。我坐在床上，身边是我卸下来的胳膊。我看着它，觉得离开自己肉体的这只胳膊竟然如此丑陋。然而，这只胳膊的脉搏好像没有停止跳动。姑娘的右胳膊在我身上热乎乎地跳动，而我的右胳膊看上去即将变得冰冷僵硬。我用安装在我肩膀上的姑娘的右臂握着自己的右臂。的确是握住了，但没有握住的感觉。

"有脉搏吗？"我问姑娘的右臂，"是不是变得冰凉了？"

"有一点……比起我的胳膊，有一点。"姑娘的右臂回答道，"因为我的胳膊是热乎的。"

姑娘的右臂使用"我"这个第一人称。现在已经安装在我的肩膀上、成为我的右臂，所以它第一次把自己称为"我"。我的耳朵听见"我"这个音的反响。

我又问道："还有脉搏吧？"

"怎么啦？您还不相信啊？"

183

"我相信什么？"

"您的胳膊不是和我的胳膊置换了吗？"

"可是血液相通吗？"

"您知道吗？'妇人，你找谁呢？'"

"知道啊。'妇人，为什么哭？你找谁呢？'"[①]

"我夜半梦中醒来，这句话总在我耳边回荡。"

现在所谓"我"，当然指的是安装在我右肩上的可爱的臂膀的母体。我想，《圣经》里的这句话，是在任何永恒之地诉说的永恒声音。

"睡不着，是不是因为做噩梦了？"我指的是右臂的母体："外面厚重的雾气，仿佛是给群魔乱舞准备的。不过，即便是恶魔，也会被雾气弄得浑身湿透，被噎得连连咳嗽。"

"我不让您听见恶魔的咳嗽……"姑娘的胳膊握着我的右臂塞进我的右耳里。

姑娘的胳膊现在其实就是我的右臂，但是，我无法让它活动，似乎是姑娘的胳膊心灵的作用。不，我们之间的分开程度还不至于可以这么说。

"脉搏，脉搏跳动的声音……"

我的耳朵听到我的右臂脉搏的跳动声。由于姑娘的胳膊握着我的右臂塞进我的右耳里，使得我的手腕捂在耳朵上。我的右臂也有体温。但正如姑娘的胳膊所言，比起我的耳朵和姑娘

①典出《约翰福音》第20章："妇人，为什么哭？你找谁呢？玛利亚以为是看园的，就对他说：先生，若是你把他移了去，请告诉我，你把他放在哪里，我便去取他。"

手指的体温要低一些。

"我给您驱魔辟邪……"姑娘的胳膊说着，用小指头细长的指甲略显淘气地在我的耳朵里轻轻挠了挠。我摇了摇头躲开。用左手——我自己真正的手，抓住我的右手腕——实际上是姑娘的右手腕，把脸往后一仰，便看见姑娘的小指。

姑娘用四只手指握住从我肩膀上卸下来的右臂，将小指向手背弯曲，用指甲尖轻轻触碰我的右臂。只有年轻姑娘柔若无骨的手指才能弯曲成这样的形状，男人硬邦邦的手简直无法想象。从小指根部呈直角向手掌的方向弯曲，然后旁边的手指关节也呈直角弯曲，再旁边的手指关节也同样呈直角弯曲。这样，小指就自然而然地形成一个四方形，而四方形的一边是无名指。

这个四方形的窗户正好处在我眼睛观看的位置上。说是"窗户"，未免太小，大概也就像窥视孔或者眼镜的样子，可不知道为什么，我觉得它是一扇窗户。通过这扇窗户，仿佛可以窥见外面的堇菜花。白皙小指的窗框或者镜框荡漾着微光，我依然愿意靠近它，我闭上一只眼睛。

"您是看西洋片？"姑娘的胳膊说道，"看见什么了？"

"昏黑的旧房间，还有五烛光的电灯……"我还没说完，突然几乎叫喊起来，"啊，不，不对。我看见了！"

"看见什么了？"

"又看不见了。"

"您到底看见什么了？"

"颜色。淡紫色的亮光，模模糊糊……淡紫色的亮光里，有许多红色、金色的极小的圆圈在飞转。"

"因为您太疲劳了。"

姑娘的胳膊把我的右臂放在床上，用指肚温柔地抚摸我的眼皮。

"红色、金色的小圆圈，也有的变成大齿轮在旋转……我看见大齿轮里面，有什么东西在动，有什么东西忽隐忽现……"

齿轮也好，齿轮里的东西也好，是看见了，还是似乎看见了，我也弄不清楚，没有留在记忆里，而是一种短暂的幻象。我想不起来，这个幻象究竟是什么。

"你是想让我看什么幻象吗？"

"不，我是来消除幻象的。"

"是消除过去的幻象吧，憧憬、悲伤什么的……"

姑娘的手指和手掌在我的眼皮上停止了动作。

"你要是解开头发，一定很长吧？会垂到肩膀和手腕吗？"我无意中问了这么一个问题。

"会啊。"姑娘的胳膊回答道，"入浴时洗头发，我使用热水，这算是我的习惯吧。洗完后用凉水使劲冲，到头发完全凉下来。这样凉爽的头发触碰到肩膀、手腕、乳房上，太舒服了。"

当然，那是胳膊母体的那个姑娘的乳房。大概还没有让人接触过，沐浴后凉爽的湿发触碰到乳房的感觉，她大概不会说出口吧。可是，离开母体的胳膊是否也抛弃了母体姑娘的矜重和羞愧呢？

我用左手心轻轻包住如今成为我的右臂的姑娘胳膊顶端那

令人怜爱的圆润部位，竟觉得姑娘尚未长大的嫩圆胸脯全部包裹在我的掌心里。肩膀顶端的圆润变成胸脯的柔软。

姑娘的手轻轻按在我的眼睛上面，手掌和手指温柔地吸住眼皮，渗透到眼皮里面。眼皮里面似乎湿热。这种湿热进而扩散渗透到眼球里。

"血液通了。"我平静地说道，"血液通了。"

我没有发出自己的右臂与姑娘的右胳膊置换时那样的惊叫，我的肩膀、姑娘的胳膊，更没有发生痉挛、战栗。不知不觉之间，我的血液流向姑娘的手腕，姑娘胳膊的血液流遍我全身。臂根的阻断、拒绝畅通也不知何时全部消失。清纯的女人的血液此时此刻就是这样流进我的体内。但是，我污浊的血液流入她的胳膊，当这只胳膊返回到姑娘肩膀上的时候，会发生什么事吗？如果不能复原到以前那种状态，那该怎么办？

我自言自语道："不会发生这种拒绝反应的。"

胳膊低声说道："好啦。"

然而，我的肩膀与姑娘的胳膊之间血液相通、血液合流，我并未觉得大惊小怪。包住右臂的我的左手掌以及成为我右肩膀的姑娘的肩部顶端自然都有同样的感觉，接着，我和姑娘的胳膊也都感觉到了。于是，把我们带进心旷神怡的醉人梦乡。

我酣然入睡。

笼罩天地的雾气染上淡紫色，如同缓缓流淌的巨浪，我在浪中漂浮。在这宽阔的波浪中，当我的身体漂浮上来的时候，才会荡漾出淡绿色的涟漪。我的潮湿阴暗的孤独的房间消失得无影无踪。我的左手好像轻轻地放在姑娘的胳膊上。姑娘的手指好像捏着荷花玉兰的花蕊。虽然我看不见，却能闻到花香。花蕊应该是扔到废纸篓里了，不知道她什么时候怎么捡出来的。雪白花瓣绽开一日尚且未落，为什么倒是花蕊先行零落呢？身穿朱红色衣服的女郎驾驶汽车，围绕着我画一个大圆圈，潇洒滑行，仿佛在守卫我与姑娘胳膊睡眠的安静。

这个样子，应该睡不好觉吧，但是我从来没有过这样温暖甜美的睡眠。我平时难以入睡，躺在床上翻来覆去，苦不堪言，从未有过如此小孩子熟睡般的香甜。

姑娘精美纤巧的细长指甲似乎在温柔地挠着我的左手掌，在这似有若无的触感中，我沉沉地坠入梦乡。我意识不到自己的存在了。

"啊！"我突然惊叫着，一下子坐起来，像是从床上滚落下来一般，踉踉跄跄地走了三四步。

我猛然惊醒，因为感觉有一个可怕的东西在抚摸我的侧腹。原来是我的右臂。

我站稳踉跄的双脚，看见掉落在床上的我的右臂。顿时呼吸停止，血液倒流，浑身颤抖。我看见我的右臂，不过是一瞬间。接下来的瞬间，我从肩膀上拧下姑娘的胳膊，安装上我自己的右臂。简直如同魔性发作的杀人狂。

我跪在床前，胸脯挨着床上，用刚刚安装上的自己的右臂轻轻摩挲狂乱的心脏。随着心脏悸动的逐渐平缓，一股悲哀的情绪从我的身体深处喷涌而出。

我抬起脸问道："姑娘的胳膊呢？"

姑娘的胳膊扔在床尾。在掀掉的凌乱的毛毯中，手掌朝上，手指伸直，一动不动。在昏暗的亮光中泛着微白。

"啊！"

我慌忙捡起那只胳膊，紧紧抱在怀里。如同抱着生命逐渐冷却、无比疼惜的幼小的爱儿。我的双唇含着她的手指。期盼着从伸直的指甲前缘背面与指尖之间流出女人的泪珠……

1963 年

雪

每年的正月初一傍晚至初三早晨，野田三吉都要去东京高台的饭店，独自隐藏在里面度过三天，这已经是最近四五年的习惯了。饭店本身有一个很正规的名字，三吉却称之为"幻影饭店"。

　　"父亲去幻影饭店了。"

　　对于前来拜年的客人，儿子、女儿都这么告诉人家。客人们对三吉新年出门避客的做法都认为很时尚。

　　有客人赞道："这才真正是在一个好地方过一个好年。"

　　但是，三吉的家属们都不知道三吉在这家幻影饭店看到过真正的幻影。

　　饭店的房间每年固定不变，就是"雪之间"。就饭店而言，房间一般都是用数字编号，但三吉自己把这个房间命名为"雪之间"。

　　三吉一进屋，就把窗帘拉上，立即上床，钻进被窝里，闭上眼睛。这样两三个小时让自己安静下来。忙忙碌碌、紧紧张张的一年的疲劳和焦躁——通过休息似乎可以得到消除。这样的姿势，焦躁可以得到缓解，但疲劳反而更加严重，从内心深处涌现出来，扩大到全身各处。三吉心里明白，他其实在等待着疲劳终极的来临。只有把自己拖入疲劳的深渊，让大脑完全麻木，才开始浮现出幻影。

他紧闭双眼，眼前一片漆黑，有栗子般大小的光粒开始起舞流动。每一颗光粒都是淡金色的透亮，淡金色在白色的薄薄光雾中冷却，于是光粒群的运动方向和速度都整齐划一，变成粉雪。看上去就像在远处飘落的粉雪。

"今年正月也下雪了。"

这么一想，雪就成为三吉自身。任由三吉随心所欲地降落。

粉雪逐渐向眼睑里飘进。纷飞不停的粉雪变成鹅毛大雪。巨大的雪片比粉雪更加舒缓从容地飘落下来。三吉被无声无息的雪片宁静地包裹。

现在可以睁开眼睛了。

三吉睁开眼睛，房间的墙壁变成一片雪景。眼睑里只是已经落下的雪片，而墙壁上却是大雪纷飞的景色。

鹅毛大雪在只有五六棵掉光树叶的裸木可怜矗立的广阔原野上纷纷扬扬。雪片堆积，没有土，没有草，没有家，没有人，荒凉寂寥的风景。三吉在二十三四摄氏度暖气的床铺上，感觉不到冰天雪地旷野的寒冷。然而，仅仅是墙壁上的雪景，就让三吉失去了自我。

"去往哪里呢？叫谁出来呢？"

虽然三吉也想到这些问题，但这不是靠自己，而是把一切都交给大雪。

这原野，除了雪以外，没有任何动的东西，原野将很快就会自然而然地流淌而去，变成山谷的风景。峻峭的高山矗立在一边，溪涧贴着山麓流淌。溪涧窄细的流水仿佛在雪中停止不动，却静静流淌而去，连涟漪微波都没有泛起。从岸上落入水里的一个雪块就直接浮在水面上流走。这个雪块先是被从岸上伸出去的岩石根部所吸附，静止不动，而后消失在水里。

那岩石如同紫水晶那样的大块。

三吉的父亲出现在紫水晶岩上。父亲怀里抱着三四岁的三吉，站在岩石上。

"父亲，很危险的。站在那样锋利嶙峋、犬牙交错的岩石上……你的脚掌一定很痛吧？"

五十四岁的三吉在床铺上对雪景中的父亲这样说道。

岩石的顶部遍布水晶尖锐的棱角，尖削挺立，容易扎伤脚掌。父亲听见三吉的提醒，便挪动腿脚，重新站稳，这时岩石上的积雪坍塌，掉落溪涧。此时的父亲胆战心惊，将三吉紧紧抱在怀里。

父亲说道："这么细小的流水，也不会被漫天大雪所覆盖。真是不可思议。"雪花降落在父亲的肩膀、头部以及抱在怀里的三吉的胳膊上。

墙壁上的雪景图开始移动，沿着溪涧上行，图中的湖水变得开阔起来，变成深山里的小湖泊，但作为溪涧水流的源头还是相当宽阔。从此岸望过去，越远颜色越灰，好像彤云密布低垂。对岸的山脉隐约可见。

三吉静静地看着雪花不断飘落在水面消失得无影无踪，一会儿，发现对岸的山上有什么东西在动。那是穿过灰色的天空靠近过来的。那是鸟群。雪白色的大翅膀。仿佛是大雪做成的翅膀，在三吉眼前上下翩翩飞翔，但没有听见翅膀拍打的声音。翅膀如此自由自在地舒展开来，却没有振翅声。难道是降雪把飞鸟托浮起来的吗？

三吉数着鸟儿，像是七只，又像是十一只，他有点迷糊，但莫如说极其愉快。

"这是什么鸟？有几只呢？"

雪中的鸟儿回答道："这不是鸟。你没看见坐在翅膀上的是什么吗？"

"啊，我明白了。"三吉说道。

那是曾经爱过三吉的女人们乘坐在雪中鸟儿的翅膀上回来了。先对哪一个女人说话呢？

梦幻雪景中的三吉，能够自由地把过去爱过自己的所有女人呼唤出来吗？——从正月初一傍晚至初三早晨，三吉把自己关在幻影饭店的"雪之间"里，紧闭窗帘，连吃饭都是送餐，躺在床铺上，与这些人相会。

秋　雨

红叶如火，满山红叶，犹如降落一团团火焰，这样的幻影浮现在我的眼睛深处。

与其说是山岭，不如说是涧谷，山谷溪涧，两岸岩壁对峙，谷深峰险，陡峭矗立，蔚为壮观。头顶上的天空，如果不使劲昂首，就很难看到。外面的天空还是一片蔚蓝，深谷已是暮色苍然。

溪涧的白色石头，也同样开始薄暗昏黄。红叶从高处紧紧包裹着我，红叶的宁静沁入我的心间，莫非让我过早地感受黄昏的来临吗？溪涧湛蓝色的流水，我怀疑自己的眼睛，这水流里怎么没有映照出红叶的倒影呢？而就在这时，我看见火焰降落在湛蓝色的溪流上。

这并非火焰之雨或者火星的降落，而是小火团在水面上的闪烁跳跃。然而，它肯定是降落下来的，一团团小火焰落到水里，立即熄灭。火团降落在山谷的瞬间，由于被红叶遮挡，无法看见。抬头望天，小火团以意想不到的速度从天空降落下来。可能是火团运动的缘故，看上去狭窄的天空如一条大河从雄峰对峙的两岸奔腾而下。

这是我坐在开往京都的特快列车上在夜间即将打盹时所看到的幻影。

十五六年前，我患胆结石住院动手术时，有两个女孩子存留在我的记忆里。今天，我去京都的一家旅馆就是为了看望其中的一位女孩子。

另一个是婴儿，天生的没有胆囊管，无法输送胆汁，据说只能活一年，于是只好植入人造胆囊管，将肝脏与胆囊连接起来。母亲抱着这孩子站在走廊上，我走上前去，看着婴儿，说道："多好的孩子啊，真可爱。"

"谢谢。恐怕今明天就要不行了，现在等着家里来人接回去。"母亲平静地回答。

婴儿安静地睡着了，她穿着山茶花图案的和服，胸部缓缓鼓起来，大概里面绑着术后绷带的缘故吧。

我对那位母亲这种不痛不痒的安慰的话语，也是来自住院患者之间相互的缓解心灵的负担。这所外科医院，常有孩子来动心脏手术，手术之前，他们往往在走廊上奔跑玩闹，有的喜欢乘坐电梯上上下下玩耍，我对他们都会打招呼说话。他们都是五岁到八岁的孩子。患有先天性心脏障碍病在幼年时期就要治疗，否则，往往容易夭折。

这些孩子中，有一个人引起我的注意。我每次乘坐电梯，可以说，几乎都遇到她也在电梯里。她一个人蹲在电梯的角落里，在大人们脚边的阴影里，五岁左右的女孩子，平时总是板着脸，也不说话。目光有点犀利，眼神敏锐，紧闭着显得倔强的嘴唇。我问照顾我的护士，她说这个女孩子每天一个人在电梯里待两三个小时。即使坐在走廊的长椅子上，也是这样的表情，一直板着脸。我试着和她打招呼，她也是眼睛一动不动。护士对我说道："别看她这个样子，将来有出息吧。"

女孩子后来不见了。

我问护士："那个孩子动手术了吧？后来情况怎么样？"

护士回答道："她没动手术就回家了。她看见旁边床位的孩子死了，就坚决表示'不动手术，要回家！不动手术，要回家！'别人谁劝说都不听。"

"哦……但是，她没有夭折。"

如今，这个女孩子已经长大成人。我到京都就是去看看她。

雨水打在列车窗玻璃上的声音，把我从蒙蒙胧胧的睡意中惊醒。幻影消失了。我打瞌睡的时候知道外面下雨，可是后来雨越下越大，似乎剧烈地敲打车窗。车窗上的雨点保留着雨滴的形状斜斜地流淌下来，也有的从这一头流到那一头。有的雨点在流淌的过程中，忽停又动，瞬间地停住，又立刻流淌下去。我从中发现雨水的律动。露珠般的水滴，后来形成的水滴赶超过先头形成的水滴，上面的水滴赶超过下面水滴，流淌到更下头，水滴描绘出错综复杂的线条如流动的韵律，我仿佛从中听见音乐的奏鸣声。

我觉得，一团团火焰降落在层林尽染山头的幻影，那是静谧安静，而敲窗流淌的露珠般无数雨滴的音乐，则化为火团降落的幻影。

后天将要在京都的某家饭店的大厅举办正月和服展示会，我应一家和服店的邀请前往参加，其中一位和服模特儿名叫别府立子。我忘不了那个女孩子的名字。但是，我不知道她已经成为一个时装模特儿。我来到京都说是为了欣赏红叶，不如说是为了与立子相会。

第二天还是雨天，下午，我在四楼的大厅看电视。这儿好像是宴会厅的休息室，参加两三对婚宴的客人们都挤在这里，也有一身婚服的新娘走过。排号靠前的新郎新娘从婚礼会场出来，在我的身后摄影留念。我回头看了一眼。

和服店老板对我打招呼，我问他别府立子来了吗，他用目光示意旁边的那个人。只见她站在烟雨迷蒙的窗前，用犀利的目光看着新郎新娘的摄影留念，对，就是立子。她依然紧闭着嘴唇。她活着，这个亭亭玉立，身材高挑的漂亮姑娘，她在人世间，我不知道她是否还记得自己，或者是否能想起来。我想过去和她打招呼，却踌躇不前。

和服店老板在我耳边低声说道："明天的表演会上，打算让她穿婚服……"

父母之心

各位，请你们闭上眼睛，五分钟，平静地想一想自己的父母亲。

你们的父母亲深爱你们，爱子之心多么温馨、多么宽阔。——无数点点滴滴的关爱难道不会涌上心头，满怀感动吗？其实，用不着闭上眼睛，你们朝朝夕夕都会感受到父母亲的一片深情。

这个故事，无疑也是让大家明白何谓父母之心的诸多故事之一。

这是一艘从神户港开往遥远的北海道函馆的轮船。

在轮船驶出濑户内海，进入广袤的志摩海的时候，聚集在甲板上的乘客中，有一位四十上下的装扮华丽、风度优雅的贵妇人，引人注目。她的女管家、女佣片刻不离左右。

与此相对照的是，还有一位四十上下的衣着寒酸的男人，也同样引人注目。他的身边有三个孩子，大孩子七八岁，一个个都长相可爱，显得聪明伶俐，但身上也都穿着脏兮兮的衣服。

然而，那位雍容高贵的夫人一直注视这位带着孩子的贫寒父亲，后来对着女管家耳语几句。

于是，女管家走到他们身边，说道："这么多孩子，一定其乐融融。"

"谢谢了。其实还有一个吃奶的孩子呢。像我们这样的穷人，孩子一多，日子更苦。真不好意思，我们现在都养不活四个孩子。可是，不能因为穷，就抛弃孩子啊。我们一家六口，是去北海道打工干活的，就是为了抚养孩子。"

"如果您刚才的话确实如此，那我们有一事相求。——我的主人是函馆的富豪，一家大公司的社长，生活富裕，唯一不足的是，年过四十，尚无儿女。刚才夫人让我和您商量一下，您子女多，能否送给我们一个。这个孩子将来肯定继承家业，过上幸福美满的生活，另外，作为酬谢，送上百圆。您看可否？"

"那就太感谢您了……"看样子父亲表示愿意，但是说还要和孩子的母亲商量一下。

当天傍晚，轮船行驶在相模滩海面的时候，这位父亲和他的妻子带着长子来到夫人的舱室。

"那请您收下这个小家伙吧。"

于是，他们拿到百圆酬谢金——这是很早以前的故事，按现在计算，大约相当于千圆。

父母亲含泪和孩子分手，然后离开舱室。

但是，第二天早晨，当轮船在房总半岛行驶的时候，不知何故，父亲拉着五岁的次子的手无精打采地来到夫人的舱室。

"昨晚我们想了很长时间，不管怎么说，虽然家境贫穷，但长子毕竟是家庭的继承人，而且即便送人，按顺序也不该是他。所以，如果可以的话，能不能用老二换回老大？"

"当然可以。"夫人很爽快地同意了。

可是，当天傍晚，母亲拉着三岁的女儿的手，一脸难为情地过来。

"这样的话我实在不好说出口，今天早晨送来的老二，他的五官长相，甚至声音，都和已经故去的我的婆婆一模一样。所以，我就觉得好像把婆婆抛弃了，对不起丈夫。而且，他五岁了，已经记事，记得我们的长相，觉得很可怜。能不能用这个小女孩替换老二呢？"

夫人一听说是个女孩子，心里有点失望，但看到母亲垂头丧气的样子，也只好表示同意。

可是，事情还没完，第二天上午，轮船即将进入北海道的时候，这回夫妻两口子来到夫人的舱室，一进来，二话没说，就哭泣起来。

"你们怎么啦？"

"说起来令人羞愧。"他们只是一味哭泣，几次询问后，父亲才泪水涟涟地说道，"我们这样随心所欲地变来变去，实在对不起。——昨天夜里，我们相互说好，不再留恋，不再反悔。可是，那孩子那么小，以后会发生什么事呢，心里七上八下，放心不下，我们一个晚上都睡不着觉。把一个不懂事的小女孩送人，我们做父母的也未免太残忍了。现在，我们把酬谢金如数还给您，请把女儿还给我们吧。我们一家六口宁可饿死，也不会把孩子丢弃。"

夫人听罢，也不由得感动落泪。

"是我不好。我虽然没有孩子，但是我非常理解你们为人父母的心情，也很羡慕你们。这个孩子我还给你们。这笔钱作为你们教给我父母之心的酬谢，就作为你们在北海道干活的本金吧。"

后来，在夫人的关照下，父亲在函馆某家公司上班，一家六口过上了幸福的生活。

考试的时候

"啊！"

"这是油炸蔬菜啊。"

"我太喜欢吃了。辛苦了。"

花代不停地点头表示感谢，缩着肩膀笑起来。其实，她心里有事，只是不想让和子看出来……

不过，和子似乎有什么高兴的事情，没有注意到花代的表情。

"刚才妈妈叫了吧？知道什么事吗？"

"你的事？"

"不是。盂兰盆节穿的和服做出来了，让你穿着试试，看肩褶①的尺寸是否合适。"

"哇！"花代顿时目光明亮起来，"都已经做好了啊？你刚才要这么说的话，我就立刻下去了……"

①肩褶，为调节儿童和服的袖长，缝在肩膀上的褶。

于是，她急急忙忙地把桌子上的东西整理一下，迫不及待地吧嗒吧嗒下楼去。

"妈妈，妈妈，让我穿一下。"

母亲正在厨房炒菜，在火光的映照下，平时略显苍白的脸颊也泛着红光。

"已经做好了。本想让你高兴一下，可是看你好像在用功学习……"

"已经做好了啊，放哪里了？"

"现在不行，锅里油正热着呢。一会儿，一会儿再穿。"

母亲正忙着做菜，没答应花代的要求。

"妈，就穿一下，就一下吧。"

花代跟母亲打个招呼，走进起居室，看到那件做好的和服挂在衣架上。

"哎呀，这袖口真长。"

她本想立即穿上试试，可突然皱起眉头，怔怔地站立不动，心里犹豫不定，略微凄清的语调自言自语道："等那件事完结以后再穿吧。"

她站在镜子前面，只是拿起这件和服和自己的身子比画着。——用下巴压住和服的衣领，抓着两边的袖口，伸直自己的胳膊比较长短。

紫色的方格底色，配以箭羽碎纹的清爽图案，对于肤色浅黑、晶莹漂亮大眼睛的花代来说，实在非常般配。

"真好。"

不知道什么时候和子走到她身旁。

"我也有。"

她抱着浅底衣箱走过来，拿起一件和服，穿在身上，站在镜子前面，左看看右看看，还扭过身来看背后，各个角度端详着。

"哎哟，你怎么不穿上试试看啊？"

"没怎么……"

"不穿怎么改啊？妈妈说了，要做合适的肩褶，她想知道准确的尺寸。"

"可是，我不喜欢穿有肩褶的和服。"

"为什么啊？"

"说是不吉利。"

花代撒了个谎，掩饰过去，但是她说话没有底气。

这时，母亲在厨房里喊道："和子、花代，来端盘子。"

"好的。"

两人匆忙把和服挂在衣架上，来到厨房。

"这么大热天，你们在外衣上再套上和服，真够辛苦的。"

母亲笑呵呵的，让她们在餐桌上准备晚饭。

"哎哟，都六点多了。爸爸这么晚还没回来。"

"我肚子饿了。"

一切安排妥当，大家坐在餐厅里。

"噢，花代，你好像没有精神啊。怎么回事？"

"没有啊。"

"可是，好像和平时不一样。"和子端详着花代。

"没有啊，什么事都没有。"

花代还在嘴硬，避开和子的目光，扭过头去，可是突然想对人倾诉和委屈的情绪涌上心头，那一双大眼睛泪水盈眶。

"和谁吵架了吗？"

花代默默地摇了摇头，可还是止不住泪水扑簌簌滑落下来。

今天，在学校里，发生这么一件事。

第三节课是英语考试。

花代绞尽脑汁，那篇文章就是翻译不出来。她知道，这个单词和那个单词放在一起，就应该是一个词组或者成语，否则，前后文就意思不通。但是，她就是想不出来一个合适的词语。可能平时学的没记住吧，前后文意思连不上。其他的文章都已经顺利完成，就卡在这一道题上。

花代实在为难发愁，于是，跳过这一道题，先做第四部分的单词翻译。

单词这个部分，刚才稍微浏览一下，没有不会的，所以很放心，翻译起来得心应手，一路写下来，甚至觉得题目太简单了。

松了一口气，于是返回做刚才第三部分的文章。这时，身后的座位上，有人使劲拽了一下花代的裙子。

后面坐的是花代本班最好的同学野田雪子。

花代心想："怎么回事？这是什么暗号？是表示有的题不会做，还是表示都答完了？"

花代打算集中注意力重新思考那个词组，后面拽裙子的动作更加激烈，她只好扭过头去。

"什么事？"她用眼神询问。

"答出来了？"对方也是眼神。

"正考试呢！"

花代依然用眼神责备对方，然后坐回原先的姿势。互相问会不会答题，这是没有办法的事……

第三道题的翻译最后还是想不出来吗？

如果这一道题做不出来的话，会扣九分还是八分呢——就在花代心里盘算的时候，忽然感觉后面有一张小纸条放进自己的后衣领里。

花代瞟了一眼讲台上的外籍老师杰克逊小姐，她正板着面孔看书。

花代提心吊胆地悄悄把手伸进后衣领。

纸条落在水兵式的女生制服的衣领里。

她小心翼翼地留神邻座的同学，慢慢打开纸条。

上面只有几个字："译、三、不会。"

第三部分的翻译，花代自己也犯愁啊。

就在这时，讲台上的杰克逊小姐稍稍动了一下身子，突然尖声喊起来："井上同学，你干什么？"接着，大步向花代的座位走过来。

花代顿时脸色煞白，只是低着脑袋。

杰克逊小姐一言不发，从花代的桌子上拿起已经揉成一团的小纸条，立即回到讲台边上。

全班同学又是吃惊又是哀怜般地看着花代，但又立刻各自继续做题，没有听见一声窃窃私语。

杰克逊小姐面无表情，把纸条打开来，看了一眼，眉毛稍稍动了一下，又开始安静地看书。

花代的胸口堵得慌，她甚至没有勇气把答卷送到讲台上去。

一会儿，下课铃响了。花代都能感觉到双腿在颤抖。

"到时间了，大家交卷。"

杰克逊小姐催促还没有交卷的同学，等到收齐答卷后，对花代说道："井上同学，到我那儿来一趟。"

她和花代一起走出教室。

"这是怎么回事？"

杰克逊小姐正面看着花代，用流畅的日语询问，把雪子的那张纸条伸到花代眼前……

花代眼睛瞧了一眼，又立刻低下头。站着的双脚发软。

该怎么回答呢？——自己根本就没做错事。但是，为了表示自己的清白，就必须说出最好的朋友雪子的名字。这个自己绝对做不到。以前考试的时候，雪子从来就没有做过这种事啊，这次是怎么啦？

花代始终默不作声。

"你承认吗？"

杰克逊小姐显然开始急躁，又问了一遍。

老师问自己是否承认。花代心想，要是说承认的话，意味着什么？承认这张纸条是自己写的吗？承认自己做错事了吗？

花代还是一言不发。

她想明确表态："这不是我写的。"

可是，这句话不能说出口。

花代站立不动，但心里经历着激烈的斗争。

"你为什么……不回答？那好，井上同学，你这次考试没有分。零分。我最讨厌的就是不老实。你好好想一想吧。"

杰克逊小姐眉头紧锁，表情严厉，开始在桌子上查找什么东西。

一会儿，下节课的上课铃响了。

"好了，你好好想一想吧。"老师重复一遍。

花代行了个礼，阴沉着脸走出去。

那一天是星期六，这是二年级最后一节课。

花代回到教室，同学们都回去了，只剩下雪子和值日生还留在教室里。

"对不起。因为我，你挨训了？是我写的，你说了吗？"雪子声音颤抖，"我去认错。真正要受训斥的，应该是我。"

她一脸沮丧，无精打采。

花代看到雪子浑身就像细毛线织成那样软塌塌的颓唐，脸色发青，不由得心生可怜。

她心想，虽然刚才就自己一个人受到训斥，有失公允，但是没有把真相告诉杰克逊，就自己一个人担当责任，感觉这也是理所当然的。

花代一下子坚定果敢起来，像是安慰雪子一样，说道："不用担心，没什么了不起。"

"可是，我，对不起你。"

"你要真的这么认为的话，从今以后，考试的时候，不论有什么情况，都不要做这种事。这就行了。"

"这么说，你没有说我。"雪子惊讶地看着花代。

"那样劈头盖脸地把我批一顿，也是没有法子。那道题，我也不会做。因为我不会做，老师就以为是我写的，即使我怎么解释，都不行。那道题，连我也都想悄悄问你答案呢。"

"哎呀，其实我并不是问你那道题的答案是什么，只是因为自己答不出来，心里难过，不好受，就随手写几个字，想告诉你我不会做，仅仅如此而已。"

"即便这样，可老师并不明白，所以就受到怀疑，那有什么办法？"

"是这样。"雪子似乎做出决断，"是我不对。我去老师那儿，把事情说清楚。"

说罢，雪子走出教室。

"雪子，等一等，等等！"

花代追出去，叫住雪子。

"你认为是你不对，这就行了。以后的事，我来处理。"

"可是……"

"行了。"花代紧紧搂住雪子的肩膀。

雪子还是有几分担心地看着花代，然而，她庇护自己到这种程度，雪子满怀感谢之情，几乎落泪。

"总之，今天是星期六，先回去吧。我也好好想一想，即使向老师认错，也得想一个好办法。怎么认错比较合适，我星期天考虑一下。"

虽然花代这么说，但雪子还是于心不安："可是，可是，让你一个人当坏人，我，我心里有愧。"

花代有点发脾气的样子，故意加快脚步走出校门。

雪子从后面追上来。

星期天早晨，花代和和子同往常一样，前往教会。

做完弥撒，聆听牧师布道，他说要友爱邻人，自我负罪。花代今天听了这些话，觉得每一句都说到自己的心坎上，感觉昨天庇护雪子这件事完全符合这些话的精神，心里得到极大的安慰。

花代心想，因为雪子，自己无端受到训斥，虽然感觉委屈窝心，但如果把雪子也牵连进去，自己难道就心安理得吗？

从昨天开始，这件事就一直萦绕在脑海里，纠结不清，也曾产生仗义助友英雄气概之类的情绪，但今天聆听牧师讲话以后，才真正感到豁然开朗，心胸坦荡。

"自己的所作所为，问心无愧。"

学校发生的这件事，花代最终对姐姐和子也是只字未提，在自己的小小的心间梳理解决。

下午，姐妹俩打扫庭院。

"花代，你负责枫树到栲树这一段的除草，我负责绣球花到杜鹃花这一段。"花代接受了姐姐分配的任务，两人在草坪上拔除杂草。

今年春天，女佣阿正嫁人以后，母亲就没有再雇女佣，这些杂事都是她一个人来做。

母亲曾说："现在已经没有帮手了，干点活儿，也可以活动一下身体，觉得很有意思。你们两个，时常来帮帮忙，也是一种学习嘛。"

这样一来，母亲的活一下子就多了起来，姐妹俩看到母亲这样忙忙碌碌，心里也过意不去。

"瞧，这种草，长得不高，可是根扎得很深，可讨厌了。"

"越是小草越难拔。"

花代说道："唐菖蒲的花开得旺盛，星期一带一些去学校。"

花代今天的心情很好。

"对了，明天有家政课，是洗濯的实习课。花代的围裙沾上了绘画颜料，索性拿去漂白一下。"

草坪的除草活大体干完以后，她们走进客厅，母亲正在做水果冻。

"让我来做造型。"

"我也做。"

做果冻的造型，非常有意思。

母亲在中间，姐妹俩望着干净整齐的草坪，度过愉快的三点茶点时间。

星期一早晨，花代一到学校，雪子似乎在等着她，飞奔过来。

"前天真的对不起。我回家以后，尽管难以说出口，但还是告诉了姐姐。"

花代冷静从容地说道："是吗？我可没说。"

"这样的话。"雪子有点迫不及待地说道，"姐姐说，今天她要和我一起去杰克逊小姐的办公室承认错误。姐姐说，让老师知道这件事是我做的，这是应该的。——但是，花代你的友情让我非常高兴。从报恩的意义上说，我希望你知道，我也有我的友情。"

听雪子这么一说，花代又想起星期六的事情，虽然感觉心头有点阴郁，但雪子对自己的行为如此补偿的态度，也让她非常愉快。

其实，花代内心也希望雪子采取这样的态度，别看她平时一副高冷矜持的样子。

"好，既然雪子这么说了，那就这么做吧。我也和你一起去老师那里。"

雪子的姐姐是四年级学生，语言学尤其出色，深受杰克逊小姐、史密斯小姐这些外教的喜爱。

二年级今天的英语课安排在下午，两人本来打算午休的时候去，可是觉得有点晚。

既然已经决定，那就早一点告诉老师，这样她们的心情也早一点开朗爽快。

于是，她们很快就吃完早餐便当，等着姐姐道子出来。

雪子握着花代的手，说道："我还是觉得自己太卑劣了。当你受到训斥的时候，为什么我没能主动站出来承认呢？我还是缺少这样正直的足够的勇气，说不定还会装作若无其事的样子呢。真的对不起你了。"

"行了。你一见面总是道歉，没完没了啊。那个时候，谁都不会马上就有勇气的。不管怎么说，这件事还是让人觉得羞愧，所以能隐瞒就隐瞒。我可能也会这样。不过，在老师训斥我的时候，我的心逐渐强大起来，无论如何一定要保护你。"

"啊，花代！"雪子感动得热泪盈眶。

这时，雪子的姐姐道子急急忙忙走过来。

三个人都没有说话，默默地走过走廊。操场上的喧闹声仿佛变得十分遥远。

杰克逊小姐的房间在学生宿舍的尽头。

道子上前敲门。

"请进。"

听到老师明确的回答，道子打头，轻轻开门。

杰克逊小姐用颇感意外的表情看着进来的三个人。

"怎么样？井上同学。明白自己做错了事吗？"说罢，老师亲切地微微一笑。

道子行个礼，走到老师身旁："老师，井上没有做错什么。考试的时候，写那张纸条的是我的妹妹雪子。"

杰克逊小姐眉根轻轻动了一下："那为什么当时不马上说

出来？"

老师好像既不针对花代，也不针对雪子，只是凝视着空中发问。

"感到羞愧，所以没说。这个真的很不好。"雪子看着老师的眼睛坦率地回答，可是她突然想哭出来。

"好。——井上同学，你自己受到老师的批评，你觉得事情就可以过去吗？"

花代似乎思考的样子，很快就小声，但镇静从容地回答道："如果能过去，当然希望尽快过去。我只是想保护雪子，这是出于我们之间的友情，所以我愿意独自承担下来。"

"老师，她们两个真的非常要好。"道子在一旁帮着说话，"其实，雪子并不是要求花代告诉她第三道的答案，只是把自己不会做这道题的心情告诉好朋友。所以，井上根本就没有错误，请老师给她的答卷判分。"

杰克逊小姐一直认真地听三人的讲述，说道："很好，我知道了，听明白了。你们都很好。这样珍惜友情的心意要一直保持下去，互相鼓励。雪子和花代都有错误，但只要保持这样的友谊，即使英语考题有一两处答不出来，深厚的友谊也要继续下去。我对你们表示宽容。大家好好学习，以后不要再发生这样的事。——答案想不出来不要紧，只要努力学习就行……"

三个人松了一口气，心情激动，几乎想哭出来。

只是再三再四地感谢致意。

然后，心情舒畅，兴高采烈地走出来。

"妈，我回来了。"

花代精神饱满地回到家里，进了玄关，居然忘了放下书包，连蹦带跳地跑到母亲的房间。

母亲放下手中的针线活，笑眯眯地说道："哎呀，你怎么啦？这么风风火火的。"

"噢，是这样的……"花代有点不好意思，吞吞吐吐说道，"妈，有个大好事。"

"考完了吗？"

"不止这个，就是我和雪子是真正的好朋友，这已经确定下来了，我好高兴啊。"

"好像你们以前并不是那么好。"

"不是这样的哦，现在就像物理实验一样得到确凿的证实。"

"是嘛。"

母亲并没有表现出怀疑的表情，继续做针线活。

花代似乎觉得还没有说透："妈，我不跟你说，算了。"

"可是妈妈没做过什么物理实验啊，所以妈妈搞不清楚。"

"可是我很高兴啊。妈妈，你和我一起高兴就是了。"

"干吗说的话让妈妈听不懂。"母亲满脸含笑，一直看着花代，"好像还有什么好事吧？"

"嗯。"

"对了，对了。"母亲想起来，"盂兰盆节的和服你穿着试试看，要缝肩褶。"

花代点了点头，立刻从衣柜里拿出崭新的箭羽碎纹图案的和服，穿在身上，在镜子前来回转圈，然后跑到庭院里。

她仰望星汉灿烂的夏天夜空，在梅雨初晴之时，高声欢呼"万岁"！

由于被误认为考试作弊，花代星期六做出决定，这件事不完结，就不试穿新衣服……

哥哥的遗曲

一

早晨……和往常一样，上学。到校后，需要换鞋，房枝打开自己的鞋箱，却意外地发现箱子里有一封信。

为庆祝西川佐纪子的油画《手持花篮的少女》在三月的展览会上获得全校的高度好评，西川"粉丝"打算在下周星期日举办茶会，为此，希望你务必赞成参加。

因为对你还有一个特殊的要求。

即在那天的聚会上，请你演奏你的久负盛名的大作《春天的少女》。参加者除我们A班的同道者外，还有B班以及你所在的C班的两三人，总共十五人左右，就是一次真正的志同道合者的聚会。

为庆贺堪称我们A班的骄傲的西川的油画获得成功，如果加上堪称C班之花的你的音乐，足以增添光彩，我们会感到十分高兴。这将成为令人羡慕的美谈佳话。

另外，有关详细的具体安排，今天中午，我们将在礼堂后面等候。务请惠临。

《手持花篮的少女》小组

房枝看着信，不由得脸颊通红。

她做梦也没有想到，自己消遣娱乐的乐器演奏竟然受到如此热情的欢迎。

今年春季——学年考试之前，学校组织了一次学生作品展，其中包含着欢送毕业生的意思，三年级（当时是二年级）A班的西川佐纪子的《手持花篮的少女》参展。

本校的师生自不待言，连前来参观的学生的父母兄弟姐妹也都惊叹不已，大加称赞。首先，参展的绘画都是一色的水彩画，唯有这一幅是镶在画框里的油画，光这一点就十分引人注目，更何况作者的笔触、色彩，在相当大的画布上构图布局，细腻描绘，无法想象出自一个女学生之手。展览结束后直至新学年开始的今天，校内的一致评价是将会产生一位著名的女画家。佐纪子平时在班级里就集人气于一身，和大家相处融洽，再加上绘画的天赋，她的好朋友们无不以她为骄傲，所以才有了这次庆祝活动的想法。

虽然房枝和佐纪子不在同一个班，但同属于园艺部的成员，常有交往，而且一直对她表达充满敬意的友爱之情。今天，以她为中心的小组特地邀请自己参加聚会，实在令人高兴。

不过，他们怎么知道我在悄悄地学习弹奏钢琴呢？

对于此事，房枝感到有点蹊跷。

房枝的姐姐是幼儿园的老师，在她的启蒙下，接触钢琴，现在好不容易学会弹奏唱歌①之类的简单曲子，从来没有在别人面前弹奏过，也达不到这个水平，所以觉得很难为情。

但是，既然大家给自己提供这样的机会，就不能辜负同学们的心意，一口拒绝。她想，因为佐纪子喜欢自己，也许就想听这种技术稚嫩的钢琴声，要是自己摆架子，错失这次幸福的机会，反而对佐纪子很不礼貌。

于是，房枝决定弹奏自己喜欢的《军舰进行曲》或者《荒城之月》，作为对佐纪子绘画获奖的祝贺。

但是，由于物理老师的安排，那天中午必须去理科教室，和班长一起帮着准备下午物理课的实验设备。虽然心里惦记着他们等待自己，焦急不安，可是没有办法。

快到下午上课的时候，她才急急忙忙地跑到礼堂后面。

果然，A班的野泽明子和大井和子已经等候在那里，而且等得很不耐烦的样子。房枝气喘吁吁地跑过去，心口怦怦直跳。

虽然也认识她们，但没有亲密交往。

房枝跑得满脸通红："我来晚了，让你们久等了……"

---

①唱歌，指明治五年（1872）制定的小学教学科目之一，其编写的唱歌教材后来编辑为《小学唱歌集》等。1941年，将"唱歌"科目名称改为"音乐"，沿用至今。

"啊？"

两人觉得奇怪，然后互相看了一眼。

看那样子，她们是在这里等人，但她们等的人不是房枝。

房枝猛然觉得等候自己的不是这两个人，便说道："哦，我收到了信……"

"啊？"

"谢谢。"她从上衣胸口的口袋里拿出信来。

两人一看，立即脸色大变。

"哎呀，这封信放在你的鞋箱里了？"

"嗯。"

"哎哟……"两人又互相对看一眼，说道，"那是放错了。应该是放在原田美也子的鞋箱里的，放错了。"

和子立即慌乱起来："那可怎么办？"

然而，更难受的是房枝。这个错误太过分了。——她双腿发软，恨不得捂着脸，一屁股瘫坐在地上。

和子看着房枝一脸苍白，知道自己无意间犯了大错，觉得过意不去，显得非常尴尬，默不作声。

三个人就这样呆呆地站着。

不一会儿，和子为了缓和气氛，说道："不过，这位同学代替美也子过来也很好，你也会弹钢琴吗？"

"……嗯。"

"哦，拿手的曲子都有什么？"

房枝一时说不上来，手足无措地茫然呆立着。

恰好这个时候，上课铃响了。这下了救了她，连"那再说吧……"的礼节话都没有说，就急匆匆走了。

二

过后想起来，这封信的确蹊跷，自己并没有因为弹一手好钢琴而广为人知，也没有想过要在这样正式的场合演奏。自己顶多也就是勉勉强强地弹几首小学唱歌曲目，就自以为是，自鸣得意，房枝对自己的这种轻狂感到羞耻，懊恼。

其实说起来，她与原田美也子经常被人混淆，两人同在一班，又是同姓，所以鞋箱并排摆放在一起。

美也子才是公认的音乐天才，信上所说的《春天的少女》与她有着深厚的渊源。在与举办绘画展大致相同时期的音乐会上，美也子的钢琴独奏获得了与西川佐纪子的《手持花篮的少女》不相上下的好评，这件事学校应该不会忘记的。

美也子的钢琴在音乐会场也同样令人惊讶，除了舒伯特的《摇篮曲》，还弹奏了其他两首小曲。人们热情赞誉，完全不敢相信是一个女中学生的弹奏，她具有将来成为音乐家的优秀潜质。

不仅美也子如此，她的哥哥也是小提琴界一颗耀眼的新星，预定在今年春季的集会上举办他本人的第一届演奏会，音乐节同行都对他抱有热烈的期待。

美也子只要一谈到这位哥哥，总是引以为傲。

哥哥现在正为自己唯一的妹妹创作《春天的少女》钢琴曲，他把自己对妹妹的爱倾注在音符里。可以说，这是献给少女美也子的礼物。这首曲子的发表自然特地由美也子进行钢琴伴奏。哥哥的想法，将妹妹的钢琴与自己的小提琴一起介绍给人们，这是他对妹妹的一片心意。

当哥哥在学校和美也子谈论这个计划时，美也子满脸熠熠生辉，神采飞扬，仿佛音乐之女神缪斯的灵魂附体。

但是，美也子的这个美梦惨遭破灭，就在即将举办演奏会的时候，哥哥感染肺炎，仅仅四五天就离开了人世。

美也子的悲伤，让她万念俱灰。以至于从此以后绝口不提她曾经那么喜爱、引为自豪的音乐话题。

"不过，你哥哥的《春天的少女》曲子已经完成了吧？"

当同学们这样问的时候，美也子也只是凄凉一笑，低头不语。

她完全变了一个样，变成一个孤独凄清的少女。

当然，希望用美也子的钢琴声作为对佐纪子绘画获奖的祝贺，也是合乎情理的。

可是，当房枝看到这封信时，为什么就没有发现这个问题呢？后来回想起来，显然是自己把美也子的鞋箱错以为自己的鞋箱了……

"自己马马虎虎的，真是丢人。"

她说了自己多少遍，如今追悔莫及。

房枝开始学钢琴的时候，就想过有什么办法可以接近美也子，向她请教。她的老师——姐姐的钢琴水平和美也子根本不在一个档次。

房枝所在的家庭，是母亲和姐姐的三口之家。为了给家里增加一些家用补贴，姐姐毅然去幼儿园当教师。

为了教幼儿玩游戏，家里有一台用来练习童谣的钢琴。先用这台廉价的钢琴向姐姐学习弹钢琴的基本手法，等基本掌握以后，再学习难的曲子。她打算向美也子学习难度较大的曲子，一直在等待这样的机会。

但是，由于发生了这起误会，美也子多少会怨恨自己吧，如果这个时候还去求她教钢琴，那绝对被人当作一个傻瓜，而首先就会为自己的愚蠢无能感到恼火。

"阿房，今天我带回来新的童谣，一会儿我们一起练习。"姐姐还是像往常那样说话，但今天的房枝扭头不理她。

姐姐为了让幼儿园的孩子们高兴，经常收集各种各样的童谣，如果是平常，房枝会兴高采烈地和姐姐一起又唱又弹，给姐姐帮忙。这也是她的乐趣。

但是，今天，她心情不佳："我不想。童谣根本就不是音乐。"

"哎哟。"

姐姐政子大吃一惊，目不转睛地看着妹妹，问道："你这是怎么啦？究竟什么是音乐？"

"真正的音乐，像这样的钢琴，根本就弹不出来。"

"对我们来说，这样的钢琴就已经很奢侈了。你怎么这么说？"姐姐十分恼火。

就在这时，有人在窗户外面说道："房枝在家吗？"

这是住在附近的姑娘敏子，上学放学经常和房枝结伴行走，是一对好朋友，在一起复习预习，互相勉励。

"噢，来啦。今天也是练习。"

姐姐代替房枝回答。房枝心情不好，板着脸鼓着嘴。

"噢，明天的作业题，我想和房枝讨论一下。"

政子愉快地请敏子进来："我们家的天才正苦恼着呢，瞧她怒气冲冲的样子，说童谣不是音乐，很讨厌。人家说要搞真正的音乐，不然的话，就不弹。"

敏子一听，猛然间想起来："啊，对了。我跟美也子说过你弹钢琴的事，她就说，这样的话，那一起学吧。"

要是以前的房枝的话，会高兴得蹦起来，但今天她特别委屈："不行啊，像我这样……"

她低着脑袋，咬着嘴唇。

"我对她说，房枝对钢琴非常感兴趣，学得也很快，能弹很多童谣，好像最喜欢的是《荒城之月》。美也子说她也喜欢《荒城之月》。"

"我现在不喜欢这些了。我要弹肖邦、舒伯特的曲子。"

"啊！"

敏子不知所措地看着房枝的姐姐的脸。

三

第二天早晨，房枝和敏子结伴上学途中，在离学校不远的地方与美也子偶然相遇。

"早上好，原田！"敏子打了个招呼。

"啊，是敏子和房枝啊。"美也子笑眯眯地小跑过来，和她们并肩前行，"怎么样？昨天晚上的作业题。"

"嗯，有一道题太难了。"

美也子诚恳地说道："是第三道题吧？也把我难倒了，怎么也做不出来。你教教我。"

"我也没做出来，就跑到房枝那里，轻而易举答案就出来了。"

"噢，房枝数学这么厉害啊，以后也要教教我。"美也子讨好的表情看着房枝。

然而，房枝故意把头扭开，没有回答。

美也子觉得有点难堪，敏子立即出来打圆场："那你也要教房枝弹钢琴啊。她这一阵进步很快，想弹难一点的曲子。"

"哎呀，我可没有教过人，不过，你来我家里吧。这个星期天，我在家里等你。"

没想到美也子如此亲切爽快，这让房枝更觉得难受。

"嗯。"

房枝只是简单地回了一个字，就盯着自己的脚尖，她想起昨天的沮丧狼狈的情景。

"房枝，听说你喜欢《荒城之月》，我也非常喜欢。只要一弹那首曲子，就觉得身心清澈。从小就弹，特有感情……"

敏子插话道："可是，昨天她说这些东西都不喜欢了。"

这时，房枝才开口说话："哎哟，没这回事。你瞎说。"

敏子打趣道："你昨天不是说以后只弹肖邦、舒伯特的曲子吗？"

"美也子，你会弹吗？"

"不行。我这样……"美也子谦逊地微笑着，"我只会哥哥教给我的他喜欢的一两首。"

"你哥哥他都喜欢什么？"

"他啊……喜欢舒伯特什么的，那曲子听起来柔和深沉。小说方面，他非常喜欢歌德、托尔斯泰这些人，可都是大部头的，很难读进去。"

听了美也子的这些话，房枝豁然开朗，心情舒畅起来。

美也子就是自己所憧憬的远大目标，她清澈如水的眼睛，她柔嫩修长的手指，完全就是一个富有音乐天资的少女。

房枝的脑海中浮现出今年春季音乐会的情景——美也子的钢琴静谧柔美，让礼堂所有人都陶醉其中。房枝想起当时自己激动的心情，便产生一种强烈的欲望，她哥哥的遗作《春天的少女》是一首什么样的曲子呢？真想听听这首音乐。

"美也子，你打算将来当音乐家吗？"

"嗯。有一阵子，真的这样考虑过，可是自从哥哥去世以后，我就没有了这样的心情。"

"哦，那太可惜了。"敏子突然激动地叫起来，"可是，A班的佐纪子，她的志向是当画家，得到大家的一致好评。要是西川佐纪子能当画家，你就能成为出色的音乐家。你别气馁，好好干啊。房枝，你说对不对？"

敏子寻求房枝的声援。

"嗯，谢谢你。不过，我经常听哥哥说，搞艺术可不容易，仅仅凭借自己的一点小聪明，会一些小技巧，就产生不切实际的想法，这可要不得。女孩子要是总想这些事，那不会有什么前途……"

"你也太谦逊了。你看A班，大家都非常热衷佐纪子的画，还准备开会，祝福她的绘画前途呢。"

"哦，是吗？"美也子好像什么也不知道的样子。

敏子又对房枝说道："房枝，大家都这么说，你没听说吗？"

"我也不知道。"

房枝又低下头，心里难受，眼泪又要流出来。

已经走到校门口。——美也子忽然想起来，叮嘱一遍："对了，我都忘了。房枝，第三道作业题，你教我怎么解答啊。还有，星期天我等你。"

"作业的事，我已告诉敏子了。对不起，我先走了。"

房枝扔下一句，自己朝着学校跑去。

四

放学回家的路上，房枝还是愁眉苦脸，敏子心里纳闷儿，便给她鼓鼓劲。

"房枝，美也子非常担心你。她看你突然独自跑走了，以为你对她产生什么误会了。你究竟怎么回事啊？"

"我没怎么回事啊。我就那么让人觉得奇怪吗？"

"嗯，一开始你就这样，觉得怪怪的。好了，不说这些了。这个星期天，咱们一起去听美也子弹钢琴，好吗？"

但是，房枝心里的疙瘩还没有解开，觉得别扭。

"可是，这一阵子美也子根本不谈音乐，你不觉得她摆架子吗？嘴上尽说一些谦虚客套话。"

"她不像以前那样骄傲了。"

"是吗？"

"房枝你要是去的话，她一定很高兴地给你弹琴。她自己就是这么说的。"

"她也会弹那首《春天的少女》吗？"

"这个嘛，我就不好说了。这首曲子本来是她最拿手的，后来连提都不提起，就是一个原因，那是她哥哥的遗作。"

两人正说话的时候，身后有人叫道："原田，是原田吗？"

"噢，是西川。"

房枝一回头，看见佐纪子跑过来。

"房枝，刚才和四年级的同学商量了一下，温室里花都开满了，打算稍微整理一下。星期六下课以后，你能不能把没事的同学集中起来，一起来帮忙？"

"嗯。"

"四年级的同学说，他们星期天过来给花坛运土。"

"噢，星期天我是不是也来帮忙啊……"

"噢，那样的话，就太好了。四年级的同学一定很高兴。"

"不过，也可能不太方便。"

房枝的口气一下子冷淡下来，佐纪子见房枝不高兴的样子，便不再作声。

"那好，刚才的事就拜托你了。"说罢，匆忙离去。

敏子又说道："房枝，你心里还有什么事吧？"

房枝只当作没听见，往前走两三步，回头说道："敏子，后天，星期天，我就不去美也子的家里了。"

"哎呀，怎么回事？花坛运土的事，交给四年级同学就行了，没必要你非去不可的啊。"

"去不去都无所谓。我觉得美也子星期天肯定不在家。"

"可那是她叫我们去的啊，不可能不在家。不然的话，就怪了。"

"肯定是你听错了，想错了。"

"不可能。绝对不可能。"

"绝对不在。根本不可能在。——有理由不在。"

房枝斩钉截铁般的声音有点颤抖。

敏子也有点失去自信："不管怎么说，咱们一起去看看好吗？"

"可是，人家不在家，去了干什么？"

"她不应该不在家的。"

敏子并没有服输，突然想了个好主意："这样吧，如果她不在家，咱们就去学校，和她一起给花坛运土。美也子的家刚好就在去学校的路上，顺路看一眼，总没有什么坏处吧。就这么办。"

敏子这么一说，房枝也觉得自己有点倔强，便说道："好，就这样。"

"但要是美也子在家的话……"

房枝说道："如果她在家的话，我求她，无论如何给我弹那首《春天的少女》。"

"好，一定的。"

两人伸手，小拇指拉钩，紧紧钩在一起。

五

星期天——也是为佐纪子绘画获奖举行庆祝聚会的日子。

正午过后，敏子如约前来接房枝。

房枝想到现在这个时候，美也子一定正在聚会上豪情满怀地弹奏《春天的少女》，心情沮丧地说道："她肯定不在家，我不想去了。"

　　"你又来了，怎么没完没了的？"

　　"那你做好去运土的思想准备吧。"

　　双方都很有自信，互不相让。于是准备停当，一起出门。这一路上，两人就美也子是否在家吵吵嚷嚷，仿佛去她家就是为了她们赌个输赢。

　　就在她们赶路的时候，对面过来一个人，好像是佐纪子。

　　"欸，佐纪子，怎么是你啊？你去哪里？"

　　"哎呀，房枝，别这么大惊小怪的，我正要去你家里呢。给花坛运土，打算和你一起去帮忙。"

　　"啊。"

　　房枝有点目瞪口呆，紧紧地盯着佐纪子。——心想今天不是有佐纪子的庆祝会吗？

　　"佐纪子，今天，不是有聚会吗？"

　　"哦，你说那个啊。"佐纪子满不在乎地笑着说道，"不开了。我爸爸说了，不就是一张普普通通的女学生画的画吗，怎么那么大肆宣扬，太可笑了。把我狠狠训斥一顿。我也不愿意别人以为我狂妄自大。"

　　佐纪子在讲述的时候，忽然意识到什么，便说道："房枝，这件事，对你太失礼了。对不起。"

　　"不，那倒没什么。"房枝有点手足无措，"这么说，聚会取消了吗？"

"我已经拒绝了。"

"是吗？"

房枝目不转睛地看着佐纪子，觉得她真的是一个美丽的人。那一双漂亮的眼睛里满含着对房枝体贴关怀的情意。

房枝心想，"她一定觉得我受了委屈，因此才取消这次聚会的吧。佐纪子，对不起了"，不由得眼角一热。

不论是班内还是班外，都对美也子显示出热烈的爱慕，这是理所当然的，她当之无愧，但是，由于自己不服气而闹别扭，想来实在惭愧内疚。

房枝心胸顿时开朗起来，明亮旷达。

敏子说道："我们现在去美也子家里，听她弹钢琴。佐纪子，一起去吗？"

"是啊，花坛那边，我们以后去帮忙。——敏子，刚才我们赌输赢，我输了，惨败。"

房枝精神饱满地拉着两个人的手，往美也子家奔去。

美也子在等待她们的到来，没想到佐纪子也来了，让她倍感高兴。

敏子谈起这次是和房枝一边吵架一边过来的，弄得房枝满脸通红，她忽然抬起头来，把这几天发生的事情原原本本地告诉大家，对三个朋友诚恳地道歉。

"哎呀，我的《春天的少女》竟然这么大的罪过。"美也子微笑着，略一思考，说道，"这样吧，我弹一次。倒不是故意不露一手，而是因为一弹这首曲子就会想起我哥哥，伤心难受。”

美也子神情庄重地站起来，走到窗边的钢琴旁。

这台钢琴和房枝姐姐的钢琴没多大的区别，也是很朴素的小型钢琴。可是，打开盖子，当美也子的手指一按上去，真不愧是音乐家哥哥的妹妹，立即流淌出美妙清冽的琴声。

这首《春天的少女》如盛开在山间幽谷溪流岸边的鲜花，宁静而纯真的旋律幻化出春天少女的身影，也洋溢着英年早逝的音乐天才对唯一的妹妹深情而哀怜的爱恋。

房枝一抬头，看见美也子的泪水滴落在她灵动的手指和键盘上。

“就写到这里。写到这里的时候，哥哥就病倒了，这是一首未完成的曲子。”

美也子的手指戛然停住，仰望着挂在钢琴后面墙壁上的哥哥肖像。任凭泪水在脸颊上流淌……

三个人也情不自禁地看着哥哥的照片。那是一张两颊消瘦、目光炯炯、荡漾着哀愁的面容……

房间里依然回荡着《春天的少女》的余韵，仿佛是美也子的哥哥的心灵的低吟。三个人的眼睛不知不觉地湿润，为英年早逝的艺术家衷心祈祷。

拱　桥

你在何处？ ①

　　虽云佛常在，

　　哀其身不显。

　　拂晓人声寂，

　　依稀梦中逢。

　　今年春天，我去大阪时，住在住吉旅馆，看到朋友须山抄录有《梁尘秘抄》②里这首和歌的斗方。我对须山阅读《梁尘秘抄》有点意外，对他居然记诵和歌、题写在旅馆的斗方上，更

---

①源自谣曲《隅田川》，讲述孩子被拐，母亲疯癫，不意从别人嘴里得知孩子已死，母亲所唱谣曲有词："你在何处？"。川端康成在此引用该句，其中的"你"，或指由于孩子之死而变形的母亲，或指死者成佛，或指永恒，或指半年后作者离开人世的本人的幻影，见仁见智。
②《梁尘秘抄》，平安时代末期编纂的歌谣集。后白河天皇编撰，成书于治承年间（1180 年前后）。

觉得不可思议。听旅馆的人说，须山是去淀市看赛马时住在这儿的。这似乎是须山去世前一年的事。

《梁尘秘抄》那个年代的人们大概的确相信"佛常在"，然而对于活在当今时代的须山这样的人来说，恐怕佛祖不可能存在，所以也不可能在"拂晓"时"梦中逢"了。须山倘若不是被洋溢于和歌里的某种感伤情绪所倾心，就是把佛祖视为某种象征。

我把这首和歌默记心中，回来以后，题写在别人暂放在我处的斗方上。我无论是睡时还是醒时，都遇不见佛，但也许和须山一样倾心于这首和歌中的某种情趣，所以觉得用乾山①造的砚台和木米②造的毛笔书写其实要比遇见佛祖更有意思。也许说不定因为是须山生前写过的和歌，至今依然铭记心中。我在住吉的旅馆看到须山书写的和歌这事也感染了我的思绪。

现在，题写完和歌以后，我想着家里是不是还有什么东西和住吉有点因缘，可是找来找去，一件也没有，于是把灵华③的画挂在壁龛上端详着。这是一幅《月中桂》的横批，上题一首和歌，"君似月中桂，可望不可得"。灵华在横幅画上写"月中"，在直幅画上写"月里"。挂在壁龛上的是横幅画。虽然《月中桂》

①尾形乾山（1663—1743），京都人，江户时代的陶艺家。画家尾形光琳的弟弟。
②青木木米（1767—1833），江户时代的瓷艺家。以仿制中国风格的瓷器著称。与野野村清右卫门、尾形乾山并称"京都三大陶瓷匠人"。
③吉川灵华（1875—1929），明治大正时期的日本画家。代表作有《神龙图》，以屈原《离骚》为主题的《离骚》等。

与住吉无缘，但灵华在《歌神》这幅画上题了四首吟咏住吉松树的和歌。其中一首是：

> 下凡变人神，
> 有幸伴天神。
> 思此住吉松，
> 长生永不老

灵华的画风，无论是歌神还是月中桂树仙女图都画得跟王朝韵味的美女差不多，所以我把《月中桂》这幅画挂在壁龛上观赏。而且这幅画四五天前刚到手，也还觉得新鲜。

我认识的一个画商说他想用作者在画匣上亲笔题签的大雅[①]的画和另一幅苏丁[②]的《少女的脸》，换取我的这幅《月中桂》。我也让画商给我看了大雅的画，可以说是《甲州富士》中的一幅吧，叫《和合峰图》，以富士山为背景。在大雅的画中，算是一丝不苟素净淡雅的写生，是他年轻时候的作品，而且在装画的木匣上亲笔题签也很罕见。这个画商先前给我看过苏丁的画，画中少女极度悲伤哭得变形的那张可爱的脸让我无法忘怀。

---

①池大雅（1723—1776），江户时代的南画家、书法家。代表作有《前后赤壁图》等。
②柴姆·苏丁（1893—1943），出生于白俄罗斯的犹太裔法国画家。其画风深受伦勃朗、夏尔丹、库尔贝等画家的影响，注重质感、形状和色彩的表现，对巴黎的表现主义绘画思潮颇有贡献。代表作有《牛肉块》《起风的街道》等。

把大雅、苏丁、灵华这三位画家生拉硬扯在一起实在离奇，只要一想到我对他们毫无共同之处的三张绘画都怦然心动，甚至觉得自己的古怪心理令人骇然。好像是一种可怕的自我分裂。与大雅的心灵沟通、与苏丁的心灵沟通、与灵华的心灵沟通，这究竟是怎么回事？

今天下午，我拿着龙门石佛的头像放在膝盖上端详着。

我觉得，只有在观赏美术品，尤其是古代美术品的时候，我才与生维系在一起，此外的时间，我不过是在耻辱、凶残、悲伤、枯槁的生涯尽头，于死亡之中微弱地抗拒着死罢了。

不言而喻，越是古老的美术品越具有生机灵动强烈鲜活的气韵。每当我看到古代美术品，就深知人们在过去的时光里失去许多东西以及现在还正在失去许多东西，但我觉得消失在过去的时光里的人的生命仿佛复苏过来，流进我的体内。原本破碎衰竭的心灵就分辨不清过去、现在，未来的差别。这当然另当别论。

话题回到这三位画家上来。我觉得今人苏丁和灵华都很悲哀。苏丁的出发点是揭示近代人的病态灵魂，他的悲哀在情理之中。而以古典传统为心魂，描绘王朝式仕女，书写王朝式假名的灵华，其纤细端丽灵巧之书画，归根结底也是表现近代人，他柔美的线条的神经有的实在凄惨痛苦。

我总觉得日本的文人画家芜村①、玉堂②、竹田③、华山④等终是世纪末的人，也许浦上玉堂稍微不同。夕阳西下老树归鸦之类的画，看树，树似火燃；看鸦，鸦似发狂，本应以高逸苍古的南画风格这样的语言加以评论，但我从中深切感受到在颇具近代特色的孤寂的底层里流淌着古代的宁静。

我在一本美术书籍里读到这样一句话："64 岁的郁特里罗⑤像亡灵般活着"，并看到这个老态龙钟的郁特里罗的五六张照片，不由得一阵冷战，同时，心头浮现出玉堂的《冻云筛雪图》。当时大概因为我不希望看到我们日本也有人像比莫迪利亚尼⑥、帕斯金⑦、苏丁后死的郁特里罗那样的悲惨余生吧。玉堂的雪山虽然也带着僵冻般的孤寂，但在日本似乎能得到各种补救。

---

①与谢芜村（1716—1784），江户时代中期的俳人、画家。日本古代三大俳人之一，并创作"俳画"，与池大雅共同确立了日本南画的基本风格。画作有《奥州小道图卷》《十便十宜图》等。

②川合玉堂（1873—1957），明治大正昭和时代的日本画画家。代表作《彩雨》《暮雪》等。

③田能村竹田（1777—1835），江户时代的文人画家。代表作有《净土寺图》《渔樵问答图》等。

④渡边华山（1793—1841），江户时代后期汉学家、兰学家、政治家、画家、幕府藩士，对日本的思想启蒙起到了重大的作用，促进了日本的近代化，被誉为"日本开国史上的第一人"。画作有《寒林群鸦图》《回首图》等。

⑤莫里斯·郁特里罗（1883—1955），法国风景画家，以城市景观为主。代表作有《旧巴黎蒙马特区》《雷诺阿的花园》等。

⑥阿梅代奥·莫迪利亚尼（1884—1920），意大利画家、雕塑家，为表现主义画派的代表艺术家之一。多有裸女画，曾受到时人严厉批评，至后世才获得认可。代表作有《庞毕度夫人》《围红围巾的珍妮》等。

⑦朱勒·帕斯金（1885—1930），生于保加利亚的巴黎画派画家，后加入美国籍。画作多以妓女为模特儿，表现残酷的肉感中无可挽回的绝望和心灵的压抑。45 岁自尽。代表作有《斗牛士》《坐着的年轻女子》等。

我想起家里刚好替人保管着一幅玉堂[①]的《夏树野桥》，于是和灵华《月中桂》交替着挂在壁龛上。这是一幅淡彩小品。正如《和合峰图》是大雅素净淡雅的写生一样，《夏树野桥》也是玉堂素净淡雅的作品，但令人感到亲切温和的情韵。

我先前认为，在日本的南画画家里，玉堂最深入我心，疏朗明阔的大雅与生于世纪末的我离得最远，但今年正月我把大雅的《千匹马》挂在书房的壁龛上，竟觉得此画洋溢着一种祥瑞之气，沁入我的胸间，令人不由得祝愿今年如意幸福，于是甚至认为开拓日本南画的大雅是日本南画的唯一画家。始于斯人终于斯人恐方为艺术，虽然大雅的艺术美里有近代的东西，但仔细观看，还会发现也有逃离近代的东西。

我又想起寻找牵强附会地与住吉有因缘关系的东西的事，便将常德院义尚[②]的和歌墨迹断片摆在桌面上观看。

梦乎现实乎？

不知是幻还是真，

此世梦将醒。

在这首赤染卫门的和歌下面是相模[③]与伊势大辅的赠答歌，

①这里指浦上玉堂的画作。
②即足利义尚（1465—1489），室町时代中期幕府第9代征夷大将军。死后戒名为常德院悦山道治。故称。
③相模，平安时代中期女歌人，生卒年不详。因是相模守大江公资的妻子而得名。中古三十六歌仙、女房三十六歌仙之一。约110首作品收录于敕撰和歌集。著有歌集《相模集》。

接着是"呼唤西行法师云云"残句。表现俗世梦幻的和歌有"维摩经十喻，此身恍若置其中，可谓心如梦"。我觉得这首和歌似也吟咏义尚身世。我又将其父慈照院义政①的和歌墨迹对照观看，发现抄录的是《伊势物语》中的一首和歌：

　　偶然忘却恍若梦，

　　何思踏雪会君来。

　　近江激战，英俊少年将军义尚病死战场，遗体运回京城时，义政何等悲伤。我一边端详据说是足利父子的手书真迹，一边想象在战乱时期的东山文化中如花盛开一样的义尚身世。但如今由于战败国乱，足利父子的和歌墨迹等物件只好暂置我的案头，我也因此得以邂逅数幅东山时代的皇室藏品宋元绘画。

　　足利将军父子的和歌墨迹也是市面的销售品，我从战时就开始收集、阅读一些与义尚有关的资料，认为市面上他的东西不会多。所以能独自把玩，恐怕也是一种缘分吧。古人的墨迹，我还有定家的，虽不算稀罕，抄写的四首和歌却铭记于心。

　　天风吹闭云中路。

---

①足利义政（1436—1490），室町幕府第 8 代征夷大将军。死后戒名慈照院喜山道庆。

却留仙女人间住。①

一诺九鼎赖君影，
古歌"艾草"作凭证。
残露犹自怜一命，
无奈又过今秋梦。②

倘若人长寿，
此日烦忧追忆否？
昔日多愁苦，
如今思之当怀念。③

厌居尘世隐山间，
夜半明月照无遗。④

　　这些《小仓百人一首》⑤中的和歌大概家喻户晓，被定家这样抄录下来，就索然无味，似乎和歌的生命就此枯竭，但我自己注视着定家那笔法古怪的字体，忽然觉得自己的残年的悲哀难道也会如此，我会在这种悲哀中长命偷生吗？这恐怕是尽管

①这首是僧正遍照的和歌。
②这首是藤原基俊的和歌。
③这首是藤原清辅的和歌。
④这首是藤原俊成的和歌。
⑤藤原定家编纂的和歌集。据传是在京都小仓山的山庄，从天智天皇到顺德院为止的百位歌人挑选各一首作品汇编而成，因而得名。又称《百人一首》。

251

我不怎么喜欢定家的书法，但面对他的真迹，毕竟感受到定家的人生际遇以及他寄情于古歌的心怀，同时自己也已经衰弱到"残露犹自怜一命"的缘故吧。

前些日子，我在旧书店看到一本《伊势集》①，集定家书法，比较齐全。那家旧书店还有西行法师真迹、藤原定家手抄本《山家山中集》，评点、眉批皆出自定家之子。与西行、定家相比，实隆②自然望尘莫及，然实隆墨迹之拙劣确也反映出末世人之衰败，未免令人哀叹。我在那家旧书店见到实隆自咏自书的《住吉法乐百首》和三十六歌仙的斗方。

义政、义尚与住吉也有直接关联，但我是因为这本《住吉法乐百首》把他们与住吉硬拉在一起的。在我涉览的有关义尚的资料中，《实隆公记》实在举足轻重，将他与东山的那些人，例如宗祇联系起来探讨也颇有意思，我对实隆怀有亲切之感。他作为钦差特使前往近江探望隐居故里的义尚，醉意陶然地回京，日记里的那些文字，什么时候想起来都会忍俊不禁。实隆在捍卫皇室、保护古籍方面鞠躬尽瘁，但作为歌人、古典文学家，比起镰仓的定家，实在不能望其项背，也不具备稍在其前的兼良③那样的造诣实力。他为人敦厚温良，性情开朗乐观，同

①伊势，平安中期的歌人，生卒年不详。歌风细腻洗练，与小野小町并称平安前期女歌人的"双璧"，以恋歌表达自己情感的损伤和心灵的孤独。著有歌集《伊势集》。
②三条西实隆（1455—1537），室町时代后期的公卿、歌人、书法家。致力于中世歌论的发展。著有歌集《雪玉集》、日记《实隆公记》。
③一条兼良（1402—1481），室町时代中期的公卿、古典学家，官至关白太政大臣，后出家。精通汉学典故，著述颇丰。著有《公事根源》《花鸟余情》等。

样苟全于兵荒马乱之末世，却没有义尚父子、宗祇那样痛心疾首；虽无佳作传世，其一生行止却是时代的写照。这样一个形象的实隆倒令人倾心好感。

《住吉法乐百首》自然录有百首和歌，制成手卷，稍长，既不能镶入匾额，也不能当横批，况且和歌、书法亦均非上乘，售价之低令我吃惊，也就没有买，事后却时常想起，挂念于心。我对和歌、书法的印象已经十分模糊，几乎记不得了，但总想有一份实隆的手迹置于身旁作为对其人的怀思。

我在住吉的旅馆看到朋友须山抄写的《梁尘秘抄》里的和歌时，也很自然地想起实隆的《住吉法乐百首》。

我手头还留有一些与去世的朋友抄写和歌所用的同样的斗方，又被人索求墨迹，便在一枚斗方上抄录住吉的和歌：

> 夜寒兼衣单，
> 望处鹊噪欲降霜。[①]

然后在另一枚斗方上抄录一首古代和歌：

> 谅亦可哀住吉神，
> 虚幻之舟渡来时。[②]

[①]收录在《新古今和歌集》中的"神祇歌"。佚名。
[②]这首和歌收录于《拾遗集》。佚名。

后三条天皇①的"虚幻之舟"原意何指？对于我来说，这"虚幻之舟"只能是指我的心灵、我的人生。

我为什么如此牵强附会地从灵华的《月中桂》、义尚的和歌墨迹联想住吉呢？大概因为我这个人注定非去住吉不可吧。

我五岁的时候是否走过住吉神社的拱桥，现在对我也是"梦乎现实乎？不知是幻还是真"。

五岁那一年，母亲牵着我的手去住吉。"牵着我的手"绝非言过其实。我小时候大人不牵着我的手我不敢出门。好像我和母亲在拱桥前面站了好长时间。我记得拱桥又高又陡，可怕地膨胀起来，向我逼压过来，令人生畏。母亲比平时格外亲切温柔地鼓励我，说行平已经长大了，这座桥走得过去。我忍着不让自己哭出来，点点头。母亲一直盯着我的脸。

"过了桥，我告诉你一件事。"

"什么事？"

"很重要很重要的事。"

"是听起来感觉很可怜的事吗？"

"对了，是很可怜、很伤心很伤心的事。"

那个时候，好像大人们都乐意给孩子讲悲哀可怜的事情。

一旦登上拱桥，其实并不可怕。我惊异地发现自己的力量，觉得自己一个人也可以走过去，但那时的确被母亲使劲拽着手或者扶着身子。走到桥顶，我也达到得意的巅峰。就在桥头上，

_____

①后三条天皇（1034—1073），日本第71代天皇，1068年至1073年在位。讳尊仁。

母亲告诉了我一件令人惊骇的事。

母亲的原话我记不清了。她说她不是我的亲妈，我是她姐姐的孩子，我的生母前些日子去世了。

下桥比上桥害怕。我是被她抱下来的。我觉得母亲在桥顶上告诉我这件事太具有戏剧性。我真的在五岁的时候走过那座拱桥吗？我连这件事都怀疑，可见记忆力已经很糟糕。也许是我的妄想编织的幻梦。但是，五十年前那个女人为了求神护佑，对我坦言真相，也许先要看看年幼的我是否有勇气走过拱桥。我参拜的出生地守护神就是住吉神社。

姐姐的死对母亲震动很大，她才不得不把实情告诉我。但我并不怨恨她，不论是否在拱桥上，我都只记得泪水顺着母亲白皙的下巴流淌，然而从那一刻开始，我的人生变得疯狂。

不久，我开始觉得我的出生颇为蹊跷，生母之死也不正常。

我生母和养母的家都离住吉不太远，可是我除了五岁那年去过一趟住吉外，后来再没去过。

如今活得穷困潦倒以为死期将至之时，心头有一种强烈的冲动，想再去看一次住吉的拱桥，却不料在住吉的旅馆里偶尔看到须山留下的墨迹，这大概是某种因缘吧。

翌晨，我边念叨着"虽云佛常在，哀其身不显。拂晓人声寂，依稀梦中逢"，边往住吉神社走去。从远处望去，那座拱桥出乎意料的高大，五岁的胆小鬼很难过去，可是近前一看，不禁失笑。原来桥的两侧都凿有几个踩脚的窟窿眼。我做梦也没有想到还有这样的立脚点。至于拱桥是否还是五十年前的老样子，自然不得而知，但桥上有踩脚的窟窿眼使我像傻子一样呆立桥前。

　　当我手抓栏杆脚踩窟窿眼一步步走上拱桥的时候，发现窟窿之间的距离比较宽，五岁的小孩子的脚步怎么也够不着。我下了拱桥，长叹一口气，心想我的人生历程中是否也曾有过这窟窿眼般的立脚点呢，无奈遥远的悲哀和衰弱仿佛使我眼前一片发黑。

　　你在何处？

阵　雨

你在何处？

　　并非懒惰而躺，亦非耽于诗作而卧。脱离烦忧，我之修行即告终结。独避嚣尘，离群索居，卧视有情之万物皆可悲可怜。箭矢穿胸心战肉痛之负伤者尚能安眠，我身无创伤，却缘何辗转不眠？醒不踌躇，睡不惊惧。日夜无失悔之心煎熬于内，行止丝毫无损于世，故能卧视有情万物之可哀——释迦牟尼为岩石碎片伤脚歇息时对魔鬼有"懒惰而卧乎，或则耽于诗作乎，抑或汝之所为亦不多耶？"的问话。这一段回答在我反侧难眠于枕上时，时而忆之低声自诵。

　　一年里只有几个晚上能安稳酣睡。四十年的失眠症和睡眠不足已经习以为常，一枕酣甜之夜反倒令人心头不安，似乎只有在被惨然悲伤或者懊悔百端摧残得精疲力竭的时日我才坠入深沉的梦乡。

昨天也是从一大早起整个白天就像傍晚一样昏暮沉沉，这是秋天常见的天气。夜里下了一场雨，明知东京附近现在还不是秋雨轻寒树叶凋零的季节，却总觉得掺杂着落叶飘落的声音。寒雨会把我带进古代日本的悲哀，为了排遣这种情绪，我随手翻阅被称为"寒雨诗人"宗祇的连歌，但耳边依然时常听见落叶的声音。虽然现在还不到落叶的季节，再仔细一想，我的书房的屋顶上也没有落叶的树木。这么说，落叶的声音难道是幻听吗？我有点害怕，侧耳细听，一片静寂，但一当我心不在焉地看书，又听见窸窣的落叶声。我不由得不寒而栗。因为这落叶的幻听仿佛来自我遥远的过去。

　　我像驱魔辟邪一样试着念叨芭蕉的一段话："西行之和歌、宗祇之连歌、雪舟之绘画、利休之茶道，其贯道之物乃一。"我感受到芭蕉独具百代之慧眼，但更感动于他的勇猛壮心。这句话前面是"终以无能无为而唯系于此道"；后面是"且于风雅之物，顺造化而友四时。非花不观，非月不思。形非花时等同夷狄，心非花时类似鸟兽"。这是论及芭蕉时无法回避的《负笈小文》①中的楔子。然而，芭蕉历数西行、宗祇、雪舟、利休四大古人，指出他们的根本之道其宗乃一，从而发出发现自我之道的呐喊，使我铭感于衷，犹如看见一道纵贯古今的闪电。那一年，芭蕉四十四五岁。

　　楔子之后，进入正文。

①上述引用文见于松尾芭蕉的纪行文《负笈小文》。

"神无月①初，天候不稳，身子恍若风中落叶飘拂无定。盼人唤我为行旅，恰逢入冬阵雨。"

在这儿，似乎芭蕉也想到客栈遇雨的宗祇。

现在正是寒雨初降时节，我联想到五十一岁客死异乡的芭蕉和八十二岁客死旅次的宗祇。宗长②在《宗祇终焉记》中这样记叙："翌日抵箱根山麓之汤本，心比旅途稍得宽慰，食泡饭，谈古论今之时，困倦打盹。于是各自安神歇息，准备明日翻越此山。夜半甫过，（宗祇）身子苦甚，推之。曰今梦见定家卿，吟咏和歌'一命如丝……，欲断且断……'，闻者言此歌乃式子内亲王③之御歌，并低吟前次千句连歌之句'眺望明月醉心魂'，（宗祇）一边戏言道我难续作，诸人且续，一边如油尽灯灭溘然长逝。"

八十二岁的老者临终时犹梦见定家，实在是室町时代末期的人生态度，这一点恐怕与元禄时代的芭蕉大相径庭吧。

如此草枕旅次，若薤露凋残，只缘爱好行旅。亦学唐之漂泊游子，客旅终生，此谓道祖神。④

人生如行旅，

---

①神无月，阴历十月。
②宗长（1448—1532），室町时代后期的连歌师。连歌师事宗祇，1502 年，宗祇在箱根汤本死去时，一直陪伴在侧。宗祇死后，成为连歌界的领导。著有《那智笼》《宗长日记》等。
③式子内亲王（？—1201），后白河天皇之女，《新古今集》的代表性女歌人。后出家。人生经历使其歌风充满哀怨忧愁，悲愤沉郁，感觉纤细，情感深沉。
④道祖神，保佑旅人平安的路旁的神。

漂泊总不定。

客梦草枕上，

却见梦中梦。

　　我想起慈镇和尚①之吟，这与"有心应自思今宵"意思相似。
虽然宗祇不像芭蕉那样一生梦绕荒原般辞世，②而且其诗境恐也
无芭蕉那样清澈澄明，但他能在离乱之世与古典和歌长生共存。
我心亦怀之，曾两三次前往骏河的宗长草庵探访，不觉蒙眬浅
睡，却做了一场梦。

　　梦中我正看着两张手的素描。一张是黑田清辉③的素描，画
的是明治天皇的手；另一张是大正天皇的手的素描，梦醒时忘记
了画家的姓名，但记得出于大正时代一个油画家之手。一张画
得坚硬刚毅，一张画得柔和弱骨。我一边端详比较这两张手的
素描，一边觉得似乎象征着明治和大正两个时代而痛苦得破梦
醒来。

　　醒来以后，我不记得看过黑田清辉画的那张手的素描，而
且那种坚硬刚毅的线条也与黑田的画风迥然相异，倒令人觉得
像是阿尔布雷希特·丢勒④画的手的素描。大概因为是明治时代

①慈镇和尚，即慈圆（1155—1225），关白藤原忠通之幼子，出家，后曾四次在比
睿山任天台座主。是以后鸟羽院为代表的歌坛的重要歌人。著有歌集《拾玉集》、
史论《愚管抄》。
②松尾芭蕉的辞世句为"羁旅病床簀，梦绕荒野枯"。
③黑田清辉（1866—1924），西洋画家家。其画作对日本近代绘画产生巨大影响，
是日本美术近代化的先驱。代表作有《湖畔》《舞妓》《智·感·情》等。
④阿尔布雷希特·丢勒（1471—1528），德国中世纪末期、文艺复兴时期著名的
油画家、版画家、雕塑家。其作品包括宗教、人物画、自画像等。

的画家，才在梦中浮现出黑田的名字罢了。我在画集中看见过几幅丢勒画的手的素描，印象残留在脑海里，但我在梦中所见的素描好像是1508年以前的使徒的手。使徒是双手合掌向上。我在梦中所见的手是只手朝下，画出的是手背，但无疑确是使徒之手，醒来以后，这只手的素描残留脑中，另一只手却印象模糊。

丢勒画的使徒的手怎么会变成明治天皇的手？虽是梦中所见，我还是觉得有点不可思议；而且梦见天皇也是生来第一次，这究竟又为什么？诧异纳闷儿之际，完全清醒过来，侧耳细听，外面雨声已歇。

从挡雨木窗的破洞透进一道光线照在枕边的拉门纸上。我伸手拉开拉门，见是月光，便爬出被窝，一只眼睛贴着木窗的破洞探看外头。外头是湿漉漉的黑色月夜，院子里也没有落叶。看来刚才听见的落叶声其实是雨声。我扒在窗前，身子像螳螂一样，看着降露般的溶溶月色。一会儿，脖子觉得酸累，便将额头靠在木板窗上休息，薄薄的破木板发出嘎吱嘎吱的响声，似乎要挣脱老旧的钉子。

我站起来，顺手开了灯，拿着丢勒的画集回到被窝里。我一边看着使徒的手，一边模仿他的姿态双手合十。但我的手与使徒的手竟毫无相似之处，手背宽，手指短，丑陋不堪，简直就是罪犯之手。

我突然想起我的朋友须山的手。对了，使徒的手和须山的手很相像。

我似乎觉得以前看丢勒素描时就发现使徒的手与须山的手很相像，又似乎觉得今天是头一回发现。我连昨天的事都记不住，更谈不上断定究竟是什么时候发现的，但大概正是因为使徒的手与须山的手很相像，刚才才梦见这幅素描的吧。

我目不转睛地凝视着使徒的手。手仿佛渐渐活了。恍惚间感觉须山正对我合掌。

但是，如同现在凝视素描一样，我是否也目不转睛凝视过须山的手呢？我记不得了。再说，须山已经失去双手，再也看不到了，不像四百多年前的素描中的手那样依然栩栩如生，所以即使我说须山的手与使徒的手很相像，也无法比较证实，但也许正因为如此，更将画中的手认作须山的手。

我觉得从合掌的双手中有一股强烈的气息冲我逼来，于是脖子在枕头上使劲往后仰，心里怀疑须山的手居然有如此神圣吗？

我最后一次看见须山的手是在雷鸣电闪之夜，他的右手搭在苍白的额头上，微微颤抖，似乎遮挡白炽狂乱的闪电，他的左手拉着妓女的手。我的手拉着那个妓女的另一只手。那一阵子，须山和我是那一对双胞胎妓女的熟客。那一天夜里，我们带着其中的一个正在浅草的街上走着。

这一对姐妹拿双胞胎做招牌引诱客人，其手法就是故意把发型服饰、穿着打扮弄得一模一样，没有其他客人的时候，我一个人，她们也会双双前来陪酒。这样过往甚密，须山和我终于分不清谁是姐姐谁是妹妹。

那天夜间，雷电交加。一个女人说怕打雷不敢出门，于是只有另一个女人出门送我们。

须山已有几分醉意，摇晃着细长的脖子说道："就你不怕打雷，真叫怪事。这可是个大发现啊。拿怕不怕打雷区别你们。哼。"接着，步履蹒跚地向我走来，"喂，这可怜兮兮的双胞胎，一个怕打雷，一个不怕打雷。你说这是怎么回事？"

"大概很可悲吧。"女人说。

"恐怕的确很可悲。这是人的不幸的根源。"

"两个人一块儿生出来，现在才说一个人怕打雷，这话不是说得太晚了吗？"我也信口雌黄。

"说得对。简直就像狐狸精被雷声吓得露出了尾巴。可是你啊，生一个人的地方怎么会成生两个人呢？"

"说的是呀。"

合二为一，一分为二。这一对少有的姐妹妓女不仅具有感官的刺激，而且会造成精神的麻痹，但现在这一切都已冷却下来，须山和我如同掩饰相互之间的憎恨情绪似的，各自扭着头在女人的两边走着。

惊雷越来越烈，越滚越近，在头顶上炸裂。电光一闪，街上的电灯都跟着眨眼。挂在商店街中间的铁丝上的电灯像吸住闪电似的突然明亮起来，紧接着一声霹雳巨响。那耀眼的闪光犹如落雷炸地，犹如电流在铁丝上奔窜，犹如街道上一串串的电灯爆烈炸破。闪电的颜色染遍大地。

天空乌云翻腾，铺天盖地。现在已是秋天，所以这不是雷阵雨的彤云，好像是台风云。

头顶上突然一声暴雷。

"吓死我了！"女人一下子同时使劲抓住须山和我的手。

"你要是也怕打雷，那还怎么区别你们姐儿俩呀？"我正要笑出来，只听那女人说道："太危险了，快回去吧。"

但是，我们站的地方差不多在公园商店街的中间，无论往前去地铁车站还是往后回女人的家，距离几乎一样。女人也没有往回走的意思，她紧紧握着我们的手往前走去。

街上行人小跑着匆匆四处奔散，也有的躲在屋檐底下。雨还没有落下来，大概是躲避惊雷吧。雷声越来越频繁急促。

"啊！"须山惊叫一声，右手搭在额头上，好像遮挡雷电。张开的长长的手指颤抖着。我看见闪电照耀的瞬间，手的影子映照在他的脸上。焦雷在头顶上炸裂。挂在铁丝上的街灯似乎被震得摇摇晃晃。

我突然觉得须山就要晕倒，连忙搂住他的后背。也说不定是我自己吓得一把抱着须山。

"喂，放开！快点走！"须山甩掉女人的手，也放开我的手。

这是我最后一眼看见须山的手。

须山从孪生姐妹的妓女家里出来回去的时候，常常这样对我说道："你以前有过像今天这样堕落吗？"

"有。打从生下来的时候就开始。"我把脸转向一旁。

"事情坏就坏在她们是双胞胎，而且极尽造化之妙，无可挑剔。你认真考虑过她们的存在价值吗？"

"没有。"我依然冷淡地回答。

须山去世以后，我还去过孪生姐妹那儿。我告诉她们须山的死讯时，两个人都显得很伤心，其中一个人还从眼里挤出两三滴泪水。她是不是须山格外相好的女人，我看不出来。我单独去不如与须山同时去玩得快乐有趣。

霁月清朗，我一边看着使徒合十的双手，一边回忆着无聊的往事。

你在何处？

隅田川

你在何处？

那是吾儿乎？抑或母亲乎？互牵其手，渐次消失。吾心愈明如镜，面容幻影隐约时现，俟拂晓天色微明，遂消失无踪。视为吾子之冢上萋萋芳草，唯见些许白茅之原野，实为哀怜。

就像虐待继子的《住吉物语》①一样，这也是我小时候听妈妈讲的一则《隅田川》故事。妈妈讲住吉故事的时候，把家里的奈良绘本②拿出来，一边讲一边翻给我看。但是，妈妈讲这一则《隅田川》故事的时候，既没有绘本也没有谣曲的本子。

谣曲里是艄公一边摇船一边讲述这段故事。说人贩子似乎

---

①《住吉物语》，镰仓时代的绘图小说，大约成书于1221年。作者不详。其内容模仿《落洼物语》，以叙事手法描写一个公主不堪忍受继母的虐待，逃往住吉，后与中将（官名）喜结良缘的故事。
②奈良绘本，流行于室町时代后期至江户时代前期的绘本，内容多取材于《御伽草子》（短篇物语），绘画色彩鲜艳，面向妇女儿童的读物。

从京城带来一个名叫梅若丸的孩子，病重被扔在隅田川岸边死去，当地人怀念这个京城人生前音容，便在路旁砌坟葬之，并虔诚祈祷，植柳树以为纪念，念佛四五遍，遂终。这则故事何等悲哀。当艄公说完这则无聊的故事时，船也靠了岸。

但是，听了这则故事后，有一个女人失声痛哭得几乎站不起来。她就是梅若丸的母亲。一个疯女人。艄公心中哀怜，带她来到墓旁。众人皆无奈叹息，恨不得开坟让母亲再见儿子一面，重睹生前姿容。母亲悲恸至极，甚至未能顾及念佛，唯跪伏坟上惨然哀泣。艄公不禁想到，众人虽多，皆为他人，唯有母亲凭吊，死者方能含笑九泉。遂将钲递给女人。母亲手持钲一边敲击一边口念南无阿弥陀佛、南无阿弥陀佛。突闻冢下有童生唱应南无阿弥陀佛。母亲念佛之时，确实听见儿子的回声，像是发自坟中。

于是……当我的母亲给我讲悲哀伤心的故事的时候，这则《隅田川》就讲过好几遍。母亲讲的《隅田川》的故事似乎比谣曲《隅田川》情节更长更详细。即使《山椒大夫》①的故事另归一大类，五六十年前，我小时候，拐卖儿童的传说还是很多的。同时，小孩子相信拐卖儿童实有其事。另外，大人给小孩像童话一样讲这些故事，也是告诫小孩子不要随便到外面乱跑。故事的内容多为女子卖身、小孩拐卖之类。母亲给我讲的隅田

---

① 《山椒大夫》，日本民间故事。陆奥国岩城判官正氏的儿女厨子王和安寿被卖给丹后国富翁山椒大夫，受到虐待。后厨子王逃到京城，向山椒大夫报仇。其内容改编为谣曲、净琉璃、小说等。

川的梅若丸及其疯母亲的故事里也许就掺杂着拐骗儿童的内容。

谣曲原本就不是用于阅读，而是用于演出能乐的。退而言之，可说是用于歌唱的。我十二三岁那年春天，父母亲带我去京都能乐堂第一次看《隅田川》后，我把家里的谣曲书《隅田川》找出来阅读。因为刚刚看过能乐，脑子里还有印象，似懂非懂地还能看得下来。那种囫囵吞枣式的阅读姑且不论，但我成年以后所读的《隅田川》和《住吉物语》，其优劣程度实在不可同日而语。当然，《住吉物语》古本已失，唯今本传世，可见话本书籍命运之可悲。

当然，《住吉物语》故事内容也凄怆悲痛，但远不及《隅田川》语言简洁、文字哀切。

然而不可思议的是，我小时候听母亲讲这两则故事，似乎《住吉物语》比《隅田川》更打动人心。小时候的确是这么感觉的，多少年以后想起来显然还是这个印象。这究竟什么缘故呢？

这两则故事都曾出现乐器，《住吉物语》里是古琴，《隅田川》里是钲，在故事中都起到共鸣的作用，但我并非对古琴尤感亲切，容易勾动酸楚之情。

我的母亲有一张古琴。母亲给我讲《住吉物语》的时候，我们就住在住吉。在住吉神社的拱桥上，母亲把我不是自己的亲生儿子、是母亲的姐姐的孩子这个我一直毫无所知的秘密告诉了我。

《住吉物语》的住吉里有母亲往昔的回忆。《隅田川》的隅田川岸边有妓女往昔的回忆。

"秋天来临，您都想些什么呢？"

现在，我投宿海边一家偏僻的旅馆。昨天，我在东京站时，突然一个话筒伸到我的眼前。好像是广播电台的街头采访。

"请您说一两句对季节感受的话。"

"我想和年轻的姑娘一起殉情。"

"殉情？和女人一起自尽。这是老人的秋日寂寞感吗？"

"咳嗽亦一人。"

"您说什么？"

"据说这是有史以来最短的俳句。"①

到达旅社时已是夜间，涛声阵阵，院子里秋虫鸣叫，喧嘈得令东京人不敢相信自己的耳朵。于是问送晚饭进来的服务员："院子里的虫子是你们放养的呢还是大自然原生的？"

"嗯，是原生的。"

"金钟儿、金蛉子，还有其他的虫子，倒还什么都有，好像就是没有蟋蟀。我最喜欢蟋蟀。"

人是否常有这样无聊的谈话？

我的朋友须山有一次问他在浅草经常冶游的双胞胎妓女中的一个："你叫什么名字？"

---

①尾崎放哉（1885—1926）的代表性俳句之一。他初期创作文语定型俳句，后采用客观叙述法表现生活时，出现口语化的倾向，以此表现他的孤独、贫穷、流浪、疏狂的一生境遇。放哉患喉头结核，经常咳嗽，孤独一人，连咳嗽也无人过问，无人关心，只有咳嗽声在空荡荡的房间里回响，自咳自听，孤独人连咳嗽都是孤独的，表现作者极致的孤寂。俳句有 17 音，但此句只有 9 个音，恐怕是世界上最短的诗歌之一。

“我的名字吗？我叫泷子。”

“泷子，是水从高处落下来的那个‘泷’①字吗？”

“是。”

“看你不像瀑布的样子。”

“瀑布也有各种各样，不单单是那智瀑布和华严瀑布呀。”我插嘴说道，“也有隐蔽在树林里像白线一样的小瀑布。”

接着，须山问另一个妓女：“你呢？”

“泷子。”

“什么？你这是信口胡说还是花名？”

“不，是本名。父母亲起的名字。”

“算了。可是，区政府管户口的还居然受理同名同姓的双胞胎登记。”

“是不是一个写汉字，一个写假名？也说不定一个写平假名，一个写片假名。”

“嗯，是哪一个客人出的鬼点子吧？”

“因为净问名字什么这些无聊的问题。”

“要是连名字都一模一样，不是更罕见吗？”须山对我使了个眼色，点头说道，“这往往是地狱之火。”

即使双胞胎姐妹长得毫发不爽，但跟她们数次交合之后，就会感觉到姐妹之间还是存在着微妙的差异。

等到我不再见这两姐妹以后，回想起来，这种微妙的差异

---

①泷，日文，意为“瀑布”。

确实存在。那时，须山已经不在人世了。

我和须山对这姐妹俩神魂颠倒，合二为一、一分为二地分辨不清，寻欢作乐的日子完全沉溺于虚幻的淫逸、堕落的麻醉。但是，偶尔也有从这淫逸麻醉中惊醒的瞬间。当姑娘用指甲挠我的后背时，"啊！别挠！"我几乎跳起来，慌忙躲开。

"怎么啦？疼吗？还是痒痒呢？"

"我不愿意！"

"我轻轻挠，不会疼的。"

我情绪平静下来。

姑娘似乎大为扫兴，心不在焉地不痛不痒地继续挠着。

那是我六七岁时候的事，一个下雪天，我缠着母亲要她用弹古琴的假爪挠我的后背。刚才被姑娘的指甲一挠，我突然想起当年母亲用假爪挠我后背的感觉。

"挠挠我的脚指头，行吗？"我对姑娘说。

姑娘爽快地说道："行。用牙齿咬舒服。"

"不，还是挠。"

那时候，母亲没有挠我有冻疮的脚丫。

"太奢侈了。这个古琴的假爪是姐姐的遗物，不是我的东西。"母亲神情严肃地说。现在回忆起来，觉得那神情含着悲伤。

像这样让姑娘挠脚指头挠得心头舒畅恐怕也是少有的吧？

"怎么啦？这么老实，要不要再重一点？"姑娘把手停下来，看着我的脸。

母亲长得很漂亮。小时候，我渴望知道母亲的长相和她的姐姐，即我的生母是否一模一样。但是，我不便到处翻找，但相册和零散的相片里都没有发现什么线索。

"行平，这一阵子你偷偷摸摸地找什么呢？"母亲说道，"是找妈妈的相片吧？没有妈妈的相片。"我也知道母亲所说的妈妈指的是我的生母。

"出嫁时候的相片啊，我参拜神社的相片啊也没有吗？"

"这可叫你说着了。"母亲似乎掩饰自己的惊愕，"也许以前有过，可说不定都被妈妈撕毁扔掉了。"

"为什么？"

"嫉妒。因为妈妈嫉妒姐姐。"

知道了，我的生母为了不让孩子看到自己的相片，全都毁掉了。

"长得像吗？"

"不像。妈妈和姐姐毫无相似之处，真是怪了。"母亲歇口气，说道，"行平也不像姐姐，像爸爸，是吧？"

母亲说的不是真话。我小时候就知道自己长得不像爸爸。其实，我觉得自己更像母亲，即养育我的母亲。这样，能否说生母的长相像养母呢？母亲的娘家一定有我妈妈的相片。但是，一个小孩子，还不敢到母亲的娘家去寻找相片。于是，我不仅时常从养母的脸上看出生母的幻影，更觉得两个母亲的容貌身姿毫无二致，两人其实就是一个人。

于是，我有缘认识那一对长得一模一样的双胞胎妓女。这也已经成为往事了。

离　合

说是想和女儿结婚，千里迢迢跑来和隐居在偏远此地的姑娘的父亲见面，这样的青年如今也许可赞可嘉。福岛一眼就相中这个名叫津田长雄的小伙子。长雄说还要去女儿的母亲那儿取得她的同意。

　　"不用，她母亲那边就算了。"福岛显得有点狼狈，"久子大概告诉她了。我和妻子已经离婚了。"

　　"啊。"

　　"跟我的女儿久子结婚，也用不着千里迢迢跑来呀。"

　　"我坐飞机到大阪，然后再过来的，当天就能回去。"

　　"是坐飞机来的吗？"

　　福岛不清楚东京到大阪的机票需要多少钱，但心想看来这小子经济宽裕又工作繁忙。

　　"她母亲住的地方通火车，就在车站附近，这一点比我这儿方便。"福岛一边说一边拿眼睛瞧着校门口，看小伙子是不是让小车在外面等着他。

"这样子在走廊上站着说话不礼貌，天气又这么好，咱们到外面边散步边聊……"

"可是，您不是有课吗？"

"让学生等十分二十分钟不碍事。叫他们自习，我就可以腾出时间来。"

这些中学生最富有好奇心，看见福岛老师站在走廊尽头和人说话，有的就猜测发生了什么事，从他们身旁经过时还稍稍避开。

"要不请到教员室来。虽然有会客室……"

"啊……"小伙子犹豫着。

"你现在马上就回去吗？"

"不，还不知道您是否同意呢……"小伙子表情明朗，"要是您同意的话，我还有事想跟您说。"

"是久子叫你到我这儿来的吗？"

"嗯。"

"刚才我说了，只要久子同意就行。这是她的自由嘛。我只是遥祝她不要做出错误的选择。要是发现久子的选择错了，也许我会劝告她。虽然我是她的父亲，但现在这个样子……你还特地来，我很感谢你。"

"应该是我感谢您。"

"可是久子没说和你一起来吗？"

"这事倒是商量过，可就是……"

277

"不乐意吧？久子不愿意到这儿来吗？"

"不是。只是担心两个人一起突然到这儿来反而会伤害您的感情。"

"噢。要是久子事先来一封信，我就不会觉得突然啊……"福岛深深呼吸一口，问道，"这么说，是久子叫你也去她妈那儿问候的吗？"

"就是久子不叫我去，考虑到将来，我自己也觉得应该去见她。"

"说得对。对久子的母亲，这样做绝对没错……这些日子，久子和她妈通信了吗？"

"已经好几年没通信了。"

"哦？祸从口出，有时候信也招灾呀……信件留下来，成了物证……"

"老师，您下课以后，我去您家好吗？"

"噢，你去吗？那好呀。机会难得。有一句话说'好事不过夜'，还不知道什么时候才能再见面呢。上课两个小时就完。我租借酒馆的一间房子住，谈不上家，你先去那里等我行吗？"

福岛画了一张路线图交给长雄，然后看着走廊上雨水淋湿的地板走进教员室。他也就五十二三岁，但从后背看上去已有些老态。长雄目送他走进教员室后，便出校门，沿河边走去。河水上涨，冲击着河底的石头，卷起波浪，可能是山影倒映的缘故，泛着青色流去。路上的积水也映着山影。

这座小城镇三面环山，一水穿流。说是小城镇，其实没个城镇的样子，大概是几个村落合并而成的吧。

山村的梅雨似乎没有城市那么阴郁沉闷的感觉，这也许是长雄的婚事得到了岳父的认可，心情愉快的缘故，其实不仅仅如此，他居然难得地发现雨中情趣。

那天夜晚，两人在屋子里浅饮几盏，便早早躺进被窝里。可是，熄灯以后，他们时而闭着眼睛，时而在黑暗中茫然睁着眼睛亲热地聊天。

福岛一个人居住的这房子有八叠榻榻米和六叠榻榻米两间房间，虽然备有一些锅碗瓢盆，吃饭却都是在充作酒馆的正房里，日子过得很俭朴。他在中学当数学教师，所以说不上"隐居"，何况本来就不是达官显贵。他以前在东京当电气工程师，如果一直在公司干下来的话，说不定现在也升到相当高的地位了。工厂毁于战火之后，他回到老家，战后初期打算做临时教员糊口，没想到一直干到现在。独生女儿久子去了东京，在一家制药公司宣传部工作。经济独立，谁也用不着给谁寄钱，也没有什么要商量的事，终于通信就稀少下来。父亲在乡下过的日子刻板不变，但偶尔也会想象女儿大概该有羞于启齿的心事了。女儿动员他只要方便就到东京来，但就像女儿以前劝他续弦而一直未续一样，去东京的事也拖延下来。他觉得自己终归会埋骨青山，也觉得去东京将来会成为女儿沉重的包袱。然而离婚以后一直和女儿相依为命，这份感情至今深藏心中。虽说对女儿爱得深沉，但女儿大了，渐行渐远，做父亲的未免感到凄凉孤寂。

这个打算和女儿结婚的小伙子劝福岛去东京两三天见见女儿，说是久子一再叮嘱他把父亲带回来。福岛一听这话，高兴得热泪盈眶，他明白女儿的想法：久子信任长雄，父亲也会信任长雄的。

枕边荡着河水湍流的声音，还听见几只溪树蛙的鸣叫。今夜水急浪大，出来得不多。

"今天晚上看不到萤火虫。"福岛说道，"朝河那边的窗子不是木板窗，是玻璃窗，所以看得见萤火虫。本来想拉个窗帘，可是我起得早，不挂也过得去。当了乡村教师以后，大概日子变得懒散起来。这里满山遍野都是五颜六色的鲜花，城里的人对山里的花草树木好多都叫不上名字，见都没见过。我在东京那时候，也觉得就东京的生活有意义，每天只是往返于公司的研究室和工厂之间，住到乡下以后，才知道蛮不是那么回事。当然啰，这儿也不会产生陶渊明那样的幸福感……"

"久子总是说可惜了您的一手好技术。"

"战争期间落伍了，后来又落伍了。我在这儿，不看专业书。从学校图书馆借其他书看。看得还真不少呢，才知道电气工学之外还有各种各样五彩缤纷的世界。对于我来说，都是崭新的世界。听我谈这些，你对久子的父亲感到失望吧……"

"不，不。不会的。"

"我也不愿意让你失望，而是想给你一个好印象，因为刚才我说过，你特地来，我很感谢你。久子希望自主婚姻，说不定现在也做好结婚的准备了。"

"我认为这一趟没有白来。"

"我也这么认为,和久子一起过的时候,心想女儿一出嫁,我会很孤独的。可是怪得很,你这么一来,反而觉得远离身边的女儿突然亲近多了。这是一种什么心理?"

"您这样认为,我很感激。"

"你究竟何许人?今天第一次见面,就这样和我躺在一张床上。昨天我们还是非亲非故,就是因为怀有亲情好意,才躺在一个房间里。久子的父亲也许让你失望……"

"没这回事。只要我不让您感到失望就好。"

"趁这次机会,我也去东京看看久子。好久没见了。要是没有久子,你我就是毫不相干的陌生人,活在这个世界上互不认识。从把我们联结在一起这一层意义上说,就像久子亲自来这儿一样的感觉。"

"老师,您有多长时间没和久子见面了?"

"有两年了吧。她上一次是正月里进山来的……学校假期长,其实我去东京就能见面……以前去过。"福岛一边回忆一边说道,"久子跟她妈妈不亲。你不觉得她好强吗?不是因为她母亲不好,我们俩才离的婚。久子没有受到她母亲一丝一毫不好的影响。"

"久子对我说,妈妈是个好妈妈。"

"我们离婚的时候,久子还小,留在记忆里的自然都是母亲美好的印象,而且又是女孩子……对我,也许她觉得我这个人太窝囊,但还不至于认为是一个坏父亲吧。"

"您的事我都听说了。我们正商量着打算接您回东京住。"

"不必了。我在这山里落了户，过得挺自在。"福岛摸着嘴边拉碴的胡子，突然格外强烈地想起离异的妻子。

从这个乡镇到火车站有二里地。

第二天，福岛上完课后，和长雄冒雨走了二里地。到达大阪的时候已经是夜里了。

由于天气不好，飞机起飞晚了两个小时。飞机在雨云上面飞行。云海时而如山，福岛心头忐忑不安，害怕飞机会撞在云山上。

航空公司的班车把他们送到银座，已是深夜。两人在这儿分手，福岛随前来迎接的女儿一起去她家里。

当着长雄的面，久子对父亲显得有点腼腆，话语不多，但举止动作透着内心的喜悦。

"住得挺干净的嘛。"福岛环视着屋子。

"爸爸要来，收拾了一下。这康乃馨挺贵的，平时不买。"

"嗯？你母亲不在，就买白色的康乃馨啊。"

"不是，天气阴沉沉的，我想白色的开朗一些。要是给妈妈买康乃馨，那要等过去以后才能买白色的。"久子的眼睛阴郁黯淡下来。

"是嘛。爸爸住的那个城镇没有卖康乃馨的。你还特地为我买来这么贵的花。花好，屋子也很清爽啊，闺室温馨，让我想起和久子一起生活的那些日子。"接着，福岛从书包里拿出报纸包的一包东西，说道，"这是我为久子出嫁做的准备，爸爸的全部存款，不多……"

"爸爸……"

"今天……是今天，我没想到自己下午还在那山沟沟里。今天，我让长雄去银行取钱。他也大吃一惊，在老土窑里开个窗口，就算是银行的营业所。"

久子拿着钱包的手放在膝盖上，眼泪汪汪。

"本来想买东西给你，还是你和长雄商量着买什么比较合适吧。"

"谢谢。可要是我全收下，爸爸您的日子就不好过了。"

"不会的。我每个月都有工资，在乡下过日子足够了，放暑假工资都照发。"

久子禁不住热泪扑簌滚落下来，她并排铺好两床被窝。

"这么好的卧具。哪来的？"

"是从长雄家借来的，我告诉他爸爸要来……"

"哦？长雄家里的人对你好吗？"

"嗯，对我挺亲热的。"

"这就好。双亲都健在吗？"

"都健在，身体硬朗，人很好。"久子一边把枕芯装进枕套里抖动着一边说道，"爸爸累了吧？休息吧。"

"好吧。昨天晚上，长雄就和我睡在一起。我总觉得好像不是昨晚的事，大概是坐飞机坐的吧。"

"怎么啦？您第一次坐飞机……刚才我说了，飞机晚点，我在羽田机场一直提心吊胆的。”

"嗯，我还没说我提心吊胆的事呢。从窗口望出去，前面的云就跟山一样，总觉得飞机要撞上去。要真撞上去，我自己狠狠心咬咬牙，交待就交待吧。可长雄不行呀，眼看就要成亲，你要没了他，会多么悲伤啊。年纪轻轻的，说不定会造成人生的悲剧。我就胡思乱想啊，怎么才能救长雄，抱着他护着他行不行……"

"哎呀。"

"纯属胡思乱想。护不护着还不一个样？以护卫的形状抱着他掉下去不过是我恐怖那一瞬间的想法……可是，长雄和我，你对哪一个更挂念？"

"都一样。"

"我是开玩笑。"

福岛钻进被窝以后，久子把他的西服挂起来。

"爸爸，您没带换的衣服来吧。我应该早给你借一件睡衣就好了。一时疏忽忘记了，对不起。"

"连睡衣都要你准备，我也太不客气了。"

"这事他也没想到。您要是不在意的话，就穿我的。"

"行。借你的。"福岛腾地坐起来，"穿衬衫总不得劲儿。"

久子看父亲穿着女儿的睡衣乐得笑起来，自己也钻进被窝。

今晚与昨晚不同，没有熄灯。两个人还想继续聊下去。福岛转过身子对着女儿，一只胳膊伸出来放在被子上，露出白地印染大蜻蜓图案的睡衣宽袖。

"昨天晚上和长雄并头睡在一起，自己都觉得不可思议。第一次见面，不但没有丝毫不安，反而感到亲热，就睡在一起了。人生会有这种邂逅，但像我这样普普通通的人，碰不上几次。这就算第一次吧。想起来，还是因为有了你。感觉你也来到我的身边一样，我很幸福。我对长雄直截了当地说，久子找了个好小伙子。他跑到学校来，冒冒失失地对我说想和久子结婚，吓了我一跳。"

"他给我拍了加急电报，说爸爸已经同意。飞机没到，电报先到了，可我心里还是七上八下的，一直到您下飞机看见您，才放下心来。"

"为什么？"

"怕您生气来着……"

"哦？其实我早就打定主意，即使我看不上你的对象，也会睁一只眼闭一只眼，尊重你的自由。我很满意。久子，长雄是你第一个爱上的人吗？"

久子神情严肃地在枕头上点点头。

"那就更好了。长雄也会得到幸福的。不过，你和前面那个男人交往，他给你写过信吗？"

久子面红耳赤，欲言又止："有他寄来的信。"

"那就把信统统烧掉。今天晚上就烧掉。除了信，还有没有其他会引起思念的东西……要有日记，日记也烧掉。"福岛口气严厉。

"现在就烧吗？"

"让你现在就烧也太着急了点。深更半夜，屋里冒烟，左邻右舍还以为出了什么事呢。明天早晨烧好了。明天一大早就烧，长雄到这儿来之前烧掉。你明天不上班吧？"

"不，上班。"

"起得来吗？"

"一个晚上不睡觉不要紧，一点儿也不困。"

"是嘛，那就再聊一会儿吧。"

"行。"

父亲问久子以前有没有情人，引起她对往事的回忆和搜寻。

"听说长雄家是开灯油店的……大吗？"

"大。好像现在不光卖灯油……他爸爸只上过初中，听说长雄是跟着妈妈长大的。"

"哦？久子嫁过去以后，希望你像一个母亲的样子。我就有这种体会，我们在一起过的那个时候，你还小，可是对我有时候就像你妈一样。有这么个小母亲，我真想什么事都靠着你。可一转念，又觉得你实在可怜，我自己也很孤独。你离开乡下以后，我还经常想念那样子待我的小久子呢……"

"爸爸，"久子说道，"我想见妈妈。"

"长雄说他还想取得你母亲对这门亲事的同意。"

"我自作主张去见妈妈，觉得对不起爸爸。"

"这也是久子的自由，就像结婚是你的自由一样。要是你瞒着我去见妈妈，我就被蒙在鼓里了。就这么回事嘛。再说，你出嫁之前见母亲一面的心情也是可以理解的，又把我这个爸爸叫到东京来，在你的房间里睡觉，我心里高兴呀。"

"我不想瞒着爸爸。"

"结婚之前去见母亲，也算是告辞，用不着顾虑重重的。你要出嫁，我特别想见你，可能因为你就要成为别人家的人了吧。我这样子躺在你的屋子里，心想久子应该赶快去见见母亲。你说怪不怪？大概就因为久子是我跟她生的孩子。"

"爸爸住在这儿期间，我也想把妈妈叫来……爸爸，行吗？这是久子的心愿。"

"唔……"福岛一时语塞，不知怎么回答。

"爸爸，求您了。"

福岛看着久子的眼睛，发现女儿长着一双漂亮的双眸。

"我住在这儿期间吗？……可是我明天，现在应该说是今天，今天就打算回去。"

"不行，爸爸。妈妈不来，您不能走。我就想在爸爸住的地方见妈妈。求您了。"

"嗯。"

"您同意了？爸爸……我真高兴。我给妈妈打电报，再发快信。"

"快信就不必发了。妈妈看到电报出门以后，快信才到哩。"

"光是电报，妈妈不了解详情，说不定不会来。我马上就写。"久子立刻爬起来，开始写信。

"不过呀，你母亲是不是还住在老家呢？要是她再婚了，恐怕不会来吧。"

久子像是没听见福岛的话似的继续写着。

昨天晚上，久子睡觉还不到三个小时，一早起来，却勤快麻利地干活。福岛也躺不住。

久子上班走后，福岛倚在久子的小桌上似睡非睡地迷糊着。这时，房门悄然无声地打开了，妻子明子走进来。福岛以为是做梦，眼睛却明明白白地睁着看她。

"是看了电报来的吗？好快呀。"

"是的。"

不过，仔细一想，看了久子的电报从信州赶来，无论如何不会这么快。

"从哪里来的？"

只能认为久子事先把她叫到东京来了。

"久子叫我来，所以才能见到您。"

"噢，女儿热心，我算服了。明子也是坐飞机来的吧。我也是。"福岛没有说破女儿耍的花招，"是久子的对象把我接来的。"

"久子结婚的事你也知道了吗？"

"嗯。"

久子的快信不可能这么快收到。

"别这么呆站着，坐吧。"

"嗯。心里难过，不知从哪儿说起。"明子在福岛近旁慢慢坐下来。

"这是女儿的屋子。她独立工作，单身生活，你想不到吧？"

明子点点头。福岛端详明子。

"有十年了吧？可是你不见老，长得很年轻。我是不行喽，在乡下当老师，完全衰老了。"

"哪里？只是有了一些白头发……不过，脖子、手还都年轻。"

"你没变，还是老样子。"

"人就是死了也不会变成别的人。您也一点儿都没变。今天见到您，觉得很亲切……"

"你觉得很亲切吗？这也许成为我晚年的安慰，因为今后的日子大概我也不会有大的变化……久子一直叫我到东京来，我也没来。我们分手，也让久子的日子过得冷清。"

"是呀，我给久子换尿布的时候，那孩子脚怎么动、腿脚哪个部位长得好看可爱，我都记得清清楚楚的……她不爱洗澡……"

"对，自己从来不给自己洗澡。你刚走那一阵子，我给她洗，渐渐地自己就给自己洗了，大概是没妈的缘故吧……"

"快别说这些……"

"话说回来，要是咱们俩没分手，说不定我现在也住在东京。如果真像你说的，人就是死了也不会变成别的人，可能也不会和你分手。我从来没想过要变成别的人。"

"您能这么说，我死而无怨了。"明子眨巴着眼睛低下头去。

"没有再婚吗？"

"嗯。"

289

"有人提起吧？"

"倒是有人提起，可是我一心想着总有一天见到您，就没有答应。即使不会破镜重圆，哪怕见一面也好。今天终于在女儿的屋子里，在她出嫁之前……是她把我叫来的。"

"看上去这屋子比较简陋，可是怪得很，我从昨天晚上起就觉得在这儿心里踏实温暖。"

"是呀。等我们一死，久子一个人活在世上。一想到这些，我总觉得我们毕竟夫妻一场。"

"什么？"福岛诘问道，"黄泉路上无老少哟。"

"别这么说。我还想在九泉之下保佑久子呢。您也……"

"哦……"

"我已经没有任何私欲，我留在这世界上也就这么一个孩子……"

"是我让你变成这样的吗？"

"是我自己变成这样的。所有的人都会变成这样。"

"这么说，久子的对象到山里来接我，我诚心诚意地向他表示感谢也可能快接近无私无欲了。看到这白色的康乃馨，就想起母亲节，但好像是特地为我买的。不过，明子来了，也可以认为是特地为你装饰的鲜花。"

"可不是吗……"明子观赏着鲜花，肩膀轻轻晃动如摇曳的影子，也像是一种难以名状的颤抖。

"你真年轻。"福岛又说道，"也可能因为你穿的这件和服我十分熟悉。

"这是您在京都给我买的。那一天我们去宇冶，坐游览船……现在我不穿和服了，所以尽是旧的。"

"我的旧东西全在战争中烧毁了，什么也没留下。你穿的和服还残留着昔日的情景，令人不可思议。对了对了，我让久子把以前的男朋友给她的信今天早晨统统烧了。因为我自己尝过苦头。"

"对不起。"明子恐怕地说道，"久子以前有过情人吗？"

"这我不知道。也不是我该问的事。反正把信呀什么的都烧了。至于都烧了些什么，我没有问，但可能还有日记之类的吧。"

"烧也烧不掉的东西也烧了吗？……"

"瞎说些什么？她跟你不一样。你和我结婚以后还跟以前的情人偷偷通信，让他把信寄到你娘家，你回娘家把信取回来，瞒着我藏起来。你的母亲不但不责备你，反而偏袒你，替你把信保管起来。对久子绝对不能那么惯得没个人样。"

"您不要提我妈妈的事……"明子几乎尖叫起来，甩动着短发，一脸痛苦的表情。她的头发乱蓬蓬的。福岛不由得心头一颤。

"那是遥远的过去的事情了。不过，那些信成了跟你分手的原因。我在电车站的台阶上一想起这事，就两腿发麻发软爬不上去。算起来，跟你分手也是老远以前的事……"

"老远、老远，为什么要以远近来计算？对于我来说，都好像是最近的事。我住的地方也不太远，总是离您、离久子很近。"

"你住在哪儿？今天从哪儿来？"

"您所在的地方。"

"这么说也对。母亲大概总和女儿在一起，在女儿心里、在女儿家里。我想，到这把年纪，你不至于还和那个写无聊情书的男人在一起。就是你和久子两口子来往，我现在也毫不计较，不如说希望你们恢复母女之间的亲情。你是她的母亲，别人也不会说三道四的。要是久子两口子从津田家分出来住，说不定你还能照料他们。"

"我不能。"明子悲伤地摇摇头，"只要她过得幸福就行，您也多保重……"

"如果我们一起等久子回来，她会是什么表情？恐怕难为情的还是我们……"

"我会无地自容。趁她没回来。我这就走。她要是看到我单独和您在一起会惊慌失措。"

"可是，不是久子把你叫来，知道你就住在附近吗？"

"好像就住在附近……"

明子低着头，摇晃着肩膀，一会儿站起来，无声无息地走出门外。

两三个小时以后，福岛又控制不住地迷迷糊糊打起盹来。这时，从信州的明子的老家来了一封特急电报。电文很长，大意是说：感谢好意。明子已于 5 年前死去。请将这封给久子的电报供奉于佛龛前。

福岛把电报烧毁，也没把母亲的死讯告诉久子，独自回山里去了。

离婚家庭的孩子

一

　　他和她都是写小说的作家。两个人都是小说家，这是他们结婚的最大原因。同样，两个人都是小说家，这也是他们离婚的最大原因。

　　他们结婚非常美满。因为她具有可以离婚的足够能力。

　　他们离婚也非常美满。因为她具有可以和他做朋友的足够心态。

　　而且，还有一个美好的事情，那就是他们之间有一个男孩子。

　　孩子归谁抚养。——他们没有为此事争吵过。

二

他的小说与她的小说在同一期的不同杂志上发表。他的小说是写给已经分手的女人的情书，她的小说是写给已经分手的男人的情书。……仿佛是在广阔的天空里相互追求的情书。

她把这两篇小说接连看完，不由得缩着脖子暗自窃笑起来，在房间里转圈哼唱，然后带着孩子出门而去。

他的书桌上也摊开摆放着同样的两本杂志。

"庆祝一下吧。难道你不高兴吗？"

他们像几年前还是恋人时代那样，避人耳目，在黑乎乎的小胡同里走着。

她说道："和我分手以后，你回到你还是单身时候居住的那个宿舍里，不觉得很寂寞吗？我倒是希望你飞得远远的。"

"哦。……好不容易分手了，至少可以真真切切地想象你我现在的生活情形。"

"还是尽快改变另一种生活方式吧，这样就互相想象不出来了。"

"这很难。……因为我们都是了不起的小说家。"

他们明朗舒心的离婚庆宴结束后，回去的路上，孩子在车里睡着了。

她说道："别叫醒他，怪可怜的。放在你那里吧。"

三

第二天早晨，当他意识到就自己和孩子在一起时，不由得吃惊。他不知道该给孩子买些什么。和他说话谨慎客气，而且好像无话可说。就像一个年轻的朋友来访那样，把这个六岁的孩子带进一家咖啡馆，吃过后再回家。

他好像第一次发现自己有这么个孩子。孩子好像是夫妻之间的累赘，以前都是一手交给女佣，自己完全不闻不问，感觉现在才第一次开始爱这个孩子。

可是，有意思的是，自己无论如何都不会责备孩子。

孩子拉开隔扇，抓着木棂，看着外面的走廊。当有人经过时，他就把隔扇关上，人走过以后，又把隔扇拉开。孩子就这样默默地待了二十分钟。

他对孩子说道："阿健……阿健现在可了不起了，有两个家。"

"这是爸爸的家吗？"

"嗯。在爸爸家里住多久呢？"

"住多久呢……"孩子坐在他的膝盖上，歪着小脑袋。

第三天，他送孩子来到她的家附近，下了车，孩子使劲牵着他的手往前跑去。西式房子的新窗帘上映照出花朵的大影子。

如同他们新婚蜜月那样，她大概又想起来要好好装饰一下家居房间。

"有时间请过来啊。"

他放开孩子的手，头也不回地径直离开。孩子也没有追上来。

四

——你的许多情况，阿健都告诉我了。但是，请你不要向阿健打听我的情况。因为本身就没有什么秘密，让你向阿健打听。

孩子带着这封信独自来到他的住所。孩子自己一个人可以乘坐电车，这令人非常高兴，所以没必要让妈妈送来。

听孩子说，每个月的第六天或者第九天，她就对孩子说："到你爸爸那儿去吧。"这似乎并不是她想和他见面的借口。

孩子在他家里逐渐变得明朗快活起来，在两处住所之间来来往往似乎也很开心。如果他在家里和朋友谈话，孩子就自己不声不响地回到母亲的家里去。

她说："虽然我们失去了家庭，但是阿健有两个家。"

"其实也不是，阿健不知不觉间变成一个离婚家庭的孩子，变成一个街道上的孩子。"

"那会不会是流浪儿的苗头啊？"

"他让我们实现了离婚的理想。两个人的新家庭就是街道上的蓝天。"

五

看完戏回来，发现孩子独自睡在他的房间里。他钻进被窝里，孩子也没有醒过来。他上午十点左右醒过来的时候，孩子不在家里。午后，孩子回来了。说是和附近的孩子们一起玩耍。

"妈妈和一个小叔叔出去旅行了。"

他目不转睛地凝视着狼吞虎咽般吃饭的孩子，一种难以言喻的憎恶感油然而生。

"旅行？什么叫旅行？"

"嗯。旅行，就是把家的门关了，去外面了。"

"那我和爸爸也一起去很远的地方……"

"那样的话，你不是回不去妈妈的家了吗？"

他看着疑惑不解的孩子的脸蛋，一下子愉快地笑起来。

六

　　"当你的小说风格从我的影响中彻底摆脱出来的时候，我们就可以重新在一起。"

　　"我不喜欢你这样的条件。如果你有需要的时候，我随时都是你的恋人。"

　　他们以这样的形式分手。

　　但是，他们的创作风格渐行渐远，两人的感情走向也逐渐分道扬镳。……然而，他发现，两人的距离在孩子的心里造成巨大的波动。孩子往返于父母之间，不知不觉地力图超越这样的距离。正因为如此，显而易见，孩子的感情迅速成长，变得坚强成熟。孩子为了想把父母亲变成自己真正的父母亲，与自己的心理进行剧烈的搏斗。他们俩的心间深受触动。

　　然而，他有时候觉得这孩子似乎不是自己的孩子。

　　她与孩子心中的新的他进行激烈的竞争，她要在孩子的心中更多地灌输自己的因素。

　　于是，当两人会面的时候，她就变成一颗贤妻良母的心灵，眼泪汪汪地说道："阿健终归是一个孤儿。"

　　"即使是孤儿，也不会是被人遗弃的孤儿。他是野兽的孤儿，是神的孤儿。"

七

他再次踏入人生的陷阱。他再婚了。

也许这不是一桩美满的婚姻。因为他的新婚妻子不具有离婚的能力。因为与这个没有能力的妻子不可能成为朋友。

然而，孩子第一次来到他的新家，见到他的再婚妻子时，却十分自然而然地开口叫她"妈妈"，表现出对继母的亲热。他对孩子产生一种莫名其妙的憎恶感。

在家里玩了三四天以后，孩子很不高兴地回到生母家里去。他觉得妻子和孩子相处得很好，她的那种可爱的神情让他心情舒畅，他并没有为难新妻子的任何心情。

但是，妻子看着孩子像小鸟一样飞走了，总有点惴惴不安。

"我对阿健是不是做了什么不好的事？"

他觉得妻子比一个六岁的孩子更傻笨。

妻子说道："我想抚养阿健。"

"是啊。"

"可是，孩子他妈是一个小说家，我总觉得害怕。……我要是把阿健作为自己的孩子，你能让孩子不去他亲妈那里吗？"

"你混！"他一下子把妻子揍倒。

他的泪水哗哗流淌，大声叫喊道："那个孩子……即便那个孩子是那个女人与她的恋人一起睡出来的累赘，也要让他自由自在地飞上蓝天翱翔。他不是像我这种找人结婚的窝囊废的儿子！"

他朝着辽阔蓝天下的街道飞奔而去。

雨　伞

雾蒙蒙的春雨，虽然不至于濡湿全身，却在肌肤上留下潮湿的感觉。少女跑到门外，看见小伙子撑着雨伞，才说道："哎哟，下雨了啊。"

　　小伙子并非因为下雨，而是要从少女坐在里面的店铺前面走过，为了掩饰自己的羞涩，才打开雨伞的。

　　小伙子默默地将雨伞遮挡住少女的身子。但少女只有一边的肩膀在雨伞里边。小伙子见她还被雨淋着，却不好意思开口让她进来，自己也不便向她挨近。少女也想伸出一只手和他一起打伞，却显出一味要从伞中逃离出来的样子。

　　两人走进照相馆。小伙子的父亲是个官员，调任外地。他们是来拍分手照的。

　　照相师指着长椅说道："请二位并排坐在这里。"但是小伙子显然觉得难为情，便站在少女身后。他想两人的身子总得有个接触点，于是握着椅子背的手指悄悄伸出来，搭在少女的外套上。这是他第一次接触少女的身体。传递到手指上微弱的体温，让他感觉到紧紧拥抱少女赤裸身子般的温暖。

此生每当看到这张照片时，大概都会想起她的体温。

照相师说道："再照一张怎么样？两人坐在一起，上半身照得大一点。"

小伙子点了点头，对少女悄声说道："你头发整一下……"

少女抬头看着小伙子，两颊晕染，眼睛里洋溢着明朗的喜悦，孩子般温顺地走进化妆间。

当少女看见小伙子从店铺前面走过的时候，连头发都没来得及梳理一下就飞奔出来。像刚刚摘下游泳帽一样的头发凌乱蓬松，其实她心里一直很在意，但在小伙子面前腼腆得都不敢把脑后发拢上去化妆。而小伙子提醒她梳理一下头发又担心让少女感到难堪。

看着少女走进化妆间的喜悦模样，小伙子也随之心情愉快起来。于是，两人自然而然地紧挨着坐在长椅子上。

正要走出照相馆的时候，小伙子寻找雨伞，却突然发现先走出去的少女拿着伞站在门口。被小伙子一看，少女才意识到自己把小伙子的雨伞拿出来了，不由得微微一愣。这无意之间的动作，不正是感觉自己是他的人的体现吗？

小伙子没有把雨伞拿回手里，少女也没有把雨伞交给他，但是，与前来照相的时候不同，回去的路上，他们仿佛一下子变成大人，感觉有一种夫妻般的心情。雨伞，普普通通的雨伞，伴随着他们……

红　梅

父母亲隔着被炉相对而坐，一边眺望着庭院里红梅古树绽开的两三朵花儿，一边争执着。

父亲说道："那棵红梅几十年来都是从下部的枝杈先开花，打你嫁过来以后，就没有变化过。"

母亲说道："我不记得了。"

母亲没有对父亲的感想随声附和，这让父亲有点不满。

母亲补充道："打我嫁过来以后，哪有闲暇去观赏梅花啊。"

"那是你稀里糊涂地过日子。"

父亲本打算从古梅的长寿联想到人生的短暂发一通感慨，似乎就这样被拦腰截断了。

于是话题回到正月的点心上来。

父亲说自己于正月初二在风月堂买了点心回来。母亲坚持说"没这回事"。

"瞧你说的，我不是让车子在明治糕点店前面停下来，买了以后，又坐这部车子去了风月堂，两家的糕点都买了啊。"

"明治糕点店的东西倒是买了，可是……打从我嫁过来以后，根本就没见过你在风月堂买过什么东西。"

"你太言过其实了吧？"

"没有啊，我可从来就没有吃过。"

"装糊涂吧，过年你不是吃了吗？我确实买回来过。"

"好烦人哟，大白天说梦话一样……不觉得可怕吗？"

"你这怎么说话呢……"

女儿在厨房一边做午饭一边听着外面的对话。她了解真实的情况，但是不想说，只是微笑着站在锅台旁边。

"你真的买过带回家来了吗？"母亲似乎不太愿意承认风月堂的点心，"反正我没见过。"

"我是拿回来了……会不会忘在车里？"父亲对自己的记忆开始产生怀疑。

"不会吧……要是那样的话，司机会送上来的。他绝不会悄悄拿走的，又是公司的车子……"

"那倒是。"

女儿心头感到担忧。

母亲的忘性，不太正常；而父亲在母亲的坚持下失去自信的心态也不太正常。

父亲在正月初二坐车出去，走走路，去风月堂买了不少点心回来。母亲也吃了父亲买的东西。

两人沉默良久，母亲好像突然想起来，用极其平淡的语气说道:"啊,啊,对了。那些糕饼……你是买回来过糕饼。"

"是吧。"

"有莺饼、铜锣饼……买了那么多,都吃不完。"

"对吧,是买回来过。"

"不过,那种粗点心也是在风月堂买的吗?那种东西?"

"是啊。"

"啊,好像是送给什么人了。用纸包着,还是我送的,嗯……送给谁了呢?"

"对,是送人了。"父亲终于松了一口气,"是不是送给房枝了?"

"啊,是吧?是房枝吧?对了。我还说别让孩子们看见,就用纸包着悄悄送给她了。"

"对,是房枝。"

"啊,的确,就是房枝。"

父母亲的对话到此告一段落,他们对谈话达成一致性的结论似乎心满意足。

然而,事实并非如此。其实不是原先那个女佣房枝,而是邻居的男孩子。

女儿还在等待母亲会不会像刚才那样又会突然间想出个什么来,但是,餐厅里一片寂静,只有炉子上铁壶烧水的响声。

女儿把午餐端过去,摆放在被炉的桌板上。

父亲说道:"好子,听见我们刚才说话了吗?"

"嗯。"

"你妈现在老糊涂了，真叫人头疼，而且脾气越来越犟。好子，以后啊，你帮着你妈记着点。"

母亲回应道："谁糊涂啊？老头子……今天风月堂这件事，算我输了，可是你也……"

女儿本想说房枝的事，但欲言又止。

这是父亲去世前两年的事情。父亲患轻度脑溢血以后，就几乎不去公司上班了。

庭院的红梅古树后来依旧从下部的枝杈开始开花。女儿经常回忆起父母亲有关风月堂的这段对话，但从未对母亲提起过，因为感觉母亲早已忘记……

蝗虫与金钟儿

沿着大学的砖墙前行，走到尽头，来到高中学校前面，白色木棍圈围的校园，就能听见从里面黑色的叶樱底下那幽暗的草丛中传来虫声。我稍稍缓慢脚步，侧耳倾听，我被虫声所吸引，不想离开校园，便顺着道路右拐，再左拐，周边不再是白棍的圈围，而是一道种植着枸橘的堤坝。来到左边拐角处，啊！我两眼发亮，看着前方，急忙小跑过去。

　　前方河堤下面，摇曳着一群玲珑可爱五光十色的灯笼，如同冷清的乡村举行稻荷祭①。不用走上前去，我就知道这是孩子们在河堤的草丛中捕捉虫子。灯笼足有二十盏左右，不仅有红色、桃红色、黄色、蓝色、绿色、紫色等单色的灯笼，更有的一盏灯笼放射出五颜六色的光彩。虽然也有从商店买来的小巧红灯笼，但更多的是孩子们自己精心设计、亲手制作的可爱的

①稻荷祭，京都市伏见稻荷神社的祭祀活动。初春最重要的祭祀。祈祷五谷丰登，生意兴隆，安全健康等。

四方形灯笼。二十个孩子聚集在这平时岑寂的河堤上，灯影摇动，这本身就是一篇童话。

　　一天夜里，一个孩子在河堤上听见虫鸣。第二天晚上，他买来红灯笼，到堤上寻找鸣叫的虫子。第三天晚上，来了两个孩子。新来的孩子买不起灯笼，他找来一个小纸盒，将四周纸板挖出孔洞，贴上薄纸，盒底插一根蜡烛，顶部系一根带子。接着，孩子逐渐增加到五人、七人，他们在孔洞上贴薄纸，还在采光纸上描绘花花绿绿的绘画。这些聪颖灵巧的小美术家在纸盒的各处挖出圆形、三角形、菱形、树叶形的采光孔，涂上各种颜色，更有的利用圆形、菱形的形状，花花绿绿的颜色组成一个很有特色的装饰体。于是，从商店买来灯笼的孩子扔掉了千篇一律没有特色的灯笼，自制灯笼的孩子也扔掉了设计粗糙单调的灯笼，有的孩子对昨晚烛光的样式不满足，白天又找来纸盒、纸、画笔、剪刀、小刀和糨糊，专心致志地设计、创作日新月异的新颖灯笼，这才是我的灯笼！我要做出最有特色最美丽的灯笼！夜间，他们将要提着这样的灯笼去抓虫吧。如今，我的眼前不是出现二十个孩子和他们美轮美奂的灯笼了吗？

　　我伫立着凝眸观看，四方形灯笼有的古色古香，有的花色纷呈，更有的将灯笼的孔洞剪成片假名，表示诸如"吉彦""绫子"等制作者的名字。这与描绘图像的灯笼不同，而是在厚纸盒上挖洞，贴上薄纸，通过这样的透光窗将烛光的颜色和形状表现出来。现在，二十个孩子提着灯笼照射在草丛上，正蹲在河堤上聚精会神地听声捕虫。

一个男孩子在离大家四五间的地方观察草丛，突然间站起来说道："谁要蝗虫？蝗虫！"

"我要！我要！"

六七个孩子马上跑过去，趴叠在那个孩子的背上，盯着草丛。然而，那个孩子拨开大家伸出的手，张开双臂，像是保护草丛似的，威武直立，右手的灯笼一晃，又朝着四五间外的孩子们叫喊：

"有没有人要蝗虫？蝗虫！"

"我要！我要！"

四五个孩子跑过来。似乎能捕捉到的虫子中，唯有蝗虫最珍贵。那个孩子喊了第三遍。

"有没有人要蝗虫？蝗虫！"

又有两三个孩子跑过来。

刚跑过来的一个女孩子在那个男孩身后说道："给我！给我！"

男孩子轻巧地转过身，二话不说弯下腰来，将灯笼换到左手，右手伸入草丛。

"是蝗虫哟。"

"知道。我要！"

男孩子立即站起来，将紧握的拳头伸到女孩子面前，那意思是说"给你"。女孩子将灯笼绳挂在左手腕上，然后双手握住男孩子的拳头。男孩子慢慢地张开拳头。虫子落到女孩子的大拇指和食指之间。

女孩子看着褐色的小虫，眼睛发光。说道："哎呀，这是金钟儿，不是蝗虫啊。"

"金钟儿！金钟儿！"

孩子们一阵羡慕的欢呼声。

"是金钟儿。就是金钟儿。"

女孩子明亮聪慧的眼睛瞧了一下男孩子，解下拴在腰间的小笼子，把虫子放进去。

"是金钟儿。"

男孩子嘟囔道："啊，是金钟儿。"

女孩子把脸贴近笼子，观看里面的金钟儿，那男孩举着手中漂亮的五色灯笼一边给她照明一边偷看女孩的脸蛋。

原来如此！我对男孩不由得产生一点厌恶，同时也感叹自己的愚蠢，直到现在才明白男孩子刚才所作所为的真实用意。还有，"啊！"我大吃一惊。"看啊！"那女孩的胸部。那个男孩、那个女孩，还有看着他们的那些孩子，谁都没有发现。

灯笼的绿色微光在女孩子的胸部上不是清清楚楚地映照出"不二夫"三个字吗？原来男孩子在女孩的装虫子的笼子旁边举着灯笼，亮光映照在女孩的白色浴衣上，灯笼上剪成男孩名字"不二夫"的孔洞上贴着蓝纸，结果名字和绿光直接投射在女孩的胸脯上。女孩子的灯笼还挂在左手腕上，垂落下来，上面孔洞形成的红色的"清子"二字在男孩子的腰间摇曳，虽然没有"不二夫"那么清晰，但依然能辨别出来。这绿光与红光的嬉戏——是一种嬉戏吗？——不二夫和清子都没有意识到。

不二夫把金钟儿送给清子，清子接受不二夫送的金钟儿，即使这件事终生不忘，但是，不二夫把自己的名字用绿光写在清子胸上、自己的腰间红光写着清子的名字，清子的胸上绿光映照着不二夫的名字、不二夫的腰间红光映照着自己的名字，这件事如果不是梦中所见，是不会想起来的。

　　不二夫少年啊！当你步入青年的时候，你也对姑娘说"这是蝗虫"，然后将金钟儿送给她，让她惊喜地说"哎呀！"报给你一个会心的微笑吧；另外，你还可以对姑娘说"这是金钟儿"，将蝗虫送给她，见她伤心地"哎呀！"一声后，送给她一个会心的微笑吧。

　　还有，你离开大家独自在草丛里寻找虫子，你即使有这样的智慧，也不能断定那里就有金钟儿。也许你将来也会捕捉到蝗虫般的女人，却一心认定她就是金钟儿。

　　最后，因为你的心灵蒙上了暗影，甚至把真正的金钟儿视为蝗虫，当有一天你觉得满世界都充满蝗虫的时候，我只能遗憾地认为，你根本无法回忆起今天晚上你那美丽的灯笼在少女胸上描绘的绿光嬉戏吧。

照 片

一个丑陋的人——我这么说显然很失礼，但是正因为这个丑陋才造就他成为诗人。这是他亲口告诉我的。

　　我讨厌照相。极少想要照相。最后一次是四五年前和恋人合拍的订婚照。她是我钟爱的心上人。因为我没有自信这一辈子还能遇到她这样的女人。如今这张照片成为我的一个美好的回忆。

　　但是，去年，有一家出版社说想刊登我的照片。我便从一张与恋人及其姐姐的三人合影中剪下我的头像寄给杂志社。最近，又有一家报社来要我的照片，我迟疑犹豫一阵子，最后还是将我与恋人的订婚照剪下一半交给记者。我再三叮嘱务必归还，但最终似乎没有还给我。好吧，那就算了。

　　虽说算了，但那张订婚照只剩下一半，看着孤单的恋人，我感到十分意外。这就是那个姑娘吗？——必须说明一下，照片上的恋人的确非常可爱美艳。那时她才十七岁啊，而且竟然谈上了恋爱。不过，后来，和我的恋人分手以后，再一看半张照片上她的模样，竟然觉得怎么是这么个无趣乏味的小丫头啊，而以前看照片是怎么看怎么美。——长年的美梦原来是一枕黄粱。我珍爱的宝物已经毁坏。

这样一来——诗人更加低声说道。

如果她看到报上刊登的我的照片，一定会这样想：我和这样的一个男人谈过恋爱，哪怕是短暂的。她会对自己感到懊悔吧。——然而，一切都已结束。

不过，如果——我这样想：要是报上登出两人的合拍照，她会不会立刻飞到我身边呢？嘴里还念叨着——啊，原来这个人这么……

贫者的恋人

用柠檬化妆，是她唯一的奢侈。所以她的肌肤白嫩光滑，散发着一种清香。她把柠檬切成四瓣，一瓣挤出的柠檬汁，就是她一天的化妆液。剩下的三瓣，用薄纸贴住切口，小心地保存起来。如果缺少柠檬清新的刺激使肌肤凉爽下来，她就失去了清晨的感觉。她背着恋人将柠檬汁擦抹在乳房和大腿上。

　　恋人接吻后，说道："柠檬味。你是从柠檬河游泳过来的姑娘。——喂，我舔了柠檬，就想吃橙子。"

　　"好啊。"她拿着一枚五钱的白铜硬币去买小橙子。于是，她不得不放弃浴后将柠檬液涂抹在肌肤上那种喜悦的感受。他们家里，除了一枚白铜硬币和柠檬的清香外，一无所有。男人把所有的旧杂志都不卖掉，积攒起来，作为桌子使用，而且没完没了地埋头撰写长篇剧本。

　　"剧本里，有一幕设计了柠檬林的场景，这是为你写的。我没有见过柠檬林，只是在纪伊①见过刚刚发红的蜜柑林。那是金秋时节，月白风清，从大阪一带来了不少游客。皎洁明月下，蜜柑像鬼火一样浮挂在空中，犹如梦境里一片灯火的海洋。柠檬的颜色比蜜柑更加明亮橙黄，所以应该是暖色的灯火。如果在舞台上能出现这样的效果那就好了。"

"那是啊。"

"你觉得没意思吧？——其实我不想写这一类南国风情的明快戏剧。本来想等我更出名、更发达以后也不晚。"

"你说人为什么都要飞黄腾达？"

"不然的话，就活不下去啊。不过，像我这样，事到如今，想发达也没什么希望。"

"其实用不着求发迹。发达了，又有什么用呢？"

"哦，你这个观点倒是很新潮。就说现在的学生吧，连是否憎恨现在他们立足的基础都表示怀疑。他们知道必须摧毁基础，也知道这个基础会坍塌。那些叫喊飞黄腾达的家伙，就是在明明知道将会坍塌的基础上登梯子。爬得越高越危险。明知如此，不仅周围的人，他本人也强迫自己往上爬。再说了，现在所谓出人头地都是昧着良心。这就是时代的潮流。我这样贫困阴郁之人，就是过时的家伙。贫困而如柠檬般明亮就是新潮。"

"我不过是一个穷人的恋人罢了。男人认为出人头地就是一切，所以一心只想着往上爬。可是女人呢，女人只有两类——

---

①纪伊，日本旧国名。位于今三重县南部和和歌山县。

一类是穷人的恋人，另一类是富人的恋人。"

"没你说的那么夸张。"

"不过，你肯定能飞黄腾达。我看男人的目光可准了，就像命运之神一样百发百中。你发迹没问题。"

"然后就把你甩了？"

"这还用说。"

"所以你想阻止我发达。"

"哪能呢？不管谁飞黄腾达，我都高兴。我觉得自己就是一个孵化飞黄腾达蛋的鸟窝。"

"别满腹牢骚了。想起前男人可不会心情愉快，你也就是用柠檬液化妆这一点还算是贵族。"

"哎哟，怎么扯上这个了。一个柠檬十钱，切成四瓣，一瓣两钱五厘。就是说，我一天只花两钱五厘。"

"那等你死了，在你的墓地种一棵柠檬树。"

"好啊，我这个人经常胡思乱想。我死以后，不用立墓碑，有一块塔形木牌就够了。不过，肯定有一些身穿礼服、乘坐汽车的优秀人士前来探访吧。"

"所谓优秀人士还是算了吧。把那些飞黄腾达的幽灵统统赶出去！"

"可是你不是很快就会飞黄腾达吗？"

如其所言，她对自己命运般的信念毫不动摇。她看男人的目光如命运之神一样准确无误。所以，她不曾将没有出人头地能力的男人作为自己的恋人。她第一个恋人是她的表兄，但这个表兄原先有另一个富裕的表妹未婚妻。结果表兄抛弃那个富裕的女人，与她这个表妹在外面租房居住，一贫如洗。大学毕业那一年，他以名列第三的成绩通过外交官考试，被派往日本驻罗马大使馆工作。那个富裕的表妹的父亲终于低头求情。于是她退出竞争。第二个恋人是一个学医的穷学生，后来把她抛弃，与提供医院建设经费的女子结了婚。第三个恋人是一个贫穷的收音机商人，在胡同里开店，但是他说她的耳相不好，会破财，于是把店铺搬到大街上，而大街上的店铺正是他小老婆的家。于是，她与他的贫穷时代一起被遗忘在胡同里。她的第四个恋人是……第五个恋人是……

她的这个恋人——贫穷的剧作家，在一些激进派的社会科学研究者频繁出入他的家以后，才好不容易完成他的长篇巨著。他信守承诺，的确在剧本里写进柠檬林的场景。但是，他没能在现实社会里发现明亮的柠檬林。柠檬林是全剧的尾声。他所说的基础被颠覆过来之后，理想世界中的男男女女在这个柠檬林里相互交谈。然而，他为了这部戏剧的上演，与某剧团的当红女演员坠入爱河。于是，柠檬女照例退出情场。正如她的预料，他也飞黄腾达，爬上了梯子。

后来，她的新恋人是一个经常出入剧作家家里神采飞扬大叫大喊的工人。但是，的的确确，但是，她的神赋的观察男人的感觉终于开始迟钝了。这个男人没有发达起来。而且还被认定为社会煽动者，丢了工作。她也丧失了观察男人的感觉。对她来说，这是一种活生生的感觉。她完了。她对出人头地感到厌倦了吗？或者出现某种耐人寻味的判断错误了吗？

在为她举行葬礼的那一天，戏剧家的作品在舞台上隆重上演。女主角是他的新恋人，从她的台词中，他感觉到柠檬恋人的口吻。首场演出大获成功，闭幕以后，他立刻跑上舞台，将柠檬全部搬上汽车，急急忙忙奔向贫者的恋人的坟墓。但是，不知是谁已经为她上供，在她的塔形木牌前，如同十三夜①的祭月一般，层层叠放着明亮的柠檬形灯火。

"原来这儿也有柠檬林啊？"

---

①十三夜，日本有两次赏月习俗，阴历八月十五和九月十三，是祭拜月亮的日子。八月十五是平安时期由中国传来，九月十三是日本传统节日。供品很多，有芋头、毛豆、栗子等。

石　榴

一夜秋末寒风，石榴叶落殆尽。

落叶散落在石榴树下一圈泥土的外围。

喜美子打开挡雨窗板，看见光秃秃的石榴树，不由得大吃一惊，再一看落叶在树底下形成一个漂亮的圆圈，更觉得不可思议。因为叶子都会被风凌乱吹落飘散。

树梢上还残留着饱满的果实。

喜美子对妈妈说道："妈，你看，石榴。"

"真的哦……我都忘了。"

母亲稍稍瞧了瞧，又回到厨房里去了。

从母亲"我都忘了"这句话中，喜美子感受到生活的寂寞。这种生活竟然连檐廊前面的石榴果实都想不起来了。

大约半个月前，侄子来家里玩，一眼就看到石榴。七岁的男孩子精力充沛，敏捷上树。喜美子从他身上看到生命的活力。

她站在外廊上，说道："上面还有大的。"

"嗯。再摘的话，我就下不去了。"

是啊，他两手拿着石榴，就下不来了。喜美子笑起来。这孩子非常可爱。

孩子没来之前，家里人已经把石榴忘在脑后。而今天早晨之前，家里人又记不起来。

孩子来的时候，石榴还掩藏在树叶之间，而今天早晨，石榴裸露在空中。

石榴果实、落叶圈围出的泥土，都显得壮硕强劲。喜美子走到院子里，用竹竿把石榴捅下来。

石榴已经完全成熟。果实饱满，自身的力量开裂一道口。放在外廊上，每一粒石榴子都闪烁着阳光的晶莹，每一道阳光都穿透石榴子的玛瑙。

她走上二楼，连忙开始做针线活。十点左右，听见启吉的声音。大概木门敞开着，他好像转到院子里，气场十足地嚷嚷起来。

母亲大声喊道："喜美子，喜美子，阿启来了。"

喜美子慌忙把线抽出来，把针插在针线包上。

母亲说道："喜美子也说过好多遍，就是你出征之前，想和你见一面。可是嘛，她不方便去，你也一直不来。啊，你今天终于来了……"

母亲本想留他吃午饭，但阿启似乎急着要走。

"这可怎么好啊……这是我们家的石榴，尝尝吧。"

接着，母亲又呼喊喜美子。

喜美子走下楼。启吉目光相迎，那目光凝视着喜美子，望眼欲穿的感觉。吓得喜美子畏缩不前。

启吉的目光一下子变得温柔起来。

"啊！"他手中的石榴掉落地上。

两人相视，微微一笑。

当喜美子意识到两人相视而笑时，不由得面红耳赤。启吉连忙从外廊上站起来，说道："喜美子，你多保重。"

"启吉，你更是要……"

喜美子还没说完，启吉就转向一旁，对母亲说话。

启吉出门离开以后，喜美子还面对院子的木门目送了一会儿。

母亲说道："阿启也是毛手毛脚的。这么好吃的石榴，多可惜啊……"

她俯身伸手从外廊上捡起石榴。

就在刚才启吉眼色柔和与喜美子温情相视的时候，大概下意识地想把手中的石榴掰开，结果一不小心掉落地上。石榴没有被掰开，只是果粒朝下散落出来。

母亲把石榴拿到厨房，洗了洗，递给喜美子："给，喜美子。"

"不要。脏。"

喜美子皱着眉头，身子往后一退，却突然间觉得面红耳赤，心慌意乱，便顺从地接过来。

上方的一些石榴子好像被启吉咬过。

母亲在一旁，如果不吃，显得不自然。于是若无其事地咬了一口。石榴的酸味渗进牙齿里。喜美子感觉到一种渗透进心底似的悲哀的喜悦。

母亲对喜美子的事情历来不太介意。她已经站起来。

当她从梳妆镜前面走过时，说道："哎呀呀，瞧你这脑袋，太难看了。这个样子还去送阿启，不像话。"

说罢，坐了下来。

喜美子静静地听着梳子梳头的声音。

"你父亲去世那一阵子……"母亲缓缓说道，"我特别害怕梳头……只要一梳头，就愣神。有时觉得你父亲一直在等着我梳完头，不由得吓一跳。"

喜美子想起来，母亲经常吃父亲吃剩的东西。

喜美子感觉一种难受的情绪袭上心头。这是催人泪下的幸福。

母亲只是觉得扔掉石榴可惜，仅此而已，所以把石榴给了喜美子。母亲一直这样过日子，已经习以为常。

喜美子感觉自己发现了母亲的秘密，心头喜悦，同时也不好意思面对母亲。

但是，喜美子想到自己刚才满怀深情地送别启吉，启吉不会知道。她又想到自己一定能一直等待启吉回来。

喜美子偷看母亲一眼，阳光照射到梳妆镜前面的隔扇上。

拿起放在膝盖上的石榴再咬一口，喜美子似乎感到害怕。

五十钱银币

一

　　每到月初，母亲领到两元零花钱，她都亲手将五十钱银币装进芳子的小钱包里。这已成为惯例。

　　那时候，五十钱银币已经不多见了。这银币看似很轻，其实很重，把红皮革小钱包装满，芳子就觉得心里踏实，威风凛凛。她平时小心翼翼，尽量不花，小钱包放在手提包里，往往放到月底。

　　公司的同事有的看电影，有的去咖啡馆，享受姑娘们应该享受的生活，芳子虽然不反对，但认为这是自己生活之外的东西，不感兴趣。因为没有体验，所以感觉不到诱惑。

　　下班以后，每周一次顺路去百货商店，花十钱买一个她最爱吃的咸味长面包，此外便不怎么花钱。

　　可是，有一天，她在三越百货店的文具部看到一个玻璃镇纸。六角形，有一条狗的浮雕。那条狗的造型非常可爱，她情不自禁地拿在手里观看，冰凉的、沉甸甸的感觉，顿时快感沁入心间。芳子喜欢这种精工细作的手工艺品，一下子被吸引过去。她把镇纸放在手心，左看右看，仔细观察，然后非常舍不得地放回盒子里。因为这个镇纸要卖四十钱。

第二天，芳子又去了，和昨天一样，看得入迷。第三天又去了。这样去了十天左右，终于下定决心。

"我要这个。"当她说出这句话的时候，心情激动。

回到家里，母亲和姐姐揶揄道："你怎么买了个小玩具似的东西……"

不过，她们拿在手里仔细打量，又说道："好啊，还挺漂亮的。"

"工艺精湛的啊。"

拿到电灯下面，让灯光映照着，欣赏一番。

晶莹光亮的玻璃正面与毛玻璃般朦胧的浮雕精巧呼应，相映成趣。六角形的切割方式也十分精细，别具一格。芳子视之为一件精美的艺术品。

芳子花了七八天的时间才下决心购买的这件东西，认为物有所值，别人怎么说都无所谓，最关键的是得到母亲和姐姐的认可，她也就心满意足了。

买一件不过四十钱的东西就花了近十天的时间，也许会被别人笑话，认为小题大做，但芳子不这样看，这样反复琢磨，她才放心。要是看一眼就觉得不错，凭着一时冲动，稀里糊涂地买下来，一定会后悔的。对一件东西这样仔细观察，反复辨认，经过几天深思熟虑，再做出决定，对一个十七岁的女孩子来说，其实并没有如此缜密权衡的能力，但是，她明白金钱对于她十分宝贵，这一点已经铭刻心中，大手大脚乱花钱是很可怕的。

三年以后，一说起买镇纸这件事，大家都哈哈大笑，母亲满怀深情地说道："那时候觉得你好可爱……"

芳子的每一件东西，都有一段令人发出会心微笑的故事。

二

星期天，母亲想去三越百货店，让芳子陪她去，芳子难得地表示同意。大家都说买东西从上层往下层走十分便利，于是她们乘电梯先上五楼。

买完东西，下到一楼，母亲理所当然似的走到地下层的特价部。

芳子嘟囔道："妈，人这么挤，我不想去。"

但是，母亲充耳不闻，好像正是被特价部的争先恐后的抢购气氛所吸引而奔来的。

特价部的感觉好像是让大家花冤枉钱，芳子想看看母亲究竟要干什么，便落后几步跟在她后面观察。这里冷气充足，倒不觉得闷热。

母亲先是买了三沓二十五钱的信纸，回头看了芳子一眼，两人相视而笑。最近母亲老是使用芳子的信笺，被芳子埋怨，这下都放心了，两人心照不宣地对视一下。

厨房用品、内衣裤的卖场，顾客挤得水泄不通。把母亲吸引过去，可是她不敢扒拉开人群挤进去，只是踮着脚往里探看，或者从前面的人的袖口空隙间把手伸出去，结果什么也没买。她带着一种不情愿、不甘心的样子向出口走去。

就在出口的地方，"哎，这才九十五钱？啊……"她手里抓着一把阳伞。

那里堆着一摞阳伞，母亲翻找挑选，所有的伞都一个价钱，有点惊讶地说道："真便宜啊。芳子，你瞧，便宜吧？"

说着，她顿时来了精神，刚才那种郁闷压抑的心情立刻不翼而飞。

"你不觉得便宜吗？"

"嗯，是便宜。"芳子也拿起一把。

母亲把手中的阳伞打开："光这伞骨就合算啊。这伞面虽然是人造丝，可看上去很结实的。"

芳子忽然想到，这么好的东西为什么要便宜卖呢？反而莫名其妙地产生一种反感，好像受到残疾人强买强卖的那种感觉。母亲在伞堆里使劲翻找符合自己年龄段的颜色，还要打开来比较一番。

芳子在一旁等候片刻，说道："妈，家里不是有伞吗？"

"哦，不过，那些……"母亲看了一眼芳子，"那都用了十年，不，有十五年了吧。已经旧了，样子也老气。你看，这把伞要是送人，那对方一定很高兴吧。"

"是啊，送人当然好。"

"谁都会高兴的。"

芳子笑起来，母亲挑选阳伞大概是为了送人的吧。可身边没有这样的人。要是有的话，她大概不会说出来。

"芳子，这把怎么样？"

"好啊。"

芳子敷衍回应，不过她还是走到母亲身旁，帮她寻找认为她会满意的伞。

穿着薄人造丝衣服的女性顾客都说"便宜、便宜"，接连不断地过来，二话不说很爽快就买走了。

芳子看着满脸严肃、略显焦躁的母亲的表情，感觉有点悲哀，同时也对自己的踌躇犹豫感到气恼。

就在芳子转过身想对她说"随便挑一把，快点买吧"的时候，母亲说道："芳子，算了。不买了。"

"嗯？"

母亲的嘴角掠过一抹浅浅的微笑，将手轻轻搭在芳子的肩膀上，像是要掸落她肩膀上什么东西似的，准备离开商场。这下子倒是芳子觉得心有不甘，但是她走了五六步以后，也就坦然起来。

她抓着母亲放在自己肩上的手，紧紧握住，使劲摇了一下，把身子贴近前，肩膀挨着肩膀，快步向出口走去。

这件事发生在七年前、昭和十四年的时候。

三

每逢下雨，雨水降落在用战火烧过的马口铁搭建的简易房上，芳子就想，那时要是买了雨伞那该多好，甚至还想对母亲说一句玩笑话："现在买的话，可是要一二百元哦。"母亲在神田①死于战火。

要是当时买了阳伞，大概也被烧毁了吧。

那个玻璃镇纸幸存下来。婚后住在横滨的婆家，空袭被炸的时候，所有的东西都拼命塞在紧急避难袋里，这个镇纸也掺杂在里面。这是芳子对自己姑娘时期的唯一纪念品。

傍晚开始，胡同里就能听到附近的姑娘怪异的声音，据说一个晚上就能挣一千元钱。芳子想到自己和这些姑娘年龄相仿的时候，考虑七八天才花四十钱买了一个镇纸，便情不自禁地拿起镇纸，观看那只可爱的狗的浮雕，忽然意识到周边的战火废墟上连一条狗都没有，不禁让人惊恐。

①神田，地名，位于东京都千代田区。

竹叶舟

秋子把水桶放在蜀葵旁边，从梅花树下的低矮竹丛中摘取一些竹叶，做成几艘小竹叶舟，浮在水桶的水面上。

　　"你瞧，小舟。有意思吧。"

　　一个小孩蹲在水桶前，看着竹叶舟，然后抬头瞧一眼秋子，微笑起来。

　　"多好的小船啊。小弟很聪明，姐姐才送给你小船。让姐姐陪你玩吧。"母亲说罢，返回到客厅。

　　说这话的是秋子的准婆婆。她好像与秋子的父亲有话要说，秋子便离席回避。小孩子喜欢捣蛋吵闹，就把孩子带到院子里。这个孩子是秋子未婚夫的小弟弟。

　　孩子把小手伸进水桶里，一边使劲搅动一边说道："姐姐，船儿打起来了，打仗了。"

　　他看着竹叶舟在水里逛荡碰撞，觉得很有趣。

　　秋子走到一边，将洗好的浴衣拧干，晾在竹竿上。

战争已经结束。但未婚夫还没有回来。

"打，再打啊！打，再打啊！"孩子更加使劲地搅动，水花飞溅到他的脸上。

秋子制止道："哎呀，这可不行。瞧你满脸都是水。"

孩子说道："不好玩，这船不能走啊。"

小舟是不能走，只是漂浮在水面上。

"对了，到屋后的小河边去。船儿就能走起来。"

于是，孩子拿起竹叶舟。秋子把水倒在蜀葵树下，水桶放回厨房。

孩子踩着河边的踏脚石，将小舟一艘一艘地放进水里，顺水流走。他高兴地拍起手来。

"我的船最棒了。你瞧啊。"

他怕最先头的小舟流走，沿着河边跑下去。

秋子赶紧把手里剩下的小舟放进水里，紧跟着追赶孩子。

猛然间她意识到自己必须左脚用力着地才能行走。

秋子患过小儿麻痹症，左脚跟不能着地，小而无力。左脚背高高隆起。不能跳绳，不能远足。她原本打算独自平静度过一生，却没想到竟然和人订了婚。她具有以心灵弥补身体残疾的自信，以前所未有的认真态度努力练习左脚跟着地行走的方法。左脚的皮肤很快被木屐带磨破，她依然坚持不懈，刻苦训练。但是，自从战败以后，她就停止了训练。被木屐带磨破的伤痕像冻疮一样留在皮肤上。

小孩是未婚夫的弟弟。所以今天她努力让左脚跟着地行走。好久没有这样了。

小河狭窄，杂草垂到水面，有三四艘竹叶舟挂在草叶上。

孩子停在前面大约十间远的地方，好像没有发现秋子正向他走来，目不转睛地看着顺流而下的竹叶舟。他没有看到秋子走路的样子。

孩子的脖颈上有一处深深的凹坑，这与未婚夫很相像。秋子真想把他抱起来。

孩子的母亲走来，向秋子道谢后，让孩子回家。

孩子淡淡地说道："再见。"

秋子心想：要么战死，要么解除婚约。愿意与一个跛足姑娘结婚本身大概也是战时的感伤吧。

秋子没有回家，而是去看看邻居新盖的房子。新房子在这一带是大宅第，谁经过这里都会驻足观看一番。战争期间停工，堆放木料的场地周边杂草丛生，最近突然加快进度。正门前面两旁还种植松树，感觉有点异常。

秋子觉得这栋房子的外观缺少柔和感，显得僵固死板，不过，窗户格外多，客厅四面都是窗户。

什么人搬来成为这座新居的主人呢？邻里街坊都在议论，但无人知晓。

川端康成年谱

明治三十二年（1899）

6月14日生于大阪市北区此花町一丁目七七番地（以往人们都认为他的生日是6月11日，但据最新发现的资料表明他生于6月14日）。家中长子。父亲荣吉是北条泰时的第三十一代远孙，毕业于东京医科学校的开业医生，创办过医院，曾就任大阪某医院的副院长。此外，他还曾在儒家易堂学习，爱好汉诗、文人画，对文学也颇感兴趣。母亲阿源出生于黑田家。上有一姐，名为芳子（生于1895年）。

明治三十四年（1901） 两岁

1月，其父患肺结核去世，因此迁居母亲娘家——大阪府西成郡丰里村字三番住处。

明治三十五年（1902） 三岁

1月，其母去世。跟随祖父三八郎、祖母阿钟回到原籍大阪府三岛郡丰川村大字宿久庄字东村居住。仅其姐芳子被寄养在大阪府东成郡鲶江村大字蒲生处的伯母秋冈家。

明治三十九年（1906） 七岁

进入丰川村小学就读。9月，祖母阿钟辞世。此后约十年间一直与祖父相依为命。7月，其姐芳子病逝。

明治四十五年（1912） 十三岁

考入大阪府立茨木中学。虽然小学时曾立志成为画家，但进入高年级后专注阅读文学书籍，中学二年级时立志成为小说家。

大正三年（1914） 十五岁

5月，祖父去世后成为孤儿，由母亲娘家丰里村的伯父家收养。1925年撰写的《十六岁的日记》记录的就是祖父病逝前后的事情。1949年发表的《拾骨》于1927年创作，记录的则是其为祖父拾骨灰的事情。

大正四年（1915） 十六岁

1月搬入茨木中学的宿舍，住校直至毕业。这一时期喜爱阅读白桦派，特别是武者小路实笃的著作。

大正五年（1916） 十七岁

升入五年级后，成为宿舍长，后以这段时期与同宿舍少年的经历写成《少年》（1948—1949）。在茨木町的小周刊《京阪新闻》上发表短篇小说和短文。向大阪的石丸梧平主办的杂志《团栾》投稿并刊登《肩扛老师的灵柩》，后创作《仓木先生的葬礼》发表于1927年的 *KING* 杂志。此外他还向《文章世界》《新潮》《秀才文坛》等杂志投过稿。

大正六年（1917） 十八岁

3月，从茨木中学毕业，立即前往东京。寄宿在浅草藏前的表兄家，读预科学校时常去浅草公园。9月，考入第一高等学校一部乙（英文学科）。与石滨金作、酒井真人、铃木彦次郎、守随宪治等人是同学。结识了《三田文学》杂志的新晋作家南部修太郎。在第一高等学校的三年里，一直在校住宿。喜欢阅读俄国文学以及志贺直哉、芥川龙之介的作品。

大正七年（1918） 十九岁

当年秋天，从10月30日到11月6日，初次去伊豆旅行，遇见巡回艺人，一路伴随。1922年，以当时的经历为素材创作了《汤岛的回忆》，随后又创作了《伊豆的舞女》（1926）。此后约十年间，几乎每年都去伊豆汤岛温泉的汤本馆旅行，曾经一年中有大半时间都居住于此。

大正八年（1919） 二十岁

6月，在《一高校友会杂志》上发表了《千代》。

大正九年（1920） 二十一岁

3月，从第一高等学校毕业。4月，进入东京帝国大学文学系英文学科就读。与同学石滨金作、酒井真人、北村喜八、田中总一郎等人以及今东光等策划并第六次复刊《新思潮》。曾拜访菊池宽，并得到其认可，此后长期受到菊池宽关照。

大正十年（1921） 二十二岁

2月，《新思潮》复刊并发行，发表《一个婚约》。与咖啡馆女招待伊藤初代恋爱、订婚，后又毁婚。4月，从东京帝国大学英文学科转到国文学科；当月在《新思潮》二号刊上发表《招魂祭一景》，受到菊池宽、久米正雄等人的关注。7月，在《新思潮》三号刊上发表了《油》。12月，在《新潮》上发表了《南部氏的风格》（对南部修太郎第二作品集《湖水之上》的批评），首次获得了稿酬。同年，居住在菊池宽家，认识了芥川龙之介、久米正雄、横光利一等，并与他们建立了友谊。移居到浅草小岛町七二坂光子方。

大正十一年（1922） 二十三岁

在《文章俱乐部》一月刊上发表了译作高尔斯华绥的《街道》、丁尼生的《死亡绿洲》、契诃夫的《散戏之后》。2月，受文艺栏编辑佐佐木茂索的关照，在《时事新报》上发表评论《本月的创作界》。发表小说《新晴》。此后，到翌年为止，他多次在杂志上发表文艺月评，这也成为他此后二十年间不断发表文艺述评的契机。3月，在《新思潮》上发表了《一节》。在《新潮》七、八月刊上连载了《里见弴氏的一种倾向》。同年，先后辗转移居于本乡区驹込林町二二佐佐木方、驹込林町永宫方和本乡区千驮木町三八牧濑方等处。

大正十二年（1923） 二十四岁

1月，成为菊池宽创刊的《文艺春秋》编辑同人，在《文艺春秋》创刊号上发表了《林金花的忧郁》（此后收入《浅草红团》中）。2月，与《新思潮》的同人们成为该刊的编辑同人。4月，分别在《文章俱乐部》四月刊上发表了《少男与少女和板车》，在《文艺春秋》四月刊上发表了《精灵祭》，在《文艺春秋》五月刊上发表了《会葬的名人》（后改名为《参加葬礼的名人》）。

7月，在复刊的《新思潮》上发表了《南方的火》。在《文艺春秋》九月刊上发表了《文艺春秋的作家》。9月1日，在本乡区千驮木町经历了关东大地震，所幸无恙。10月，在《时事新报》十月刊上发表了《余烬文艺的作品》。11月，在《文艺春秋》十一月刊上发表了《观火》《向阳》。

大正十三年（1924） 二十五岁

在《新小说》三月刊上发表了《篝火》(《南方的火》的续篇）。3月，从东京帝国大学国文学科毕业，毕业论文《日本小说史小论》；征兵体检不合格；以《关于日本小说史研究》为题，将毕业论文《日本小说史小论》的序发表在《艺术解放》三月刊上，并将《人间随笔·最近的菊池宽氏》中的一篇《纵容年轻人》发表在《新潮》四月刊上。与新晋作家伊藤贵麿、石滨金作、片冈铁兵、横光利一、中河与一、今东光、佐佐木茂索等创刊同人杂志《文艺时代》，以十月刊为创刊号，写了《创刊辞》。发起新感觉派运动。发表《蝗虫与金钟儿》《相片》，创作掌小说集。10月，在《读卖新闻》上发表了《〈文艺时代〉与〈文艺春秋〉》。先后在《文艺春秋》十二月刊上发表了《非常》(《南方的火》的续篇），在《文艺时代》十二月刊上发表了《短篇集》（掌小说《月》《金丝雀》等）。

大正十四年（1925） 二十六岁

先后在《文章俱乐部》一月刊上发表了《我的故事》，在《文艺时代》一月刊上发表了《新晋作家的新倾向解说》。此后又分别在《文艺时代》二月刊上发表了《落日》，在《新潮》二月刊上发表了《落叶与父母》（后期改名为《孤儿的感情》）。在《文艺春秋》三月刊上发表了《汤岛温泉》。这一年他长期居住在汤岛。在《文艺时代》八、九月刊上发表了《诸杂志创作评》。在《妇人公论》六月刊上发表了《燕》。在《文艺春秋》八、九月刊上发表了《十六岁日记》和《续十六岁日记》。在《文艺时代》十一月、十二月刊上陆续发表了《第二短篇集》（掌小说《二十年》《滑岩》等）、《第三短篇集》（掌小说《谢谢》《万岁》等）。这一年曾短暂居住在本乡区林町一九零丰秀馆。发表《新感觉派辩》《母亲》。

大正十五年（1926） 二十七岁

与秀子同居。在《文艺时代》一、二月刊上连载了《伊豆的舞女》。在《文艺春秋》一月刊上发表了《掌小说的流行》。在《文艺春秋》四月刊上发表了《第四短篇集》（《殉情》《近冬》等）。这一年的大部分时间都是在汤岛度过的。此时曾短暂居住在麻布区宫村町大桥方处，不久移居至市谷左内坂。此外，这一时期还与片冈铁兵、岸田国士、横光利一加入了衣笠贞之助的"新感觉派电影联盟"，创作出的剧本《疯狂的一页》，在京都下贺茂被拍摄成了电影，并获得全关西电影联盟颁发的年度优秀电影奖。然而，仅拍摄了这一部电影，新感觉派电影联盟便解散了。6月，金星堂出版了他的短篇集处女作《感情的装饰》，五十多位前辈及好友出席了该作品的出版纪念会。在《文艺时代》八、九月刊上发表了《屋顶的金鱼》《祖母》。当年夏天在逗子租了房子，与石滨金作、片冈铁兵、横光利一等人合住。9月，回到汤岛。

昭和二年（1927） 二十八岁

3月，金星堂出版了短篇集《伊豆的舞女》。同月，文艺春秋社创办了一人一页随笔形式的同人杂志《手帖》，他发表了《从秋到冬》。4月，为了出席横光利一的结婚典礼，他前往东京，随后并未返回汤岛，而是居住在东京府下杉并町马桥二二六号。在《文艺时代》四、五月刊上发表了《梅花的红蕊》《柳绿花红》。在《文艺春秋》五月刊上发表了《第五短篇集》。5月，与池谷信三郎前往关西地区进行旅行演讲。6月，与菊池宽等人前往东北地区进行旅行演讲。11月，租住在热海温泉小泽的别墅中。发表《蔷薇之幽灵》《处女作作祟》《关于掌小说》等。

昭和三年（1928） 二十九岁

在《文艺春秋》一月刊上发表了文坛时评《片冈、横光等人的立场》。在《文艺春秋》五月刊上发表了《死者之书》。5月，受尾崎士郎的邀请，迁居至东京市外大森马达东。发表《贫者的恋人》《三等候车室》等掌小说。

昭和四年（1929） 三十岁

陆续在《文艺春秋》一月刊到十月刊上发表了数篇《文艺时评》。在《文艺春秋》四月刊上发表了《尸体介绍人》。4月，《近代生活》创刊，他成为该杂志的同人并发表了《橘康哉》。在《祖国》八月刊上发表了《尸体的复仇》（《尸体介绍人》的续篇）。8月，作为《新晋杰作小说全集》第十一卷，平凡社出版了《川端康成集》。9月，他从大森移居至下谷区上野樱木町。随后分别在《改造》十月刊上发表了《温泉旅馆》，在《文艺春秋》十月刊上发表了《某种诗风和画风》。10月，加入堀辰雄、深田久弥、永井龙男、吉村铁太郎等人创办的同人杂志《文学》。11月，Casino Folies 轻演剧团在浅草成立，结识了该团的文艺成员及舞女们。从12月到翌年2月在《朝日新闻》（晚报）上连载新闻小说《浅草红团》。发表《新人才华》等。

昭和五年（1930） 三十一岁

先后在《文艺春秋》一月刊上发表了《她们与道路》，在《文学》一、二月刊上发表了《作家与作品》。在《文学时代》四月刊上发表了《有花的照片》。4月，作为新兴艺术派丛书之一，新潮社出版了他的作品《我的标本室》。受文化学院文学部长菊池宽的讲课邀请，担任该学部的讲师，每周讲一次课。在改造社出版的《日本地理体系》中发表了一篇《浅草》。先后在《改造》五月刊上发表了《〈鬼熊〉之死与舞女》，在《文学时代》五月刊上发表了《鸡与舞女》。在《文学时代》六月刊上发表了《新兴艺术派的作品》。在《中央公论》七月刊上发表了《风铃王的美国故事》。先后在《改造》九月刊上连载了新闻小说《浅草红团》，在《新潮》九月刊上发表了其续篇《赤带会》。10月，作为新兴艺术派丛书之一，新潮社出版了他的《有花的照片》。12月，先进社出版了《浅草红团》。发表《针、玻璃和雾》等。

昭和六年（1931） 三十二岁

与秀子办理结婚手续。在《改造》一月刊上发表了《水晶幻想》。1月，分别在《周刊朝日》上发表了《浅草日记》，在《新潮》二月刊上发表了《浅草的女人》（《浅草日记》的续篇）。4月，《浅草红团》等被收录在改造社刊现代日本文学全集《新兴艺术派文学集》中。在《改造》七月刊上发表了《镜子》（《水晶幻想》的续篇）。在《新潮》十月刊上发表了《水仙》。在《中央公论》上发表了《文艺时评》。在《新潮》十二月刊上发表了《一九三一年的创作界印象》。这一年，结识了古贺春江。发表

《仲夏的盛装》《伊豆序说》等。

昭和七年（1932） 三十三岁

先后在《新潮》一月刊上发表了《旅行的人》，在《文艺春秋》一月刊上发表了收录在该杂志十周年纪念版《十年回顾》中的《菊池宽的家》。1月，他的作品被收录在春阳堂刊《明治大正文学全集》的《现代作家篇》之中。先后在《中央公论》二月刊上发表了《抒情歌》，在《改造》二月刊上发表了《我的爱犬记》。2月，在《读卖新闻》上发表了《菊池宽氏的〈胜败〉与直木三十五氏的〈青春行状记〉》。4月、5月先后在《文艺春秋》四月刊上发表了《短篇集》，在《文学时代》四月刊上发表了《背影》，在《朝日新闻》上发表了《文艺时评》。在《改造》五月刊上发表了《目睹那些的人们》。在《现代日本》六月刊至十二月刊上连载了《浅草九宫鸟》。在《新潮》八月刊上发表了《消失的女人》。8月，在《读卖新闻》上发表了《文艺时评》。从9月到12月，在《朝日新闻》上连载《化妆与口哨》。在《改造》十月刊上发表了《慰灵歌》。发表《雨伞》《致父母亲的信》等。

昭和八年（1933） 三十四岁

在《改造》一月刊上发表了《我的舞姬记》，在《改造》二月刊上发表了《二十岁》。2月，《伊豆的舞女》由五所平之助导演拍成电影。在《文艺春秋》四月刊上发表了《睡颜》。6月，新潮社出版了《化妆与口哨》。在《改造》七月刊上发表了《禽兽》。在上总兴津度过了夏天。10月，与武田麟太郎、林房雄、小林秀雄等人在文化公论社创办了杂志《文学界》，发表了《信》。在《改造》十一月刊上发表了《凋零》。又先后在《文学界》十二月刊上发表了《泷子》(《凋零》的续篇)，在《文艺》十二月刊上发表了《临终之眼》。友人池谷信三郎去世。发表《学校之花》等。

昭和九年（1934） 三十五岁

先后在《新潮》一月刊上发表了《现身的女人》，在《文艺》一月刊上发表了《若有若无》。1月，文艺恳话会成立，他入会成为会员。将《追忆池谷信三郎》中的一篇以《明朗的遗容》为题发表在《文艺春秋》二月刊上。在《中央公论》三月刊上连载《虹》(此后在《文艺》四月刊上发表《舞女》，在《文艺春秋》六月刊上发表《夏》，在《中央公论》十月刊上发表《四竹》，在《现代日本》上发表《浅草殉情》，结束了《虹》的连载)。4月，作为文艺复兴丛书系列之一，改造社出版了他的短篇集《水晶幻想》。又先后在《改造》五月刊上发表了《随机杀人魔》(《凋零》的续篇)，在《新潮》五月刊上发表了《文学自传》，在《文艺》五月刊上发表了《人间直木三十五》。在《现代日本》八月刊到十二月刊上连载了《水上情死》。此外，在《文艺》九月刊到翌年二月刊上连载了《浅草红团》的续篇《浅草祭》。10月，改造社出版了《川端康成集》第一卷《随笔批评集》。12月，去越后旅行，开始写《雪国》。同月，竹村书房出版了他的作品《抒情歌》。

昭和十年（1935） 三十六岁

《文艺春秋》一月刊上公布了芥川奖、直木奖的评选规定，他担任文艺春秋社创设的芥川奖、直木奖评委。在《文艺春秋》一月刊上发表了《暮景的镜》（此后分别在《改造》一月刊上连载《白昼的镜》，在《日本评论》十一月刊上连载《物语》，在《日本评论》十二月刊上连载《徒劳》，在《中央公论》1936年八月刊上连载《芭茅花》，在《文艺春秋》1936年十一月刊上连载《火枕》，在《改造》1937年五月刊上连载了《毛球歌》。同年6月，将这些汇总整理，并续写了新稿，形成作品《雪国》，由创元社出版。此外，又在《中央公论》1904年十二月刊上连载《雪中火场》，在《晓钟》1946年五月刊上连载《雪国抄》，在《小说新潮》1947年十月刊上连载了《续雪国》，至此完成了作品《雪国》）。在《行动》一月刊上发表了《横光利一氏》。1月，在《福冈日日新闻》《河北新报》《新爱知》《北海时代》上连载了《舞姬的日历》。在《新潮》二、三月刊上发表了《文艺时评》。

5月，野田书房出版了他的作品《禽兽》。在《文艺春秋》六月刊到十二月刊上连续发表《文艺时评》。在《妇人公论》七月刊上发表了《纯粹的声音》。10月，他的作品《浅草的姐妹》被成濑巳喜男导演改编并拍成电影《浅草三姐妹》。在《文艺通信》十一月刊上发表了《关于芥川奖，致太宰治氏》。迁居镰仓，此后一直居住此地。

昭和十一年（1936） 三十七岁

先后在《改造》一月刊上发表了《意大利之歌》，在《文艺春秋》一月刊上发表了《见此之时》。1月，《文艺恳话会》创刊，他成为编辑同人，发表了《紫外线杂言》。在《改造》四、五月刊上发表了《花之圆舞曲》。在《文学界》七月刊上发表其续篇《瘸腿人的舞蹈》。当年夏天，从神津牧场前往轻井泽，并逗留于此。9月，沙罗书房出版了他的作品《纯粹的声音》。在《改造》十月刊上发表了《父母》。在《333》杂志十二月刊上发表了《夕阳下的少女》。12月，改造社出版了他的作品《花之圆舞曲》。在《报知新闻》上连载《少女开眼》，1937年7月完结。当年，受林房雄的邀请，迁居至神奈川县镰仓町明净寺宅间谷。此外，成为新潮奖、池谷信三郎奖的评委。11月，作品社出版了古谷纲武的作品《川端康成》。发表《花之湖》《波斯菊的朋友》《芭茅花》《火枕》等。

昭和十二年（1937） 三十八岁

在《文艺》一月刊上发表了《最后的舞蹈》(《花之圆舞曲》的续篇）。在《妇人公论》六月刊上开始连载《牧歌》，于翌年12月完成。7月，因创元社6月出版的《雪国》，获得文艺恳话会奖。同月，竹村书房出版了他的短篇集《少女心》。7月到11月他一直居住在轻井泽。此外，在文化学院的暑期讲习会上做了题为《文学》的演讲，随后以《话说信浓》为题收录于《文艺》十月刊。12月，创元社出版了他的作品《少女开眼》。同年，移居至镰仓町二阶堂三二五处。发表《少女之港》《夏天的友谊》《高原》。

昭和十三年（1938） 三十九岁

在《中央公论》一月刊上发表了《插花》。先后在《文学界》二、三月刊上发表了给北条民雄的《追悼记序》及《关于北条民雄的遗稿》。4月，改造社开始出版共九卷的《川端康成全集》，于1939年12月全部出版完成。7月到12月，在《东京日日新闻》《大阪每日新闻》上连载《名人引退围棋观战记》，随即改编为《名人》。7月，担任日本文学振兴会理事。在《文艺春秋》十月刊上发表了《百日堂先生》。11月，岩波书店出版了《抒情歌》。在《日本评论》十二月刊上发表了《高原》（此后分期刊

载）。改造社出版了《川端康成选集》。发表《我写围棋观战记》
《考试的时候》等。

昭和十四年（1939） 四十岁

在《大陆》二月刊上发表了《故人之园》。2月，任菊池宽
奖评委。在《日本评论》七月刊上发表了《冈本加乃子的作品》。
先后在《改造》十月刊上发表了《初秋高原》，在《现代日本》
十月刊上发表了《电影院前》。11月，砂子屋书房出版了"黑白
丛书"第二卷《短篇集》。在《公论》十二月刊上发表了《杉
之家》（《高原》的续篇）。《少女开眼》拍成电影。发表《哥哥
的遗曲》《观战记》，连载《美之旅》等。

昭和十五年（1940） 四十一岁

在《中央公论》一月刊上发表了《正月头三日》。在《妇人
公论》一号刊上发表了《母亲的初恋》，此后也经常发表短篇小
说。《燕子童女》与《旅人》也是其中之一。发表《雪中火场》
等。2月，新潮社出版了其作品《昭和名作选集·花之圆舞曲》。
9月，改造社出版了《新日本文学全集》第二卷之《川端康成
集》。10月，他参与发起成立了日本文学者会。12月，新声阁
出版了《正月头三日》。

昭和十六年（1941） 四十二岁

先后在《文艺春秋》一月刊上发表了《义眼》，在《日本评论》一月刊上发表了《寒风》，在《改造》二月刊上发表了《冬事》(《寒风》的续篇）。受《大连日日新闻》的邀请，从春天到初夏，与吴清源、村松梢风一起前往中国。在哈尔滨与一行人分别后，前往北京。7月，再次受邀前往中国东北地区；12月，回到日本，数日后，太平洋战争爆发。12月，新潮社出版了他的短篇小说集《爱的人们》，汇总了前一年连载在《妇人公论》上的短篇小说。发表《银河》等。

昭和十七年（1942） 四十三岁

在《文学界》三月刊上发表了《满洲的书》。在《改造》四月刊上发表了《赤色的足》(《寒风》的续篇）。5月，作为《三大名作全集》第二卷，河出书房出版了《川端康成集》。7月，甲鸟书林出版了他的作品《高原》。8月，他与岛崎藤村、志贺直哉、里见弴、泷井孝作、武田麟太郎等人一起，成为新创办的季刊志《八云》的同人。在第一集中发表了《名人》。编辑《满洲各民族创作选集》。发表《日本的母亲》《英灵的遗文》等。

昭和十八年（1943） 四十四岁

在《文艺》二、三月刊上连载了《父亲的名字》。在《新潮》

五月刊上发表了《石榴》。从《文艺》六月刊开始到1945年一月刊为止，先后连载了《故园》。在《日本评论》八、十二月刊上发表了《名人》的一部分《夕阳》。

昭和十九年（1944） 四十五岁

4月在《文艺》上发表了《冬之曲》。作为海军报道班成员去鹿儿岛县鹿屋海军航空队特攻基地采访，大约待了一个月。5月，与久米正雄、中山义秀、高见顺等侨居镰仓的作家们在镰仓八幡大街创办了一家名为"镰仓文库"的租书屋。8月，第二次世界大战结束后，受大同制纸之邀，将租书屋改为出版社镰仓文库，开始出版经营。这一年里每天都去日本桥白木屋的办公室办公。11月，在《新潮》上发表了《追悼岛木健作》。

昭和二十年（1945） 四十六岁

作为海军报道班成员去鹿儿岛县鹿屋海军航空队特攻基地采访。8月15日，与夫人、女儿一起在家里收听天皇的"8·15"无条件投降广播。9月，创办镰仓文库，开始出版经营。

昭和二十一年（1946） 四十七岁

1月，镰仓文库创办了杂志《人间》。他在创刊号上发表了文章《女人的手》，全心投入镰仓文库的编辑工作。后迁居至长谷二六四号处，后半生长居于此。2月，在《世界》上发表《重逢》，在《新潮》上发表了《插曲》。新潮社出版了他的短篇小说集《朝云》。4月，在《东京新闻》上发表《致武田麟太郎悼辞》。6—7月，连续在《文艺春秋》上发表了《过去》(《重逢》的续篇)。12月，在《新潮》上发表了《山茶花》。此外，当年还发表了《感伤之塔》《雪国抄》等。

昭和二十二年（1947） 四十八岁

继续镰仓文库的工作。4月，在《世界文化》上发表了《花》（节选自《名人》)。10月，分别在《风雪别册》上发表了《反桥》，在《小说新潮》上发表了《续雪国》。12月，在《妇人文库》上发表了《梦》。当月，永晃社出版了《女性开眼》修订版。横光利一去世。此外，还发表了《哀愁》，历经十三年的《雪国》定稿。

昭和二十三年（1948） 四十九岁

1月，在《改造》上发表了《未亡人》，并且从这月开始在《新潮》上断断续续地连载了《再婚者手记》（后改名为《再婚者》），直至8月完结。3月，菊池宽去世。5月，在《人间》上断断续续地连载《少年》，于1952年修改、完结。新潮社出版了《川端康成全集》（十六卷本）。6月，代替志贺直哉，担任日本笔会第二任会长（至1965年10月）。11月，在《读卖新闻》上发表了《东京审判的老人们》。12月，创元社出版了《雪国》完结版。此外还发表了《再婚的女人》《拱桥》《离婚家庭的孩子》等。

昭和二十四年（1949） 五十岁

1月，在《文艺往来》上发表了《阵雨》。4月，在《个性》上发表了《住吉物语》（后改名为《住吉》）。5月，在《读物时事别册》上发表了《千只鹤》。（8月，在《别册文艺春秋》上发表了《森林的夕阳》；翌年1月，在《小说公园》上发表了《绘志野》；11—12月在《小说公园》上发表了《母亲的口红》；1951年10月，在《别册文艺春秋》上发表了《二重星》。这一系列文章最终形成连载作品《千只鹤》）。7月，任"横光利一奖"（改造社）评委。9月，在《改造文艺》上发表了《山音》。[10月，分别在《群像》上发表了《向日葵》（后改名为《蝉的翅膀》），在《新潮》上发表了《云焰》；12月，在《世界春秋》上发表了《栗子的果实》。翌年1月在《世界春秋》上发表了《女人的家》；4月，在《改造》上发表了《岛之梦》；5月，在《新潮》上发表了《冬樱》。1951年10月，在《文学界》上发表了《清晨之水》。1952年3月，在《群像》上发表了《夜之声》；6月，在《别册文艺春秋》上发表了《春钟》；10月，在《新潮》上发表了《鸟之家》；12月，在《别册文艺春秋》上发表了《受伤之后》。1953年1月，在《新潮》上发表了《都苑》；4月，在《改造》上发表了《雨中》；10月分别在《别册文艺春秋》上发表了《蚊子之梦》（后改名为《蚊子的群体）和《蛇卵》。1954年4月，在《OORU读物》上发表了《鸠音》（后改名为《秋鱼》）。这一系列文章最终形成连载作品《山音》。]10月，在《文艺往来》上发表了《拾骨》。当年秋天，受广岛市之邀，与日本笔会的丰岛与志雄、青野季吉等人一同看望了原子弹爆炸中的受害者们。12月，由细川书店出版《哀愁》。

昭和二十五年（1950）　五十一岁

3月，在《妇人生活》上连载《彩虹几度》，于翌年4月完结。当年春天，与日本笔会的会员一起前往广岛、长崎的原子弹爆炸受害地区慰问。5月，在《人间》上发表了《卵·瀑布》。在《别册文艺春秋》上发表了《地狱》，7月，在《文艺》上发表了《蛇》。8月，中央公论社出版了《浅草物语》。12月，开始在《朝日新闻》上连载《舞姬》，于翌年3月完结。在《别册文艺春秋》上发表了《来自北方的海》。此外，这一年镰仓文库倒闭。此外，还连载了《天授之子》《虹》《花未眠》《竹叶舟》等。

昭和二十六年（1951）　五十二岁

1月，在《新潮》上发表了《项圈》，在《中央公论》上发表了《路易》。5月，在《别册文艺春秋》上发表了《玉响》。7

月，朝日新闻社出版了《舞姬》，随后拍成电影。8月，在《新潮》上发表了修改后《名人》。10月，前往冈山县吉野村，出席片冈铁兵胸像的揭幕仪式。

昭和二十七年（1952） 五十三岁

1月，开始在《妇人公论》上连载《日兮月兮》，于翌年5月完结。2月，筑摩书房出版了《千只鹤》（该书还收录了已发表的作品《山音》），因此获得了1951年度艺术院奖。随后还改编成了歌舞伎等。在《新潮》上连载随笔《月下之门》，11月完结。当年秋天，前往关西地区旅行演讲，随即又前往大分县旅行。11月，在《文艺》上发表了《明月》。12月，在《OORU读物》上发表了《富士的初雪》。这一年《浅草红团》拍成电影。还发表了《翼的抒情歌》《新文章论》等。

昭和二十八年（1953） 五十四岁

1月，在《妇人画报》上连载《河边小镇的故事》，12月完结。当月，吉村公三郎导演将《千只鹤》拍成了电影。3月，角川书店出版了昭和文学全集之《川端康成集》。4月，在《小说新潮》上连载《千只鹤》的续篇《波千鸟》，于12月完结。6月，岛耕二导演将《浅草物语》拍成电影。当年夏天，前往九州旅行演讲，途中还去了九重高原。随即于第二次世界大战后首次旅居轻井泽。11月，在《文艺春秋》上发表了《水月》。当选为艺术院会员。还发表了《吴清源谈棋》等。

昭和二十九年（1954） 五十五岁

1月，开始在《新潮》上连载《湖》，于12月完结。在《文艺》上发表了《小春日》。继成濑巳喜男导演将《山音》拍成电影后，3月，野村芳太郎导演也将《伊豆的舞女》拍成电影。5月，《山音》完结后出版，因此获当年第七届野间文学奖。陆续在《北海道新闻》《中部日本新闻》《西日本新闻》上连载《东京人》，连载五百零五次，于翌年10月完结。8月，在《知性》上发表了《离合》。当年，创作的舞台剧本《船上的妓女》经西川鲤三郎编导，在全国各地上演。《母亲的初恋》拍成电影。1948年起开始出版的《川端康成全集》十六卷出齐。

昭和三十年（1955） 五十六岁

1月，陆续在《文艺》上连载《某人的有生之年》，于1957年1月完结。衣笠贞之助导演将《河边小镇的故事》拍成电影（大映）。当月，新潮社出版了《东京人》（四卷本）。4月，在《新潮》上发表了《故乡》，并且新潮社出版了他的作品《湖》。5月，在《文艺春秋》上发表了《梦中创作的小说》。6月，在《文艺》上发表了《悲伤的代价》等。7月，在《群像》上发表了《车中的女人》；角川书店出版了他的短篇集《玉响》。11月，筑摩书房出版了现代日本文学全集《川端康成集》。此外，《故乡之音》改编成舞蹈剧。还连载了《青春追忆》，发表了《彩虹几度》等。

昭和三十一年（1956） 五十七岁

1月，在《小说新潮》上发表了《那国这国》。新潮社出版了《川端康成选集》（十卷本）。2月，岛耕二导演将《彩虹几度》拍成电影。3月，在《朝日新闻》上连载《生为女人》，连载二百五十次，于11月完结。4月，在《小说新潮》上发表了《那国这国》的续篇《邻人》。9月在《文学界》上发表了《某日》。10月，新潮社出版了《生为女人（一）》。当年，塞登斯蒂克翻译的《雪国》在美国出版，八代幸代翻译的《千只鹤》在德国出版。《东京人》拍成电影。

昭和三十二年（1957） 五十八岁

1月，新潮社出版了《生为女人（二）》。3月，为了出席国际笔会执行委员会，与松冈洋子一起前往欧洲，见到了莫里亚克、艾略特，于5月返回日本。9月，作为会长四处奔走筹备并主持召开第二十九届国际笔会东京大会。《雪国》拍成电影。发表《风中之路》《东西方文化的桥梁》等。

昭和三十三年（1958） 五十九岁

1月，在《新潮》上发表了《弓浦市》，在《文艺春秋》上发表了《街道树》。2月，出任国际笔会副会长。3月，因其筹备国际笔会召开所做出的贡献，获得第六届菊池宽奖。6月，前往冲绳考察。当年，因患胆囊炎进东大医院住院，于翌年4月出院。《生为女人》拍成电影。

昭和三十四年（1959） 六十岁

5月，在法兰克福第三十届国际笔会大会上获歌德奖。7月，在《中央公论》上发表了《来自远方的大诗人》。9月，在《新潮》上连载《旧日记》，于12月完结。11月，新潮社出版《川端康成全集》（十二卷本），于1962年8月出版完成。《风中之路》拍成电影。

昭和三十五年（1960） 六十一岁

1月，开始在《新潮》上断断续续地连载《睡美人》，于翌年11月完结。冬春之际，经常前往京都、奈良。获法国政府授予的艺术文化军官级勋章。5月，受美国国务院之邀，前往美国。7月，出席了在巴西里约热内卢、圣保罗召开的国际笔会大会，于8月返回日本。8月，在《朝日新闻》上发表了《日本文学介绍——致未来之国巴西》。当年秋天，于东大冲中内科（第三内科）住院，年底出院。《伊豆的舞女》第三次拍成电影。

昭和三十六年（1961） 六十二岁

1月，在《妇人公论》上连载《美丽与哀愁》，于1963年10月完结。在《风景》上连载《岸惠子的婚礼》，于9月完结。10月，在《朝日新闻》上连载《古都》，于翌年1月完结。11月，获第二十一届文化勋章。新潮社出版了《睡美人》，因此次年获得每日出版文化奖。

昭和三十七年（1962） 六十三岁

6月，新潮社出版了《古都》。8月，在《每日新闻》上发表了《自慢十话》。10月，在《风景》上连载《落花流水》，于1964年12月完结。参加了呼吁世界七人委员会。11月陆续在《朝日新闻》PR版上发表了《秋雨》《信》《邻人》《树上》《骑马服》等掌小说。出现安眠药成瘾症状，进东大医院住院，连续十天昏迷不醒。《古都》改编成话剧。

昭和三十八年（1963） 六十四岁

2月，在《文艺春秋》上发表了《人之中》。4月，财团法人日本近代文学博物馆创建，担任监事及近代文学博物馆委员长，随后出任募捐委员长。8月，在《新潮》上断断续续地连载

《一只胳膊》，于翌年1月完结。《文艺》八月刊编辑了"川端康成特集"。《古都》拍成电影，《伊豆的舞女》第四次拍成电影。发表《喜鹊》等掌小说。

昭和三十九年（1964） 六十五岁

1月，修改了《某人的有生之年》，并发表在《文艺》杂志上。6月，在《新潮》上开始断断续续地连载《蒲公英》，1968年10月，在第二十二次连载后停笔。6月，出席在挪威奥斯陆召开的国际笔会大会。随后周游欧洲各地，于8月返回日本。发表《雪》《久违的人》等掌小说。

昭和四十年（1965） 六十六岁

2月，中央公论社汇总并出版了《美丽与哀愁》。筱田正浩导演将其拍成了电影。4月开始约一年里，NHK电视台一直在播放改编成电视连续剧的《玉响》。10月，辞去自1948年以来已担任十八年的日本笔会会长的职务。出席伊豆汤岛温泉建立的《伊豆的舞女》文学碑揭幕仪式。

昭和四十一年（1966） 六十七岁

1月至3月，因患肝炎住院。在4月18日的笔会大会上，为感谢他作为会长多年所做出的贡献，赠予他高田博厚制作的胸像。5月，新潮社出版了《落花流水》。8月，集英社出版了日本文学全集《川端康成集（一）》。《千只鹤》在丹麦翻译出版。《湖》拍成电影。

昭和四十二年（1967） 六十八岁

5月至1969年1月，在《风景》上连载《一草一花》。6月，集英社出版了日本文学全集《川端康成集（二）》。8月，成为日本世博会的政府出展恳谈会委员。11月至翌年11月，再次在《新潮》上连载《蒲公英》，但未完结。12月，大和书房出版了他的短篇小说、随笔集《月下之门》。《伊豆的舞女》第五次拍成电影。担任日本近代文学馆名誉顾问。

昭和四十三年（1968） 六十九岁

在6—7月参议院选举期间，担任朋友今东光的选举事务长，发表了支持演讲。10月，确定获得诺贝尔文学奖，成为第一个获诺贝尔文学奖的日本人。12月10日在斯德哥尔摩领奖，并在瑞典科学院发表讲演《我在美丽的日本——序说》。当月，被授予茨木名誉市民称号。《睡美人》拍成电影。

昭和四十四年（1969） 七十岁

1月6日，结束诺贝尔奖的领奖之旅，返回日本。在《新潮》上发表了《夕日野》。3月至6月，在夏威夷大学讲授日本文学，做《美的存在与发现》特别讲演，被赠予夏威夷大学名誉文学博士称号。当选为美国艺术文艺学会的名誉会员。3月，新潮社出版了《川端康成全集》（十四卷本）。讲谈社出版了《我在美丽的日本——序说》。4月27日至5月11日，川端康成展在东京新宿的伊势丹举办，随后又陆续在大阪、福冈、名古屋展出。5月3日在《每日新闻》上发表了《美的存在与发现》。9月11日，为了出席在旧金山举行的"移民百年纪念旧金山日本周"前往美国，并做了《日本文学之美》特别讲演，24日返回日本。被授予镰仓市名誉市民称号。《日兮月兮》拍成电影。

昭和四十五年（1970） 七十一岁

分别在1月和3月的《新潮》上发表了《伊藤整》和《鸢飞舞的西边天空》。5月至7月，在《风景》上发表《一草一花》。6月，受邀出席在台北举行的亚洲作家大会，随后又出席了在首尔举行的第三十七届国际笔会大会。11月25日，三岛由纪夫自杀，任治丧委员会委员长。12月，在《海》上发表了《竹声桃花》。此外还设立"川端文学研究会"。发表《长发》等。

昭和四十六年（1971） 七十二岁

分别在1月和3月的《新潮》上发表了《三岛由纪夫》和

《书》。在 4 月 12 日的东京都知事选举中支持候选人奏野章。11 月，在《新潮》（第八百号纪念刊）上发表了《隅田川》。12 月，任日本近代文学馆名誉馆长。当月至翌年 3 月，在《新潮》上连载《志贺直哉》，未完结。

昭和四十七年（1972） 七十三岁

2 月，在《文艺春秋》创刊五十周年纪念刊上发表了《如梦如幻》。患盲肠炎做手术，出院后静养期间，于 4 月 16 日夜被发现在神奈川县逗子市小坪 5–419–2 的逗子玛丽娜公寓工作间内含煤气管自杀。推测死亡时间在当晚 6 点左右。没有留下任何遗书。5 月 27 日，由日本笔会、日本文艺家协会、日本近代文学馆举行"三团体葬"。

图书在版编目（CIP）数据

花未眠／（日）川端康成著；郑民钦译. --北京：
现代出版社，2023.4

ISBN 978-7-5231-0120-9

Ⅰ. ①花… Ⅱ. ①川… ②郑… Ⅲ. ①散文集—日
本—现代 Ⅳ. ①I313.65

中国国家版本馆CIP数据核字（2023）第025835号

花未眠

作　　者：［日］川端康成
译　　者：郑民钦
责任编辑：朱文婷
出版发行：现代出版社
通信地址：北京市安定门外安华里504号
邮政编码：100011
电　　话：010-64267325　64245264（传真）
网　　址：www.1980xd.com
印　　刷：固安兰星球彩色印刷有限公司

字　　数：231千字
开　　本：880mm×1230mm　1/32
印　　张：12.75
版　　次：2023年5月第1版
印　　次：2023年5月第1次印刷
书　　号：ISBN 978-7-5231-0120-9
定　　价：68.00元

版权所有，翻印必究；未经许可，不得转载

—————————————— 川端康成・花未眠

かわばた　やすなり　はなはねむらない

只读

时间宝贵，我们只读好书。

—和风译丛—

只读

时间宝贵，我们只读好书。